Guy du Cheyron

WINONA

II. Le Nataos

Roman Western-Policier

COUVERTURE :

Illustration :

Jérôme Heck
*Instagram : @jerome_heck_*

Mise en page :

Noweria
Instagram : @noweria.art

Éditeur : Guy du Cheyron, Foissiat, France
© novembre 2019, Guy du Cheyron
© Books on Demand, Norderstedt, Allemagne
Tous droits de traduction, d'adaptation et de reproduction interdits
(texte et couverture)
ISBN : 978-2-492029-05-9
Dépôt légal : mai 2021

ROMANS DU MÊME AUTEUR :

Eíliis

Âmes-Soeurs
(fantastique)

WINONA

I. La Vengeance
II. Le Nataos
(western-policier)

Disponibles aussi en eBooK

CONTACTS

ET INFORMATIONS :

Site Internet :
guyducheyronlesromans.fr
Courriel :
contact@guyducheyronlesromans.fr
Instagram :
https://www.instagram.com/guyducheyronlesromans
Facebook :
https://www.facebook.com/GuyduCheyronLesRomans

Suivez-moi et laissez un commentaire !

1. RETRAITE

— "Bénissez-moi mon père parce que… Pampù ! pousse-toi ! Désolé, père Joseph, il descend rarement de son arbre. Il suffit que tu viennes pour qu'il desc…"
— "Kerry… as-tu peur qu'il trahisse le secret de la confession ?"
Kerry sourit :
— "C'est qu'il en serait capable, tu sais !"
— "Depuis quand ne t'es-tu pas confessée ?"
— "Depuis mon dernier meurtre !"
— "Ce n'est pas drôle, Kerry."
— "Mais c'est vrai, père Joseph ! depuis que j'ai tué ce malheureux !"
— "« L'ivrogne géant, avec un chapeau très haut, qui t'avait donné l'occasion de voir son long caleçon de flanelle rouge » ?"
— "Celui-là-même, père Joseph ! Tu as une excellente mémoire !"
Le père Joseph soupira :
— "Tu sais que si c'est encore de la légitime défense, ce n'est pas mon rôle de…"
Kerry le coupa :
— "Ce n'est pas de la légitime défense ce serait plutôt… de la légitime attaque…"
Le père Joseph poussa à nouveau un soupir. Plus gros.
— "Kerry, si tu n'as pas de regrets, ce n'est pas la peine de m'appeler au confessionnal."
Kerry leva la tête en direction des branches de bambou, regarda alentour, adressa un regard faussement courroucé à Pampù qui s'était assis juste en face d'elle et le fustigea en secouant l'index :
— "Voyons, Pampù ! on ne mange pas dans un confessionnal !"
Le père Joseph leva les yeux au ciel :
— "Tu m'as l'air perturbée, ma chérie. Veux-tu te… confier à moi ?"

Ce fut au tour de Kerry de soupirer. Mais une grosse larme roula sur sa joue suivie d'autres qui se passèrent de couler mais jaillirent de ses beaux yeux bleus.
Le bon prêtre la consola :
— "Maintenant, c'est Pampù que tu perturbes ! Regarde comme il a l'air triste !"
Le sanglot de larmes se mêla à un sanglot de rires et le missionnaire attendit que l'orage passe.
— "C'est déjà ça… je suis content que tu te vides… J'imagine que tu ne dois pas le faire bien souvent."
— "En fait (Kerry avait repris son souffle), je ne souhaite pas parler des crimes passés mais de ceux à venir…"
— "On n'avoue pas des crimes futurs, ma chérie. Autant parce qu'ils n'ont pas eu lieu que parce qu'on confesse ses crimes avec la ferme intention de ne plus recommencer… sans parler du regret… si possible…"
En bon prêtre attiré par le Ciel comme il se doit, le père Joseph leva une nouvelle fois les yeux dans Sa direction.
Kerry reprit :
— "Père Joseph, bénis-moi parce que je vais pêcher."
Le prêtre inspira profondément.
— "Je te bénis, ma chérie… je te bénis… Raconte-moi tout ce que tu as sur le cœur."
— "Je veux me venger…"
— "Ça, je sais, ma chérie."
— "Je me *suis* vengée."
— "Ah…"
Le père Joseph se rapprocha, recueilli. Kerry poursuivit :
— "Mais je n'ai tué personne."
— "Ah !"
— "Enfin… techniquement !"
— "Ah !… J'ai peut-être besoin d'une explication ?"
— "Il y a quand même eu onze morts…"

— "Ah oui ? quand même !"
Le père Joseph, bien qu'habitué à Kerry, chercha un instant ses mots afin que la conversation porte tout de même ses fruits. Il lui demanda :
— "Onze morts… éprouves-tu… du regret ?"
— "C'est-à-dire… On a fêté ça chez Contoit…" (Kerry s'escrima à prendre un air contrit.) "J'ai pris du homard et des huîtres trempées dans du whisky. Au dessert, j'ai choisi la tarte aux pommes, et Kaya, le pudding au maïs. Bao, lui…"
C'est alors qu'elle remarqua le regard sévère du prêtre et arrêta net son énumération.
— "C'est vrai… On n'est pas là pour parler cuisine…"
Elle s'arrêta un instant, laissant place à un silence uniquement ponctué par la mastication régulière d'un Pampù assis et curieux. En entendant le panda géant avec son œil impassible de grosse peluche se régaler de son festin de bambou, un énorme fou rire irrépressible les secoua alors tous les deux.
Celui-ci une fois passé, comme pour s'excuser, Kerry confia candidement au père Joseph :
— "J'ai tenu à enterrer Burt moi-même. Je lui ai offert de dignes funérailles. Enfin… j'ai enterré ce qui restait de lui… c'est-à-dire pas grand-chose… quelques rares cendres, en fait…"
Futé et quelque peu blasé, le prêtre lui demanda :
— "Enterrement ou …crémation ??"
Ce fut Pampù qui mit fin à la poignante « confession » de Kerry. Il quitta sa position de mangeur arboricole placide, se mit à quatre pattes et, de sa démarche pataude, s'avança droit sur la pénitente. Sans s'arrêter il la bouscula jusqu'à ce qu'elle se retrouve sous sa grosse panse velue puis lui lécha la figure sans discontinuer.
Le père, levant une dernière fois les yeux au Ciel, conclut :
— "Je crois que tu l'as, ton absolution…"

— "Alors, cette confession, ça t'a soulagée ?"
Kaya avait rejoint son amie Winona. Elle avait adressé un salut respectueux au prêtre qu'elle avait croisé alors qu'il sortait de la propriété de Bao.
Kerry lui répondit :
— "Il a failli m'écraser !"
Kaya ouvrit de grands yeux :
— "C'était si grave que ça ?"
— "Mais non, idiote, pas le père Joseph ! Pampù ! il m'a fait un gros câlin. Parfois, il ne sait pas se contrôler…"
— "C'est un pervers, toujours prêt à cautionner le crime…"
Kerry lui adressa un regard en coin :
— "Je suppose que tu ne parles plus du père Joseph ?"
— "Drôle !"
C'était Bao qui les rejoignait dans le jardin. Il leur proposa un thé vert et du *báijiǔ* mais elles déclinèrent poliment en déclarant qu'elles devaient se rendre au cimetière.
— "Je vous accompagne !"
Voyant leur regard, il ajouta aussitôt :
— "Une sortie entre filles… O.K. ! je vous laisse !"

Les filles enfourchèrent chacune leur cheval et, au pas tranquille, chevauchèrent côte à côte en discutant.
Le cheval de Kaya était un magnifique *Cayuse* complètement noir, exceptées la croupe et les hanches blanches et tachetées de noir, qu'elle avait sauvé in extremis de sables mouvants au cours d'une chasse en solitaire dans des bayous bordant le Mississipi. Elle ne lui avait trouvé d'autre nom que « Chien Magique », le terme qu'employaient ses ancêtres du temps où ils ne pouvaient compter que sur des canidés moitié loup moitié coyote pour transporter leurs charges.
Celui de Kerry, notre jument Hennie, était un *Appaloosa* « flocon de neige » qui, il faut bien l'avouer, n'était pas en mesure de

remporter des concours de beauté. Concours avec jury humain, bien sûr ! car, et à commencer par « Chien Magique », Hennie n'avait que l'embarras du choix avec les mâles de son espèce pour satisfaire ses besoins …affectifs. De toute manière, Hennie se moquait comme de ses premiers (et derniers) fers de ne pas satisfaire aux canons de la beauté chevaline ; ce qui comptait, c'était la complicité à toute épreuve qu'elle avait avec sa maîtresse (un peu comme sa maîtresse avec son amie Kaya, pensait Hennie), qui avait commencé dès leur première rencontre. Hennie avait tout de suite trouvé que la blonde qui la suivait (pas très discrètement…) avait un regard beaucoup plus expressif et intelligent que la moyenne des humains. Elle avait bien entendu immédiatement compris que celle-ci voulait lui mettre le grappin dessus mais elle avait trouvé plus amusant de ne pas céder trop facilement et de faire durer le plaisir. La belle « Blanche aux yeux bleus » devait gagner sa prise avec un plaisir qui devait être mérité. Oui, Kerry avait plu dès le premier coup d'œil à la jument mais celle-ci, « à sang chaud », c'est-à-dire issue d'une lignée pure, ne pouvait pas se donner au premier venu (la première, en l'occurrence) sans lui faire goûter quelques échantillons de son caractère et de ses capacités ! Sinon, Hennie n'aimait pas se vanter de toutes ses qualités et d'ailleurs n'aurait su par quoi commencer. Elle était heureuse d'avoir pu choisir la compagne humaine de sa vie et soulagée que le destin lui eût épargné l'ignominie de la vente, notamment en gros, perdue au milieu d'un troupeau de « sangs tièdes » ou pire, de « sangs froids », ces quadrupèdes juste bons à tirer la houe, avec leur œil morne et leur démarche lourde.

Hennie et Chien Magique étaient toujours fous de joie quand ils étaient soulagés de leur bride et de leur selle car, malheureusement, pour les grands trajets, leurs maîtresses étaient bien obligées de leur poser une paire de sacoches sur les hanches pour porter leurs affaires - soit dit en passant pas toujours très utiles. Quand ils étaient montés à cru, ils étaient plus prompts à répondre à la moindre des sollicitations de leurs cavalières qui cherchaient toujours à prouver que c'était leur monture qui était la meilleure du monde. Que cette assertion soit vraie n'était pas si important mais les deux équidés se devaient d'obéir à leur maîtresse plutôt qu'à leur modestie ; ils devaient alors prouver leur extrême rapidité en dévalant des pentes vertigineuses à la vitesse de l'éclair, et il fallait à tout prix qu'ils comparent la rapidité de leurs démarrages « sur les sabots » ainsi que leurs spectaculaires arrêts « sur les fesses ». Quand ils oyaient par d'ignares étrangers que leurs fabuleuses prouesses n'étaient dues qu'à leur dos court et hyper puissant et leurs membres fins et extrêmement résistants, il s'en fallait toujours d'un cheveu pour qu'ils dévoilent d'indignation le dessous de leurs sabots à ces impies illettrés.

Hennie et Chien Magique, les meilleurs amis – disons-le : amants – équins du monde étaient tous deux très fiers d'appartenir à une race d'élevage indigène issue des Mustangs. La mère de Hennie, une jument encore et toujours indomptée, lui hennissait souvent, poulain, d'être fière de ses différences que les Nez-Percés utilisaient déjà depuis des générations quand ils montaient des *Appaloosas* pour les distinguer des chevaux de l'ennemi.

Tous les deux de taille moyenne et de couleurs noire et blanche s'accordaient à merveille et, selon l'expression de leurs maîtresses, formaient un très beau couple.

Même si le coup de foudre ne datait que d'une petite semaine.

— "Comment as-tu connu Hennie ?"

La question, bien sûr, venait de la maîtresse de Chien Magique.

Kerry répondit :

— "Elle paissait au milieu d'une harde et… je ne voyais qu'elle !"

Ce fut Hennie qui réagit la première : elle se dressa sur ses membres postérieurs en hennissant de joie.

Kaya, elle, demanda à son amie :

— "Mais… que lui as-tu trouvé ??" (la question fut posée avec un ton… dubitatif et perplexe).

Chien Magique fit alors un arrêt si brusque (un arrêt sur ses jarrets, comme on dit) et surtout si inattendu pour Kaya, que celle-ci, malgré ses exceptionnelles qualités de cavalière, passa par-dessus l'encolure de son cheval. Eh oui, nos deux quadrupèdes sont solidaires… Heureusement, passée sa courte frayeur, Kaya se rattrapa au cou de Chien Magique et, se retrouvant pendue face à lui …en profita pour lui faire un baiser plein de contrition et d'affection. Mais ce dernier, pas le moins du monde satisfait, lui fit comprendre, par un éloquent coup de nez, de plutôt passer son repentir sur sa compagne équine. Et, pendant que Kaya se faisait pardonner pendue au cou de Hennie et accompagnée du fou rire de Kerry, la jument à nouveau dressée sur ses postérieures lui faisait faire quelques tours de son compagnon en hennissant de façon assourdissante.
Quand Kerry eut terminé de se moquer de son amie, elle lui répondit simplement :
— "Voilà ce que je lui ai trouvé !"

Alors que Hennie rêvait encore du chef étalon de son ancienne harde qu'elle avait dû quitter (mais que, somme toute, elle était fatiguée de partager avec les autres juments), le cimetière, que l'on appelait sans originalité « la Colline-aux-Bottes » (très certainement à cause de tous ces fermiers qui refusaient de se laisser enterrer pieds nus, histoire, sûrement, de se présenter avec une tenue honorable devant Saint-Pierre), apparut au détour du chemin.
Cela faisait quinze ans que ni l'une ni l'autre n'avait visité la tombe de Dora et Jimmy, les parents de Kerry. Kerry n'estimait pas nécessaire de venir sur une pierre froide qui recouvrait un reste d'os grouillant de vers. Elle préférait parler à ses parents à n'importe quel moment de la journée et prier pour eux afin que leur sort soit meilleur que celui de leur chair. Kaya, elle, qui jouissait toujours de ses deux parents, ne pouvait s'empêcher d'éprouver une vive peine pour son amie très tôt orpheline, et tenait à lui montrer

régulièrement sa compassion et son soutien. Dès la mort de Dora, elles s'étaient régulièrement rendues ensemble sur cette Colline-aux-Bottes, le soir pour éviter le soleil implacable. Elles aimaient y retrouver calme et fraîcheur.

Après avoir laissé leurs chevaux au bas de la colline, les deux jeunes femmes se sont assises en tailleur devant les deux stèles toujours dressées. Sur celle de gauche, on peut encore lire en lettres capitales l'inscription :

DORA McKOY, MÈRE ET ÉPOUSE,
ASSASSINÉE PAR L'IRLANDAIS
CAHAL LENIHAN DIT LE DÉTRAQUÉ.

MILWAUKEE
23 NOVEMBRE 1856

NOUS NOUS RETROUVERONS, HEUREUX,
POUR NE PLUS JAMAIS ÊTRE SÉPARÉS.
ADIEU
KERRY ET JAMES

Sur la pierre tombale de droite est seulement gravé, en lettres (non capitales) :

James McKoy
11 janvier 1860

orée tété nôtre nous veau Marshal
cil navet tété tuai a Pony Town

Le silence n'est troublé que par un petit vent frais.
C'est Kaya qui, les larmes aux yeux, le rompt la première :
— "Jimmy n'est encore jamais venu me voir en songe. Mais ta mère m'a parlé, cette nuit."
En guise de question, Kerry serre la main que Kaya a glissée sous la sienne.
L'Indienne lui répond :
— "Je voyais le Ciel, en pierres massives, au-dessus de l'insondable profondeur de l'Océan. De la Voûte, a plongé la petite Coccinelle d'eau, tout au fond de la mer. Elle en a ramené Dora, plus belle que je ne l'avais encore jamais vue. Ta mère, déjà si belle… Le Busard a récupéré la petite Coccinelle d'eau, le Ciel s'est ouvert, et ta mère, de l'Ouest, s'est tournée vers l'Est pour me parler, elle était radieuse : *« Je suis une âme libre dans le royaume des morts »*."
Kaya retire une crécelle de sa sacoche à rabat en cuir ornée de broderies. Kerry la lui prend des mains :
— "Donne. Je vais en jouer pendant que tu chantes."

    Et le soleil arrêta sa course pour laisser l'Indienne psalmodier pendant que son amie, tout en dansant, secouait en rythme la petite carapace de tortue remplie de perles d'eau douce turquoises.

— "Kayama… comment vont Tekoa et Adahy ?"
— "Mes parents vont bien. Enfin… je crois. J'ai accouru ici dès que j'ai su que tu y étais mais je ne suis toujours pas passée les voir !

    Tu m'accompagnes ?"

2. CAHOKIA

Le village avait été richement décoré pour l'occasion.
Cahokia résonnait de rythmes et de chants. On eût dit que même les dindons et les cochons qui divaguaient aux alentours des wigwams participaient à l'accueil des deux jeunes filles. La nouvelle de leur arrivée les avait évidemment devancées mais, à part les yeux grands ouverts par la curiosité des petits enfants, chacun vaquait, concentré, à ses occupations. Elles pouvaient ainsi, tout à loisir, admirer les bâtiments, ceux qui, depuis quinze ans, s'étaient imperceptiblement embellis de la patine du temps et ceux qui avaient fini par ne plus la supporter et avaient été changés à neuf : un nouveau moulin à grain, une nouvelle forge et même une nouvelle scierie. Çà et là étaient posés ou suspendus des poteries, des sculptures, des paniers en roseaux, chacun jouant sa partition de couleurs vives et harmonieuses. Quelques murs en terre ou en bois étaient même recouverts de céramiques ou de coquillages ornés de riches gravures.
C'est en admirant les nouvelles tribunes couvertes de la place centrale, manifestement préparée pour de somptueuses festivités, que les deux Cherokees furent tirées de leur nonchalance par de joyeux cris :
— "Kaya ! Winona ! Bienvenue à vous deux !"
Tekoa et Adahy, les parents de Kaya, accouraient, les bras tendus vers leurs hôtes, ignorant la bienséance qui interdit une telle effusion de la part de chefs suprêmes.
— "Père ! Mère !"
Kaya ne put ajouter un mot et plia le genou.
— "Vas-tu arrêter tes bêtises et te relever !" la gronda gentiment sa mère en la tirant par la main pour la redresser.
— "Mais, maman, quel est ce costume ? es-tu la nouvelle ?..."
Celle-ci acquiesça fièrement :

— "Ils m'ont récemment élue Cheffe Rouge. Je suis Cheffe de Guerre suprême !"
Kaya l'embrassa tendrement et lui répondit :
— "Maman ! je viens des *Alleghanys* …j'y suis Cheffe Blanche, Cheffe de Paix ! comme papa !"
Mais Adahy pleurait. Non de la « promotion » annoncée mais… elle retrouvait sa fille depuis quinze longues années.

— "Allez, bois !"
— "Maman ! tu sais que je déteste ça !"
— "Veux-tu que je t'attache au poteau de torture ? Bois !"
Kaya, en poussant un soupir à fendre un poteau de torture, se résigna à boire l'infâme breuvage noir vomitif.
— "C'est une recette de ma propre composition ! Décoction à base de thé noir, de feuilles de houx et de plantes que je tiens secrètes !"
— "T'inquiète, maman, je ne te torturerai pas pour te les faire avouer !"
— "Tu n'as pas intérêt, j'ai maintenant plus de cinq cents guerriers prêts à se faire étriper pour moi ! Allez ! encore une fois ! Tu dois boire quatre fois ton *Cassina*."
— "Tout ça pour aller le régurgiter !"
— "Je t'épargne le jeûne, alors sois-moi reconnaissante ! Il faut que tu purifies ton corps et ton esprit avant de prendre ton bain de vapeur !"
— "Dis, maman, explique-moi : tous ces préparatifs de fête… pour quoi sont-ils prévus ?"
— "Tu veux dire… pour *qui*, ma chérie…"
— "Maman ?! tout ça pour moi ?! je ne suis arrivée dans la région que depuis une petite semaine ! vous n'avez pas pu avoir le temps de faire tous ces préparatifs même avec tes « cinq cents guerriers prêts à se faire étriper pour toi » ?!"
— "Attention à ce que tu dis, toi ! sinon je te fais boire toute la calebasse !"

— "Maman ! comment as-tu *su* que j'arrivais ?"
— "Kayama… c'est *toi* qui me l'as dit !…"

— "Et tu en as tué beaucoup ?"
Grizzli-Blanc, une pipe à la bouche et une bière de maïs posée sur son gigantesque poitrail, allongé nonchalamment contre un énorme tronc d'arbre à peine plus gros que lui, rattrapait le temps perdu avec sa fille adoptive Winona.
— "Aucun, Grigri, je suis toujours arrivée à les désarmer."
— "Remontre-moi !"
— "Plus tard, Grigri. Laisse-moi me reposer avant ces éreintantes cérémonies."
— "Je vois que *Mâdâme la Mârshâl* dédaigne ces futilités… Quand je pense que tu es marshal de la ville de Chicago ! tu m'en bouches un coin !"
— "Je ne prends pas vos croyances pour des futilités, Gros Ours Mal Léché, c'est juste que vos rituels sont longs, fatigants, et surtout, que l'on ne peut s'y soustraire. Or tu connais mon côté …indépendant !"
Puis, sans transition, Kerry lui exhiba son revolver avec fierté :
— "Regarde ce *Colt* ! La première chose que j'ai faite, quand je suis devenue marshal, a été d'acheter le revolver le plus sûr, le plus précis et le plus mortel : le modèle *Simple Action de l'Armée de Colt* ! Il a réussi tous les tests militaires ! et il tolère à merveille la poussière et l'humidité ! J'en ai acheté deux différents modèles, le modèle du shérif, le plus petit mais le plus maniable - mais c'est tout de même un calibre .45 ! - et le modèle le plus gros, celui de la Cavalerie. Avec celui-là, tu assommes n'importe qui d'un coup de crosse sur la tête ! …sauf la tienne, bien sûr, mon Gros Ours, elle est à toute épreuve …elle est d'ailleurs tellement solide… qu'elle est sûrement plus épaisse que pleine !"

— "Dis-donc ! surveille ta langue fourchue, Petit Crotale Effronté ! je pourrais bien te l'enrouler autour du cou en guise de collier pour chien !"
— "Je serais déjà au sommet de ce sapin que tu commencerais à peine à ôter ta bière de ton gros ventre de patapouf !"
Mais à peine Kerry avait-elle fini de siffler son insolence que Grizzli-Blanc l'avait fauchée du bout de son pied avec une vivacité absolument inattendue de la part d'un homme de cette corpulence. Bien sûr, sa bière s'était renversée, mais le whisky à la cerise de Kerry s'était lui aussi répandu par terre. En un éclair il la plaqua au sol pour aussitôt se retirer, gêné, de sa position dominante.
— "Ce n'est plus un jeu que je peux faire avec toi, Winona, tu es une jeune femme maintenant."
Kerry le raséréna en l'ébouriffant à pleines mains :
— "Allons ! Gros Ours ! Ne fais pas ta squaw qui a son flux menstruel ! Je suis toujours ta petite Wino et le resterai toujours ! Allez, viens !"
Grizzli redressa la tête et la regarda de son air le plus attendrissant. Il lui fit d'ailleurs aussitôt penser à Pampù, le panda de Bao. Et ils se firent le plus gros câlin qui eût existé dans le monde indien depuis leur dernier qui datait de quinze longues années.
Grizzli-Blanc n'avait demandé à sa Winona aucune explication sur la raison de sa longue disparition. Par contre il la bombardait de questions sur ce qu'elle avait fait pendant tout ce temps et, à peine l'étreinte fut-elle terminée, qu'il reprit son offensive :
— "Qu'as-tu fait, à part acheter des armes, après ton départ de Pony Town ? Comment as-tu survécu ? Tu avais… quatorze ans ?! Comment une petite fille de quatorze ans…"
Kerry lui posa le bout de l'index sur ses lèvres :
— "Je n'étais pas une petite fille, Papa Ours. Je ne suis plus une petite fille depuis que maman est morte. Le sais-tu ? j'ai tué mon premier homme à dix ans."

Ils se resservirent chacun de leur boisson et allèrent s'asseoir un peu plus loin. Grizzli choisit un autre gros arbre et Kerry s'allongea sur sa première branche basse.
— "J'ai récupéré son nouvel insigne…" Elle lui montrait l'étoile à six branches flambant neuve de son père. "Je l'utilise, parfois. Ça impressionne son monde, une étoile en or massif avec « US Marshal » gravé dessus !" Elle accompagnait ses mots d'un sourire triste tout en dessinant dans l'air l'inscription du doigt.
Mais Grizzli-Blanc, pas vraiment impressionné par la « babiole », revint à sa première préoccupation :
— "Winona, comment t'en es-tu sortie ?"
Kerry observa distraitement le dessous des feuilles du grand arbre. Elle finit par répondre :
— "C'était l'hiver. J'avais du mal à avancer tellement la neige était profonde. Je suis rentrée chez nous… et il y avait la famille Cowan. Papa était tout juste éliminé qu'ils y étaient déjà installés. Terence était assis dans le fauteuil de papa. Burt, dans le mien. Quand je les ai vus, je me suis jurée de les tuer de mes propres mains. Mais le destin en a décidé autrement : Burt a été frappé par la foudre et son père est mort d'hémorragie à cause de deux flèches tirées par Je-ne-sais-qui." Elle lui sourit.
Mais il se défendit :
— "Je te rappelle que toi aussi, tu lui as tiré dessus !"
— "Piètre consolation… Quoi qu'il en soit, je ne t'ai pas encore remercié. Tu m'as sauvé la vie. Merci Grigri. Soit dit en passant… tu te prends pour mon ange gardien ? Ça faisait longtemps que tu me suivais ?"
Mais Grizzli-Blanc ne répondit pas et l'incita à poursuivre :
— "Tu as vu les Cowan… et ensuite ?"
— "J'ai pris mes raquettes, tout l'argent dans la cachette de papa, deux couvertures et de la nourriture. Ce sont tellement des incapables qu'ils n'ont rien entendu."
— "Je crois surtout que Tekoa t'a bien formée !"

— "C'est vrai. Sans son enseignement ni celui de Kaya, ni même le tien, Gros Ours, j'aurais sûrement été morte de faim ou dévorée par les loups. Ils m'ont appris les chevaux, le silence, la chasse et la survie, tu m'as appris à pister et à m'orienter dans la nuit et dans la neige épaisse. C'est à croire que vous saviez ce qui allait m'arriver !"
Kerry se laissa un temps flâner dans ses rêveries.
Puis elle reprit :
— "C'est quand je les ai entendus dire qu'ils n'allaient pas s'arrêter là que j'ai décidé de partir. Je n'avais pas de temps à perdre. J'ai attendu que le soir tombe et je me suis enfuie. La mort dans l'âme de n'avoir pu prévenir ni Kaya, ni toi."
Kerry avala une grande goulée d'air en une longue inspiration saccadée puis poursuivit :
— "Les premiers jours, je me nourrissais de ce que j'avais emporté. Je déterrais aussi tous les tubercules d'épineux que je pouvais trouver. Et puis, bien entendu, j'ai chassé. Je n'avais pu emporter mes collets et mes pièges mais j'ai toujours mon couteau de chasse sur moi. À défaut de pouvoir attraper les écureuils avec mon crochet, je leur tirais des flèches en éclats de roseau avec une sarbacane que j'avais fabriquée au bord d'une rivière."
— "Et… tu es arrivée à tuer des ours, avec ?"
— "Non ! j'avais bien trop peur de les confondre avec toi !"
Ne le voyant pas répliquer, elle tourna la tête vers lui : il était songeur.
Elle lui demanda, légèrement troublée :
— "Ç'aurait été possible ??" Elle attendit un instant mais il ne répondit toujours pas. Comme elle réitéra sa question, il finit par répondre, toujours plongé dans ses pensées :
— "Qu'est-ce qui aurait été possible ?"
— "Que je tire sur toi au lieu d'un ours ?!"
Mais Grizzli-Blanc ignora à nouveau la question et continua :
— "Ça nourrit son homme, ça, des racines et des écureuils ?"

— "Au début, je m'en suis contentée. L'hiver, on ne trouve pas grand-chose, tu sais. Seuls quelques oiseaux et du petit gibier. J'ai mis du temps avant de trouver des loutres et quelques castors, tapis dans leurs terriers. Par contre, l'endroit où hiberne l'ours était bien plus haut, et moi, je préférais descendre vers le sud, vers les plaines, pour échapper à la neige.
— "Tu as dû geler, ma pauvre, avec tes deux malheureuses couvertures…"
— "As-tu oublié ? C'est toi qui m'as appris à faire du feu ! Mais c'est vrai que je n'ai pas été tout de suite efficace ; déjà, à la base, c'est sûr que l'herbe sous la neige, ça n'est pas particulièrement sec… par contre je trouvais assez facilement des fibres d'écorce qui prenaient bien sous ma baguette de bois. Mais il fallait que je la tourne longtemps !…"
— "Ceci dit, tu avais tout ton temps… Avais-tu une idée précise de l'endroit où tu allais ?"
— "La Plaine… La Prairie… Tu sais quoi ? Je mourais d'envie de voir des bisons !"
— "Tu… tu n'as pas voulu être shérif tout de suite ?"
— "Je n'y pensais même pas. Ce que je voulais, c'était errer, voir du pays. Être libre, ne dépendre de personne. Je ne recherchais pas un métier. Je voulais vivre. Simplement. Chasser, manger, dormir. Je cherchais la solitude. Absolue. Totale. Je me suis reconstruite comme cela. Enfin… je crois."
Kerry s'arrêta un moment. Ils regardèrent tous les deux le ciel à travers l'immense ramure du sapin. Grizzli-Blanc n'intervenait pas, il lui laissait le temps de reprendre.
— "Tu sais, Grizzli… ce qu'il y a de bien avec la nature, c'est qu'elle ne peut pas vous blesser ou vous décevoir. J'avais un contact intime presque religieux avec les animaux et les plantes. Je n'omettais jamais de les remercier lorsqu'ils m'offraient nourriture ou abri. Je pensais continuellement à Kaya. C'est elle qui m'a appris cela. Et je remerciais Dieu. Tout le temps. Je n'étais ni triste ni négative. Ce

n'est pas une vie exempte de souffrances, bien sûr, mais j'étais heureuse."
Elle continua, plus doucement :
— "Car aucun humain ne me blessait."

— "Allez ! il est temps d'aller à votre bain de vapeur !"
C'était Adahy, bien sûr. Qui d'autre ? Elle était accompagnée de sa fille Kaya qui avait l'air… ravie !
— "Je te cherchais, Winona ! La cabane est prête, vous pouvez y aller !"
— "Je crois qu'on n'a pas trop le choix… Allez, viens Wino ! il faut qu'on soit belles en dedans et en dehors pour les cérémonies qui nous attendent !" dit Kaya à son amie en la tirant par la main sous le regard légèrement courroucé de sa mère.
Elles poussèrent la porte en bois de la hutte ronde dans laquelle les attendait la maîtresse de cérémonie, une grosse Indienne uniquement vêtue d'un léger pagne en peau qui, malheureusement, selon Kaya, ne descendait que jusqu'à mi-fesse au lieu d'aller comme à l'accoutumée jusqu'aux mollets. Heureusement le tablier était double et semblait être, grâce à Dieu, solidement attaché à la ceinture.
La grosse squaw poussa une sorte de grognement qui, toujours selon Kaya, faisait office d'accueil. Elles s'allongèrent sur les planches de bois disposées le long du mur en jetant parfois des regards à la dérobée sur la maîtresse de cérémonie qu'elles s'accordèrent à nommer Replis. En effet, n'ayant compris qu'un vague imbroglio de sons trop imprécis pour être décodés lorsque celle-ci se fut (vraisemblablement) présentée, elles préférèrent lui trouver un petit nom qui lui siée. Celle-ci, tout en les regardant fixement, brassait la vapeur chaude pour les faire encore plus transpirer avec un éventail en plumes qui paraissait minuscule dans son énorme main mais qui, selon Kaya, aurait pu trouver emplacement plus adéquat…

Kaya et Kerry choisirent de l'ignorer. C'était ça ou être atrocement gênées.

Elles se mirent à discuter en américain pour être sûres que Replis ne comprenne rien …enfin, c'est ce qu'elles espéraient. Car, vu l'éclat du regard, elles étaient pratiquement certaines que Replis n'avait d'autres compétences que brasser de l'air et recouvrir régulièrement d'eau des pierres brûlantes disposées au centre d'une cabane en rondins.

— "Je crois pouvoir expliquer le pourquoi de ce regard bovin inhospitalier." susurra Kaya dans l'oreille (c'était quand même plus sûr, pour la discrétion) de Kerry. "La dernière fois - mais c'était il y a quinze ans, tout de même ! - l'air chaud me brûlait tellement que je suis sortie en trombe de la cabane. Et sans fermer la porte. Je crois qu'elle m'en a voulu. Et qu'elle m'en veut encore. D'ailleurs, je la soupçonne d'avoir « oublié » d'épandre de l'armoise séchée sur les pierres."

— "Regarde, il y en a là !" fit Kerry, qui commença à s'en approcher.

— "Non !!"

— "Si !!"

— "Arrête, Wino ! elle va nous aplatir comme des galettes ! elle va nous transformer en pemmican !"

— "T'inquiète, Kayouna ! je me débrouille pas si mal au jeu de lacrosse ; si je peux éviter les pires boulets de canon, je peux éviter ses battoirs."

— "Mais pas une baleine qui te plonge dessus !!"

Kaya retint à grand-peine son fou rire mais Kerry garda son sérieux et, tout en se contorsionnant habilement pour éviter de toucher le cerbère (l'objet convoité se trouvait à l'aplomb de la face sud), elle arriva à se saisir des plantes aromatiques sans finir écrabouillée. « Replis » n'avait pas bronché. D'un poil. Kerry, s'assurant que le cétacé n'entreprenne pas un retournement fatal, en lança alors une pluie généreuse sur les pierres qui dégagèrent aussitôt, comme pour la féliciter de sa bravoure, leur agréable senteur. Elle se recoucha juste avant que les narines du mammifère ne commencent à frémir mais sans, heureusement, déclencher de quelconques représailles. Peut-être y avait-il un long ou tortueux chemin des narines au cerveau du pachyderme.

Rassurées et confiantes en la divine providence, les filles reprirent leur innocente discussion :

— "Sais-tu, Wino ? ce parfum est sacré car il facilite le contact avec les esprits protecteurs."

— "Tu veux être protégée… de Replis ?"

— "Arrête ! je suis sérieuse !"

— "Mais moi aussi !! regarde ces yeux ! on dirait un alligator qui attend l'arrivée de l'aigrette sur son museau !"

— "Tu as raison ! elle me coupe la chique. Cette vapeur n'arrivera jamais à purifier mon corps et mon âme si cette grosse bisonne me glace ainsi le sang !"

— "Regarde-là, on dirait un ragoût sur le feu ! tu crois qu'elle mijote ? car moi, personnellement, je commence littéralement à brûler. On dirait qu'elle ne souhaite que ça, d'ailleurs. J'ai vraiment hâte de me plonger dans la Petite Rivière. Ah ! un bon bain d'eau glacée !"

— "Bon, continuons à l'ignorer. C'est le mieux. Sinon, je te vois venir, tu vas lui faire sa fête…"

— "Je réfléchissais… il me semble, qu'à part sur le crâne, on ne peut la frapper sans rencontrer de couches qui amortissent. Elle est bien protégée ! Mais on en n'est pas là ! la bête n'a pas d'intentions belliqueuses. Juste un regard, ma fois, un peu torve mais qui lui donne un certain charme. Ne trouves-tu pas ?"

— "Arrête Wino !! si tu me fais prendre un fou rire, c'est sûr, elle me tue ! Allons, soyons sérieuses ! Reprenons notre discussion car j'ai bien l'impression que ce bain de vapeur n'est pas près de se terminer." Kaya marqua une courte pause. "Sais-tu que ma mère nous a vues en songe ? Elle m'a dit que je l'ai prévenue de notre

arrivée ! Te rends-tu compte qu'ils ont fait tous ces préparatifs rien que pour nous deux !"
— "Tes parents sont adorables ! Il faudra que je pense bien à les remercier."
Leurs deux têtes, couchées sur le plancher de bois, se croisaient en sens inverse, joue contre joue. Leurs regards se perdirent un moment dans les brumes coincées sous le toit de la hutte. Ce fut Kaya, la plus bavarde, qui rompit le silence :
— "Quand je suis arrivée, au salon de lecture du saloon, j'ai remarqué une certaine… complicité entre toi et Odovacar… je me trompe ?"
— "Oui."
— "Allez ! il n'y a jamais eu de secrets entre nous !"
— "Il n'y en a pas. J'ai répondu à ta question, madame la fouineuse !"
Kerry la laissa mariner un temps, pour jouer avec ses nerfs, attendant que celle-ci l'interroge à nouveau.
Mais Kaya ne se démontait pas et attendait aussi de son côté.
Ce fut alors Kerry qui craqua :
— "Tu voudrais en savoir plus ? Je sens que tu brûles d'impatience, je me trompe ?"
— "Oui."
— "Cachotière ! tu es curieuse comme une pie !"
— "Je disais juste que tu te trompes : « je ne brûle pas d'impatience », je brûle… à cause de cette fichue vapeur !"
— "Très malin ! Bon… puisque tu insistes…"
— "Mais je n'insiste nullement !"
— "Cesse de m'interrompre… puisque tu insistes, disais-je, ce n'est pas Odovacar qui m'intéresse, d'ailleurs je pense qu'il y a sûrement quelque chose entre lui et Kealyn…"
— "Ne m'entraîne pas dans ton terrain marécageux ! Ne m'embrouille pas avec ta Kealyn ! même s'il est vrai qu'avec ses beaux yeux en amande elle pourrait faire chavirer n'importe quel

homme normalement constitué ! Alors ? qui est ce bel inconnu qui « t'intéresse » ?"
— "Tu le sais très bien…"
— "Non !!"
— "Et si…"
— "Toujours lui ??"
— "Toujours lui…"
Soudain un ronflement qu'on aurait pu attribuer à une truie les interpela. Elles se dressèrent vivement sur leur coude pour vérifier d'où venait le bruit : c'était bien « Replis ».
— "Elle dort !" chuchota Kerry, "profitons-en ! quittons ce four insupportable !"
— "Tu appelles ça dormir ? moi j'appellerais ça plutôt imiter le grondement du tonnerre !"
— "J'ignorais que l'Oiseau-tonnerre, ce majestueux aigle tacheté, pouvait apparaître sous les traits du cochon !" renchérit Kerry en réprimant à nouveau un fou rire.
— "Tais-toi ! si tu la provoques, elle va nous foudroyer !"
— "Elle nous a bien foudroyées du regard, tout à l'heure !"
Les filles, au bord du fou rire, s'approchèrent le plus doucement possible de la porte. Mais, au moment où Winona entreprit de poser sa main sur la sortie, un grognement terrible fit vibrer la petite cabane. Elles se retournèrent : Replis était assise, droite comme il est possible, en les regardant toutes les deux de ses petits yeux terribles. Toute argumentation étant inutile, nos deux Indiennes revinrent docilement sur leurs planches à l'endroit précis qu'elles avaient quitté, toujours en silence.
Replis reprit sa position allongée.
Et Kaya et Kerry, leur discussion intime.
— "« Tlanuwa » s'est rendormie ? Comment peut-elle être si vigilante tout en dormant !?"
— "Tu l'appelles Tlanuwa, maintenant ?" répondit Kaya à Kerry.
— "Ça lui va bien, non : « Tlanuwa-l'Oiseau de Tonnerre » !"

— "Par pitié, laisse notre vénérée Tlanuwa en dehors de ça ! Ceci dit, tu as raison : elle est impressionnante, ne la sous-estimons pas ! Bon, il faut tuer le temps – à défaut d'autre chose… - parle-moi de ta jument Hennie, où l'as-tu trouvée ? Elle n'est vraiment pas belle mais… quel cheval ! Elle est presque aussi impressionnante que mon étalon !"

— "Plutôt que de m'abaisser à souligner ton manque navrant de lucidité (je passerai sur la modestie), je daignerai, par charité pour toi, répondre de ce pas à ta requête." fit Kerry en empruntant un sourire précieux.

— "Merci pour ta condescendance, ma toute belle ! parle, je suis toute ouïe !" lui répondit son amie tout en imitant sa mimique affectée.

Kerry reprit un air sérieux. Le regard vague, plongée dans ses souvenirs, elle commença à raconter, comme si elle se parlait à elle-même :

— "Quand je me suis enfuie de Pony Town, je n'avais pratiquement rien. Mais je me suis débrouillée pour voler un cheval dans le haras des Cowan. Milongee, le cheval que j'avais hérité de maman, était trop vieux. J'ai dû lui faire mes adieux, la mort dans l'âme. Ils n'ont pas pu me tracer car j'avais camouflé les fers du cheval des Cowan comme me l'avait enseigné Grizzli-Blanc. Je n'aimais pas cet étalon. Je l'appelais « Couenne » en souvenir de ses maîtres. Je ne souhaitais pas le garder, il me rappelait trop de mauvais souvenirs et je l'ai d'ailleurs tellement poussé qu'il en est mort, le pauvre ! J'ai bien dû lui faire parcourir deux-cents kilomètres d'une seule traite tellement j'avais hâte de fuir cette bande de dégénérés."

Kerry s'arrête un instant, les yeux toujours perdus dans le vague. Le ronflement porcin s'est adouci, ce qui lui a permis de parler plus doucement. Elles continuent, prudemment, de parler en américain pour être sûres que la grosse gardienne cherokee ne les comprenne pas. Surtout depuis que celle-ci a montré ses surprenantes facultés d'« éveil ronflant ». Elles commencent, finalement, à s'habituer à la chaleur moite dégagée par les pierres parfumées.

Kaya tourne la tête vers son amie afin de l'encourager à reprendre. Et celle-ci, de bonne grâce, s'exécute :

— "Avant de trouver le mien, enfin… la mienne, j'ai bien dû piquer une demi-douzaine de canassons. Et puis, un soir, je suis tombée sur une harde de Mustangs. Ils paissaient tranquillement au fond d'un petit ravin incroyablement encaissé. C'est un magnifique endroit où la vallée se rétrécit en un canyon enclavé entre deux falaises tapissées de sapins. C'est grâce à un hasard extraordinaire que j'ai eu la chance de découvrir ce petit coin absolument enchanteur. J'y suis souvent retournée pour m'y cacher ou m'y reposer. Ils étaient nombreux. Peut-être une quarantaine. Mais j'ai tout de suite repéré une jeune jument. Sa vitalité m'a immédiatement frappée. La jument leader était très belle, majestueuse, tout comme le chef du troupeau d'ailleurs, mais… ils n'avaient pas cette… « promesse ».

Avant d'y avoir « goûté », on ne peut pas se rendre compte à quel point un Mustang est sauvage. Il faut vraiment le « casser » pour se l'approprier. Je ne voulais pas me louper avec Hennie. Il fallait que je me fasse la main pour que sa capture réussisse du premier coup. Alors j'ai commencé par les autres. J'en ai attrapé une dizaine que j'ai dressés puis vendus avant de m'attaquer à Hennie. Oui. Je l'ai appelée ainsi dès le premier coup d'œil."

— "Pourquoi ?" lui demande Kaya.

— "Tu ne connais pas le « cri » du cheval ?!" lui rétorque, taquine, son amie.

— "On pourrait penser qu'il y a quelque chose de plus futé que la simple allusion au mot « hennir », ma choupinette…!"

— "Je me moque mais… tu as raison, Petite sœur : quand j'ai rampé vers la harde, aucun ne m'a repérée…"

— "…sauf Hennie !"

— "Sauf Hennie. Elle a levé la tête et…"

— "…a henni !"

— "Exact ! Et ce jour-là inutile de te dire que je suis rentrée bredouille ! Ils ont tous dévalé la pente à une vitesse vertigineuse et j'ai eu très peur de ne jamais les revoir !"
— "Mais ils sont revenus…"
— "J'allais au canyon tous les soirs les attendre. Ils sont revenus au bout de dix jours ! Je n'ai pas regretté ma patience. D'ailleurs, pour approcher Hennie, j'ai dû faire preuve d'une patience encore plus éprouvante. Au lieu de lui courir après, comme pour les autres, j'ai dû changer de tactique : je me suis approchée d'elle avec une extrême lenteur. Je pense que, comparée à moi, une tortue est une championne de course ! Quand j'ai su que j'étais assez près, je me suis levée d'un bond - je savais que je n'avais droit qu'à un unique essai - heureusement, je lui ai attrapé l'encolure du premier lancer de lasso !"
— "Et grâce à qui elle est si habile ?"
— "Grâce à toi, Ô Divinité de l'Humilité !"
Les deux filles se mettent à rire mais étouffent vite leur enthousiasme en entendant le roulement d'avalanche qui point. Ce n'est pas le moment de réveiller Replis…
Kerry continue :
— "Heureusement que j'avais mis mes gants les plus épais car, la garce, elle m'a fait visiter toute la vallée ! et sans aucun égard ! Parfois je me relevais, parfois je replongeais dans l'herbe. J'avais enfilé mes chaps laineux et ma lourde pelisse de bison ; à la fin, ils n'étaient plus que loques ! Mais j'ai fini par l'avoir, la rosse !"
— "Tss-tss ! ça fait deux fois que tu insultes ta bien-aimée ! je vais tout lui dire si tu continues !"
— "Elle ne pourra rien me faire de plus que ce qu'elle m'a fait ce jour-là ! crois-moi ! Mais tu as raison, je ne voudrais pas qu'elle défonce la porte pour venir me punir ! De plus, je doute que sa présence soit approuvée par Replis !"
— "Alors…? une fois qu'elle t'a eu trainée dans les ravins, les vallées et les canyons puis réduite en charpie, que s'est-il passé ?"

— "Elle a fini par tomber. Quand même… J'ai pu m'aider d'un tronc d'arbre autour duquel la corde s'était enroulée. J'ai alors attaché le lasso à l'arbre et j'en ai lancé deux autres autour de ses membres. Ah ! elle m'en a fait voir ! Et puis j'ai attendu qu'elle se calme. C'est incroyable, cette énergie qu'elle a déployée pour résister, j'avais jamais vu ça ! surtout par rapport à sa petite taille. On aurait dit un bison pris au piège…"
— "Un tout petit bisonounet, alors ?" se moque gentiment Kaya.
Mais Kerry, ignorant la remarque, poursuit :
— "Au début, maintenant la bride tendue, j'ai attendu. Puis je me suis approchée, lentement, pas à pas, de ses beaux yeux intelligents. Et j'ai posé doucement, très doucement, ma main sur ses yeux. Et j'ai soufflé dans ses naseaux.
Toute résistance avait disparu, elle était mienne."
— "À quand le mariage ?"
— "Jalouse !"
Une gentille bagarre s'ensuivit. Mais qui fut rapidement interrompue : Replis s'était levée, terrifiante, sur le point de les écraser de ses gros pieds bouffis. C'est alors que l'air fut percé de deux hennissements stridents qui eurent le bonheur de la perturber. La grosse Indienne se boucha les petits trous de ses oreilles avec ses gros doigts boudinés et… Kaya et Kerry en profitèrent pour ouvrir la porte, enfourcher à la hâte leurs Mustangs, et prendre la poudre d'escampette !
C'était, bien sûr, Hennie et Chien Magique qui les délivraient.
Mais dans leur fuite, elles entendirent, juste avant de disparaître derrière l'entrepôt de fourrure, la maîtresse des lieux leur lancer, cette fois-ci de façon tout à fait intelligible, et répété sans relâche :
— "Vous ne pouvez pas partir sans mon autorisation ! vous ne pouvez pas partir sans mon autorisation ! vous ne pouvez pas partir sans mon autorisation !…"
Alors, une fois cachées par l'angle du bâtiment, elles s'arrêtèrent précipitamment pour se regarder, partagées entre l'effroi et la crise

de nerf ; leurs yeux exorbités, leur main plaquée sur leur bouche grande ouverte, elles se demandèrent l'une à l'autre :
— "Tu as entendu comme moi ??!! elle a bien parlé …en **AMÉRICAIN ??!!**"

Tout le village était là.

Parés de leurs plus belles tenues de cérémonie, tous les membres de la tribu du Clan du Vent rassemblés au grand complet attendaient debout que l'Agitateur de Tente arrive. Les tribunes couvertes de la place centrale étaient pleines à craquer et l'on sentait une nervosité et une tension animales.
Chacun selon son rang ou son statut affichait ce qu'il possédait de plus riche, de plus beau et de plus enviable. Mais, surtout, tous avaient confectionné pour l'occasion, à la main ou avec le métier à tisser commun, et probablement pendant d'interminables heures, une représentation de ce dont ils étaient le plus fier. Certains exhibaient une plume particulièrement décorée, un maquillage particulier ou une pièce de costume spéciale qui représentait un ancien fait de guerre ou acte valeureux comme le vol d'armes ou de chevaux ou bien l'organisation d'une expédition punitive. Mais les plus admirées étaient sans aucun doute les coiffes à plumes d'aigle ou parfois à cornes qui marquaient la plus haute position politique pour les hommes, et celles en crêtes colorées de poils de cerf, pour les femmes influentes. Tout ce qui se portait sur la tête incarnait et amplifiait une force spirituelle et un orgueil presque palpables. Les nuques étaient fièrement tendues vers un ciel limpide, et les poitrines, bombées à l'extrême à l'attention des vis-à-vis. Chacun chuchotait à son voisin avec une telle véhémence qu'on était bien loin du silence souhaité. Le moment le plus vénéré, l'Agitation de la Tente, prévu à la tombée de la nuit, n'était pas près de commencer étant donné la multitude de festivités préalables organisées pour une

journée qui s'annonçait longue. Interminable, pour Kaya et Kerry. Mais il leur était bien entendu impensable de la boycotter vu que tout, absolument tout, était prévu, préparé, confectionné …en *leur* honneur. Quinze ans ! Quinze ans que le Clan n'avait pas vu, touché, entendu, la fille du chef et son amie Winona que tout le monde avait si facilement adoptée. Les « Renards des prairies », les jeunes pubères, étaient prêts, et ils commençaient à piaffer d'impatience lorsque Grizzli-Blanc avança, solennel, au cœur de l'esplanade.

Kaya et Kerry, à qui l'on avait donné les meilleures places d'honneur, c'est-à-dire aux côtés des Grands Sachems Tekoa et Adahy, contemplèrent leur ami avec stupéfaction et admiration. Elles ne purent s'empêcher de l'examiner des pieds au chef : ses mocassins garnis de queues de loup lui donnaient un chic qu'elles n'auraient jamais cru possible pour un homme de ce gabarit et son habituel pantalon en daim avait été remplacé par des leggings en orignal ceints aux genoux d'un collier de griffes d'ours qui révélaient l'importance de sa fonction. Sa chemise, grâce à la surface naturellement brillante des piquants de porc-épic teints de rouge et or qui l'ornaient, accentuait son aspect solaire déjà intimidant en réverbérant la lumière du jour. Pour finir, il portait, avec son puissant cou de taureau, deux magnifiques cornes de renne avec autant d'aisance que les filles portaient leur Stetson.

Kaya et Kerry se regardèrent, surprises et admiratives : leur vieil ami avait pris du galon, c'était donc lui l'Agitateur de Tente !

Mais il restait là, planté tel un tronc d'arbre, au milieu de tous ses frères qui s'étaient assis à son arrivée.

Le début des solennités allait enfin commencer.

Ce fut d'abord Adahy, la mère de Kaya, qui s'avança pour prendre la parole. Sa chevelure, relevée sur la nuque en un lourd chignon maintenu par des bandelettes, indiquait la hauteur de son rang. En tant que dignitaire important, elle était vêtue d'un manteau de plumes d'oie sauvage et sa main droite tenait le *paho* ; elle venait de prendre avec grande déférence, au pied de l'autel, le court bâton de prière en bois de peuplier tout fraîchement peint et décoré de plumes et de paille de maïs.

— "Notre première-née nous a été enlevée," la prestance de Adahy ne cachait pas complètement son émotion, "notre première-née nous a été rendue. Loué soit Tirawahat, le Tout-Puissant, pour sa magnanimité ! Avant d'entamer les réjouissances, nous nous devons d'honorer sa fidèle amie, notre très estimée Winona, fille adoptive de notre Grand-Médiateur-Entre-Les-Deux-Mondes, notre bien-aimé chaman, Grizzli-Blanc, en célébrant le passage au royaume des ombres du père de Winona, James McKoy, qui est allé chanter la gloire du Tout-Puissant dans l'Au-delà il y a maintenant quinze hivers."

Adahy s'inclina respectueusement en direction de Grizzli-Blanc puis de Kerry. Le silence était total. Alors on entendit le son sourd des tambours d'eau, avec leur sonorité voilée caractéristique, accompagné par celui des tambours en bois à double peau qui, eux, déclenchèrent les inévitables frissons préalables à la transe.

Les « Renards des prairies » avancèrent ensuite en dansant et en psalmodiant. Les cheveux coupés ras, le visage couvert de charbon de bois exprimant une tristesse intolérable, ils pleuraient, se lamentaient, le corps tombant comme s'ils allaient s'écrouler. Vêtus de loques trouées et déchirées, crasseux et dégageant une odeur fétide, ils déambulèrent au milieu de la foule assise qui demeurait imperturbable et silencieuse. L'un deux, le seul entièrement habillé d'une fourrure de loup, posa sur la tête de Kerry la tête d'un loup décapité la semaine précédente. Le Maître-Loup du Royaume des Morts lui signifiait à la fois la compassion de tous et le renouveau de la vie et du bonheur. S'éleva alors, du plus profond des gorges sèches, un chant funèbre, guttural, qui tira ces larmes que Kerry avait enfouies depuis si longtemps au fond d'elle-même. Elle ne résista pas et laissa libre cours à cet écoulement salvateur. Puis la foule se leva et commença à se balancer d'un pied sur l'autre, faisant gronder les planches en bois des tribunes. Kerry connaissait le rituel pour l'avoir vécu dans son enfance avec son amie Kaya. Elles ne se remettaient jamais de l'odeur écœurante des jeunes Renards crasseux et finissaient toujours par vomir en cachette, moitié pleurant moitié riant, en pestant contre l'obligation d'assister aux cérémonies. Mais là, Kerry n'avait pas été dérangée par l'odeur pourtant pestilentielle du jeune pubère qui masquait à peine celle de la tête de loup en putréfaction. Elle pleurait comme une enfant. L'enfant qui était morte, il y avait maintenant quinze ans. Son amie Indienne, enfreignant les règles, lui serra affectueusement la taille et pleura elle-même en posant la tête sur son épaule.

Lorsque les pleurs furent taris, Tekoa, à son tour s'avança d'un pas. Pour s'assurer la relation avec les êtres surnaturels, il avait enfilé l'ancestral masque de bois noir et rouge qu'il avait peint avec du charbon de bois et du cinabre issu de la terre ferrugineuse. Avec ses jambières et sa tunique en daim ornée de perles d'eau douce blanches et noires, il arborait une allure guerrière imposante. Car, malgré une assez petite taille, le chef cherokee exprimait une autorité sans faille. Levant haut sa hache de cérémonie, fendant le ciel avec la lame de pierre taillée et polie, il harangua les siens :

— "Mes amis ! mon peuple ! Nous ne connaissions pas cet homme qui fut abjectement arraché à la tendresse de sa fille mais nous l'avons pleuré par compassion pour notre sœur. Père juste, il est allé rejoindre les esprits, les séduisantes fées et notre très cher héros Gluskap, créateur de notre belle vallée. Car, par la filiation adoptive de Winona, il s'était fait sien notre Peuple du Ciel. Ainsi, notre Grand Lièvre Nanabozho l'a accueilli chez lui dans son royaume. Loué soit Nanabozho !"

— "Loué soit Nanabozho !" répondit la foule en écho.

— "Mais surtout," reprit le Grand Chef, "nous nous réjouissons car il est allé rejoindre sa chère et tendre épouse Dora. Et tous deux, désormais, depuis le Royaume Pur, veillent avec grand soin sur l'âme de leur bien-aimée Kerry que nous, nous nommons Winona.

Accueillons-le pour toujours dans nos cœurs ! Et accueillons et remercions sa fille qui nous a ramené la nôtre ; réjouissons-nous du retour de Kaya, notre Princesse !"

Pendant que Kerry regardait son amie avec un étonnement mêlé de respect, Tekoa interrompit son discours. Il se tourna tendrement vers sa fille et, posant le tomahawk, déclara :

— "Avant de remettre le Wampum de bienvenue à Kaya, Princesse du Clan du Vent, nous allons fumer le Calumet des Retrouvailles !"

La foule s'assit en tailleur. Une rangée d'esclaves noirs et de prisonniers non adoptés arriva alors au pas de course, les uns traînant les autres attachés au cou par une corde et avançant frénétiquement sur leurs mains et leurs genoux écorchés.

Le sang de Kaya ne fit qu'un tour. N'écoutant que son impulsivité, elle bondit de son rang tel un lapin-baudet surpris, et invectiva vivement la Grande Cheffe Adahy :

— "Maman !!! je croyais que ces pratiques barbares avaient cessé depuis longtemps !!!"

Un des hommes, toujours à quatre pattes, se mit à hurler à la mort, la tête dressée vers le ciel. Prise de pitié, Kaya s'approcha de lui et, lui saisissant le menton, lui parla d'une voix forte afin que tous entendent distinctement :

— "Mon brave, ta peine arrive maintenant à son terme. Je te le jure au nom de Adahy, notre vénérée Cheffe de Guerre suprême. Car moi, Kaya, Princesse de Sang du Clan du Vent et fille de Adahy, je décide en son nom et le mien, à cette heure et sans contestation possible, du sort de vous tous, malheureux, qui rampez comme des chiens. Vous avez été fait prisonniers lors de batailles qui, depuis maintenant bien des lunes, ne sont plus les nôtres et dont les conséquences doivent être enterrées avec la hache de guerre. Alors que vos plus chanceux camarades remplaçaient les Rouges tués au combat en devenant un fils ou un mari cherokee, vous, parce que vous aviez la malchance d'être trop laids, trop bêtes ou trop maladroits pour être élus, avez dû subir le pire sort qu'un être humain ait à endurer : celui de se comporter comme un chien. On vous a contraints à garder la maison de vos nouveaux maîtres, à aboyer après les étrangers et à ronger les os des carcasses qui n'étaient même pas dignes d'être enterrés. Vous avez bien souffert, aussi, je vous offre le statut d'être humain et d'homme libre !"

Quand Kaya se tut, un immense silence lui répondit, uniquement ponctué par le cri aigu d'un aigle doré qui caressait la vallée du bout de ses ailes.

Le regard de Adahy flamboya l'espace d'un éclair pour aussitôt se radoucir.

Puis Winona, la fille adoptée du peuple cherokee, se leva ; silencieuse, elle se tenait simplement droite et immobile. Alors un Indien se leva. Puis un autre. Finalement tous, silencieusement, se dressèrent, attendant le verdict de la Cheffe Suprême.

Adahy prit finalement la parole :

— "C'est un temps de paix, mes amis ! Rendez à ces hommes leur famille ! Qu'on leur donne à chacun un cheval, de l'eau et des vivres, et qu'un esclave se charge d'accompagner les plus anciens et les plus faibles jusqu'au terme de leur retour."

Après un court silence figé, un intense concert d'aboiements et de hurlements répondit à la Cheffe et les « hommes-chiens », lentement, comme réveillés d'une longue hibernation, se relevèrent et quittèrent la place sous l'acclamation unanime de la foule.

Kaya embrassa sa mère avec tendresse et gratitude pendant que celle-ci, ayant déjà oublié l'audace de sa fille-Princesse, lui glissait à l'oreille :

— "Ma chérie, nous t'avons promis le Wampum de bienvenue mais nous avons encore bien plus à t'offrir !"

Arriva une fillette. Ses grands yeux veloutés ne pouvaient que rappeler Kaya. Elle s'avança timidement sur la scène centrale, poussée par une vieille Noire. Elle blottissait sa poupée en porcelaine contre sa joue pour se protéger des regards.

Kaya, le menton qui commençait à trembler, se mit à genoux et tendit les bras : la petite avançait toujours, avec retenue. Elle regardait de temps en temps sa mère qui l'encourageait de son sourire. Et elle s'arrêta à une distance prudente de sa grande sœur. Puis, à nouveau enhardie par un geste appuyé de sa mère, elle ouvrit la bouche et dit simplement :
— "Je m'appelle Imaia. Maman m'a dit que tu es ma sœur. Alors je t'aime."

Le powwow battait son plein.
Les danses frénétiques excitaient autant les « Renards des prairies » que les « Bisons » ; jeunes et anciens se trémoussaient, se pliaient en deux, sautaient et hurlaient comme des dindons sauvages que l'on étrangle.
Ceux qui ne dansaient pas, jouaient, sans omettre de chanter, à des jeux que Kerry avait oubliés : des hommes faisaient deviner l'ordre de taille de petits bâtons colorés dissimilés dans leurs mocassins, des femmes lançaient des noyaux de prunes comme des dés et des enfants se perchaient à bout de bras à des hauteurs invraisemblables sur la cime du plus haut des hickorys. À la bonne humeur générale accompagnée par les tambours et les crécelles ne manquait plus que le festin dont l'heure approchait avec les ombres qui s'allongeaient. En effet le soir s'installait en s'annonçant avec ses bruissements familiers.
Et celui qui était un peu observateur pouvait apercevoir Kaya et Imaia, un peu à l'écart sous la branche d'un grand châtaignier, en train d'observer, ravies, un bracelet étincelant malgré le clair-obscur.
— "C'est moi qui l'ai fait pour toi. Il est beau, n'est-ce pas ? C'est un wampum. Tu veux que je te lise le message ?"
— "Tu sais déjà lire, ma petite lune de miel ?"
— "Non. Mais ça je sais le lire. Et je sais aussi lire mon nom, et même l'écrire. Veux-tu que je te l'écrive ?"

— "Bien sûr, mon petit sucre d'orge."
— "Tu aimes le sucre, Kaya ?"
— "Non," lui répondit sa grande sœur, "pourquoi ?"
— "Regarde !"
Et la petite Imaia, oubliant sa question, traça avec son doigt les cinq lettres de son joli nom.
— "C'est bien, mon petit sucre candi !"
À l'annonce de la nouvelle friandise, la petite pinça ses lèvres pour se retenir de rire. Alors sa grande sœur lui adressa un sourire si lumineux qu'elles rirent toutes les deux aux éclats. Puis Imaia poursuivit :
— "Comme promis, je te lis le message du wampum. Tu écoutes ?"
Le regard éloquent de Kaya invita la petite :
— *"Kaya, ma grande sœur chérie, bienvenue.* Voilà !"
Son franc regard empli de candeur émut la « grande sœur chérie » aux larmes. Mais Imaia ne s'en souciait pas et continuait :
— "Regarde, ce n'est pas moi qui ai taillé les perles de verre, c'est Mabinty. Mais moi, je les ai colorées, enfilées et puis tissées pour écrire le message. Mais c'est vrai que Mabinty m'a aidée."
— "C'est qui, Mabinty, ma chérie ?" lui demanda Kaya qui se doutait bien que c'était la vieille esclave noire qui l'avait accompagnée sur la scène. Mais la petite poursuivait son idée :
— "Cette couleur, ce n'est pas rouge, c'est pourpre. C'est la valeur. Et le blanc, c'est le bonheur. Je voulais mettre d'autres couleurs mais Mabinty m'a dit que ça suffisait."
— "Ma chérie…?" lui demanda Kaya.
— "« Ma chérie » ??! Finalement, je préfère les mots sucrés ; tout le monde dit « ma chérie » !"
Kaya sourit.
— "J'ai mieux," lui dit-elle, "tu es… ma petite hermine des bois, ça te va ?"
— "Qu'est-ce que tu voulais me demander ?"
— "Eh bien… ma petite belette…"

— "Oui ? vas-y ! ne sois pas timide !"
— "Mon bébé caribou… pourquoi… pourquoi maman ne m'a rien dit ?"
— "Pourquoi tu pleures, Kaya ?"
— "Je ne pleure pas… enfin… si, je pleure, mais je ne suis pas triste !"
— "Je ne comprends toujours pas pourquoi tu pleures !"
— "Ma chérie… pourquoi je n'ai pas su… quand tu es née ?"
— "Tu aurais voulu que je te prévienne ?"
— "Non, mon petit écureuil des pins… Si j'avais su… Quel âge as-tu ?"
— "Quatre ans. J'ai eu quatre ans hier ! Tu le savais ?"
Les larmes de Kaya commençaient à perler le long de son nez. Elle réussit à articuler :
— "Non, mon petit vison de Virginie, je ne le savais pas."
— "Tu sais, j'ai failli ne pas sortir du ventre de maman. Tirawahat a hésité entre moi et maman."
— "Et heureusement… tu es née…"
— "Oui. Mais j'ai été très malade. Toute ma vie. J'ai failli rejoindre le papa de ton amie Winona. Mais maintenant, papa a dit que je suis guérie. C'est l'homme qui a de la peinture magique sur le visage qui m'a guérie. Enfin… moi je crois que c'est Tirawahat. Mais ne le dis pas à papa, il serait fâché."
Kaya serra sa petite sœur très fort dans ses bras.
— "Je ne le dirai pas à papa… Comme je suis heureuse que tu sois guérie !"
— "Regarde, Mabinty nous fait signe, tu la vois ? Je crois qu'il faut aller fumer le calumet. Tu viens ?"
— "Dis-donc, coquine, le Calumet des Retrouvailles, c'est uniquement pour les grandes personnes !"
— "C'est pas ça ! c'est juste que, après, il y a le banquet !"

Le grand bûcher était prêt.

Le village, après avoir écouté tous les discours (et Kerry et Kaya avaient réussi à échapper à certains), s'était rassemblé autour du futur feu du festin. Pendant ce temps, les hommes et les femmes influents du village s'impatientaient dans l'attente du rituel de bienvenue d'une princesse qui n'était toujours pas arrivée. La pipe de cérémonie avait été apportée par l'unique berdache du clan, Ehawee, le seul homme qui, à la suite d'une vision avait adopté le comportement social des femmes. Ainsi, il portait une robe de mousseline blanche qu'il avait lui-même tissée puis peinte de motifs géométriques et dont il avait décoré les épaules avec des dents de wapiti. De son visage teint de rouge scintillaient deux yeux profondément enchâssés dont le fard noir lui donnait un regard étrange. Il n'était autre que le Maître-Loup du Royaume des Morts, celui qui s'était vêtu d'une fourrure de loup. Et, heureusement pour Kaya qui arrivait en retard et de surcroît sans se presser, Maître-Loup avait dû faire une assez longue toilette afin de changer de couleur …et d'odeur. La nounou n'avait pu s'opposer à la volonté de la Princesse qui arrivait, contre toutes les règles du protocole, avec une enfant de quatre ans - sa petite sœur Imaia - pour une cérémonie normalement exclusivement réservée aux adultes. Personne ne pipa mot (si on peut oser cette expression lors d'une telle cérémonie) à leur arrivée et, alors que Kaya et Imaia traversaient le cercle d'hôtes pour s'installer en son centre, Imaia montrait le berdache du doigt en expliquant à sa grande sœur :

— "C'est Ehawee. C'est lui qui m'a guérie. C'est le seul d'entre nous qui a deux âmes. C'est pour ça qu'il s'habille en squaw. Mais il aime les filles !"

Kerry, qui était assise dans le cercle des personnages importants, regarda son amie et leva les yeux au ciel en pinçant un sourire.

Kaya, qui n'avait d'autre choix que d'afficher un grand sérieux, s'inclina devant le maître de cérémonie et s'assit, avec une petite sœur qui l'imitait en tout point.

Maintenant on pouvait commencer.
Dans le silence le plus religieux, Ehawee prononça les paroles sacrées et commença à « manier » le calumet. Kaya et Imaia furent toutes les deux fascinées par la longue pipe, décorée de dépouilles d'oiseaux et de plumes disposées en éventail, qui faisait le tour du cercle humain tout en s'arrêtant aux quatre points cardinaux pour prier. Lorsque la pipe stoppa devant Kaya, l'Indienne la prit cérémonieusement et offrit, elle aussi, des ronds de fumée aux quatre points de l'horizon ainsi qu'en direction de la terre puis du ciel.
Ce n'est qu'une fois le rituel terminé que Kaya apprit (par Kerry) que sa petite sœur Imaia l'avait imitée à la perfection ! ...avec sa propre petite pipe en terre cuite, celle que son papa lui avait sculptée mais... sans penser à une telle finalité !

La pénombre se marie maintenant à la lumière des torches ; le soleil, ayant disparu, a été remplacé par son digne représentant terrestre : le feu. Les bois d'hickory, de hêtre et de chêne soigneusement disposés, attendent patiemment de nourrir la nuit de leur embrasement. Imaia arrive en tête de la procession, suivie de sa grande sœur Kaya et de sa nouvelle amie Winona, pour allumer le bûcher. Elle tient fièrement à deux mains le lourd support en écorce de bouleau de sa torche allumée. Son mignon petit minois danse avec les ombres, indifférentes au rythme de ses petits pas. Ravie d'avoir été choisie pour mener le défilé, elle avance solennellement, partagée entre le sérieux de sa fonction et l'envie pressante de rire aux éclats. Nouvellement vêtue pour l'occasion, elle a troqué sa robe en daim contre sa plus belle jupe en tissus, celle qui est décorée d'un long ruban de soie bleu turquoise et ceinte d'une bande de cuir ornée de dents de lait d'élan. Elle sait que le bon repas qui l'attend est maintenant proche et, en bonne gourmande, salive d'avance. Il faudra juste attendre que la dernière – la dernière des dernières ! –

cérémonie soit finie : celle du Tremblement de la Tente. Et puis après… on mange !

Ça y est ?! les « allumeurs » vont-ils enfin se répartir autour du bûcher ? Imaia commence à s'impatienter. Que de chichis pour juste allumer un feu ! Ils ne sont donc jamais pressés, les Grands ? Elle en profite pour passer en revue ce qu'elle va bientôt pouvoir manger (…et refuser de manger !). Bien sûr, d'abord, le plus visible : tout ce gibier qu'on a pendu par les pattes. Ces ours, chevreuils, élans et autres rennes n'ont pour l'instant d'autre choix, la tête en bas, que d'admirer à l'envers ce bois encore sec et froid qui va bientôt se transformer en braise rougeoyante. Triste *fin* pour eux … mais gaie *faim* pour nous ! pense, toute ragaillardie, petite Imaia affamée. Par contre, la viande fumée, elle n'y touchera pas ! ni le poisson : c'est pour les miséreux ! et le dindon ? y'en a déjà toute la semaine ! là, elle ne prendra que ce qu'elle ne mange *jamais* !

Fascinée par cette viande morte qui n'attend que ce pour quoi elle a été créée, Imaia repense à cette injustice qui la fait toujours autant rager : il n'y a que les garçons qui ont le droit de chasser ! Quand elle sera cheffe, c'est sûr, elle réparera cette aberration ! La pêche ? ce n'est pas grave… c'est tellement bête, un poisson ! Mais elle voulait tant accompagner ces valeureux guerriers qui partaient à la chasse ! Elle se rappellera toujours comme ils se sont moqués d'elle lorsqu'elle les a suivis, un matin à l'aube, avec sa petite sarbacane en bambou ! Bien sûr, ils s'en sont tout de suite rendu compte, et on l'a ramenée, sous les quolibets, pendue par les mains et par les pieds comme une pauvre biche, et ils chantaient haut et fort qu'ils n'étaient pas bredouilles ! Quelle humiliation ! Mais rien n'arrête jamais Imaia. D'ailleurs, son nom ne signifie-t-il pas « obstinée » ? Alors elle est repartie, cette fois-ci, avec un « espion » : son gentil grand cousin Hahnee. Lui, il a de la chance ! Son oncle et son grand-père lui ont fabriqué un bel arc en corne de mouflon travaillée à la chaleur, avec une corde en tendon de buffle ! et il met ses flèches à pointe d'os dans un beau carquois en cuir de mouflon !

Mais surtout… ils lui ont *appris* !
Il a déjà tué une bécasse, deux perdrix et plein d'oies et de canards sauvages ! Pas mal, car ça vole haut ! Bon, bien sûr, il a aussi tué un paquet de ces idiots de dindons, mais ça, ça ne compte pas. Par contre, chapeau pour la belette ! même si je me doute que c'était un coup de chance… parce que… le lièvre-âne, lui, il l'attend toujours !… Mais bon, faut pas se moquer… parce que, quand Hahnee partira à sa première chasse aux bisons à son treizième printemps, c'est sûr, ça me clouera le bec !…
Machinalement, Imaia étend les mains vers le feu qui la réchauffe en cette fraîche soirée. Perdue dans ses rêveries, elle ne s'est pas rendu compte qu'ils n'ont pas attendu son signal pour allumer le grand bûcher.
Un chasseur sacrifie à son bienveillant propriétaire surnaturel la première bête qu'il a capturée. On remercie le Créateur de tous ces cadeaux sacrés. Et pour obtenir la clémence des esprits, pour qu'ils apportent bénédiction et abondance lors de la prochaine chasse, on jette quelques-uns des meilleurs morceaux dans le feu, et on dépose perles et bouts de tissus dans les branches environnantes.
Imaia, tout en avançant machinalement, réalise alors que le feu est très chaud, enfin… qu'il est allumé !… Frustrée qu'ils ne l'aient pas attendue, elle cherche sa sœur du regard dans cette foule assise qui attend, maintenant silencieuse, l'ouverture imminente de la dernière cérémonie.
Mais c'est Kaya qui la repère la première et l'appelle :
— "Alors, Imaia, as-tu cessé tes rêveries ?"
Mais Grizzli-Blanc, le gros géant qui fait peur, est arrivé et a commencé à prendre la parole. Au moins, si elle a raté l'allumage du brasier, elle est maintenant sûre de l'imminence du festin ! Elle ravale sa frustration et se faufile discrètement entre les masses immobiles pour venir sans mot dire se blottir contre sa grande sœur. Celle-ci lui ouvre tout grand les bras et l'emmitoufle dans sa cape en plumes de cygne. Toute chaude, dans son petit refuge en chair, en

os, et en plumes, elle ne voit pas le colosse se retirer dans la tente cylindrique qui jouxte les flammes, elle ne l'entend pas non plus, par l'ouverture qui a été aménagée au faîte du *tipi*, implorer la Tortue ni chanter sa mélopée tout en frappant sur son tambour pour appeler l'Esprit.
Elle a trouvé mieux à faire : Imaia s'est endormie.

Une odeur très agréable chatouille le nez de Imaia.
— "Je n'ai pas eu le cœur à te sortir de tes rêves, ma petite fouine, tu ne m'en veux pas ?"
Imaia, réveillée, s'étire et voit Kaya et Winona qui lui sourient. Mais, ô bonheur suprême, on lui a posé sur ses genoux un récipient plus gros qu'elle rempli, entre autres, de beaux morceaux de viande bien juteuse.
— "Je te remer*ch*ierai toute à l'heure ! pour l'instant, j'ai d'autres cho*j*es à faire !"
Et la petite commence à déchirer à belles dents les cadeaux du Créateur. Un immense plat en estomac de bison attend, à sa portée de main, d'être pillé de son riz sauvage et de ses légumes. Elle accepte de goûter aux patates douces sauvages, à la rigueur aux haricots (après tout, elle les a ramassés !), mais il est *hors de question* qu'elle touche aux citrouilles, courges, potirons et autres topinambours !!
— "Garde-toi pour les baies ! il y a des myrtilles et des airelles que tu aimes tant, et tu feras bien attention à ne pas tacher ta belle jupe de fêtes, ma petite belette !"
— "Oui maman !" répond, goguenarde, Imaia à sa grande sœur.
— "Si tu le prends comme ça, tu laveras ta jupe ainsi que tous les vêtements du Clan !"
Mais Imaia ne se laisse pas impressionner :
— "Dis-donc, grande sœurette, au lieu de jouer à la maman, raconte-moi comment ça s'est passé dans la tente avec le gros qui fait peur !"

Alors que Kerry manque de s'étrangler, Kaya la tance vertement :
— "Tu feras moins la maligne quand je dirai à Grizzli-Blanc comme tu lui manques de respect !"
— "Pitié ! pitié ! Ô Plus-Aimée ! j'implore la clémence envers le pauvre petit scarabée que je suis !"
Ce n'est pas Kaya qui répond : c'est Grizzly-Blanc lui-même (bien sûr…) qui ne s'était pas installé bien loin de sa fille adoptive Winona. Feignant de ne pas voir Imaia, il prend sa plus grosse voix et s'adresse à la cantonade :
— "N'émanerait-il pas, perdu au milieu de tous ces morceaux de viande, comme un parfum… d'insolence ?"
Terrorisée, la pauvre Imaia fait brusquement moins la fière et on la voit stopper net l'enfournement d'un gros bout de chair dans sa petite bouche dégoulinante. Comme elle ne bouge ni n'articule le moindre mot, ils s'inquiètent tous aussitôt : heureusement, Kaya a le réflexe de lui taper fortement dans le dos, provoquant la salvatrice projection d'un malheureux et innocent bout de quelque chose …sur le pantalon immaculé du Puissant Maître de cérémonie.
Tous éclatent de rire, même Imaia (…lorsqu'elle a retrouvé son souffle !).
— "Je vous promets, Monsieur le Sachem des Grands, de ne plus jamais parler mal de vous !"
Mais Grizzli s'assied à côté de la petite et prend, cette fois, sa voix la plus douce :
— "Imaia, je vais te raconter ce qui s'est passé dans la tente, et après, on sera amis pour la vie. Tu veux bien ?"
— "Oh oui, Ours-Blanc ! Avec un ami comme vous, on ne craint vraiment rien !"
Des sourires fusent ici et là, et la petite, cette fois-ci loin de s'assoupir, écoute attentivement :
— "D'abord, j'ai dû prononcer un discours long et ennuyeux. Mais je n'ai pas le choix, c'est la tradition. Et je pense que c'est à ce moment-là que tu as glissé dans le pays des songes (les regards se

croisent et les sourires fusent à nouveau). Ensuite j'ai réussi à rentrer dans la Tente du Rituel malgré ma corpulence."
Il la fixe, très sérieux, pour voir sa réaction. Mais Imaia ne se démonte pas. Elle a juré déférence et ce n'est pas maintenant qu'elle va craquer. Grizzli continue :
— "Une fois installé dans la Tente, sais-tu ce que j'ai fait ?"
— "Non, Ours-Blanc. Je ne sais pas. Tu le sais bien puisque tu viens de dire que je dormais. Mais je veux bien que tu me le dises."
Il sourit et continue :
— "J'ai prié. Ça t'arrive de prier ?"
La petite prend un certain temps pour réfléchir.
— "J'ai promis de ne pas mal vous parler. Aussi, ça veut dire que je ne dois pas vous mentir non plus, n'est-ce pas ?"
— "Tu dis bien. Tu ne dois pas me mentir. Ni à personne d'ailleurs. Ça t'arrive de mentir ?"
— "Attendez, Ours-Blanc, je dois déjà répondre à la première question : « *Est-ce que je prie ?* ». Et bien… pas souvent. Mais ça m'arrive quand même. Quand mon castor est mort, avec Hahnee (c'est mon ami), nous l'avons enterré, et nous avons fait une prière."
— "Ah oui ? laquelle ?"
Sans hésiter une seconde, Imaia prend une grande inspiration et récite d'un trait :
— "*Le Grand Esprit ne veut plus de Yahto* (c'est mon castor), *alors le Grand Esprit le reprend. Il a brisé le cercle de la vie de Yahto pour le mettre dans un plus grand cercle. Pour cela, Yahto doit retourner chez sa Mère la terre. J'ai dit.*"
Grizzli-Blanc la regarde plus intensément, visiblement impressionné. Il lui saisit la main et lui dit, ému :
— "Imaia, fille de Tekoa, tu seras une grande cheffe. Mais auparavant tu dois devenir mon amie et pour cela je dois continuer mon récit : j'ai donc prié. J'ai imploré la Tortue. Sais-tu qui est la Tortue ?"

— "Je serais idiote si je te disais que c'est un animal à bon goût avec une carapace qui lui sert de maison. Non, c'est un Esprit Bienveillant, ami du Lièvre."
— "C'est bien, Imaia. Et sais-tu pourquoi j'ai prié ?"
— "Pour faire trembler la Tente ?"
— "Plus que ça…"
— "Je ne sais pas, Gros-Ours-Blanc. Pour qu'on puisse bien manger ?"
Grizzli-Blanc se met à rire.
— "Entre autres !
J'ai prié parce que certains membres du Clan du Vent, comme Anoki qui n'est pas certaine que son mari est mort, veulent savoir ce que deviennent leurs parents ou amis qui vivent loin, pour certains au-delà de la Montagne de la Patte d'Ours ou du Canyon du Squelette. J'ai aussi prié parce que d'autres m'ont demandé de leur retrouver des objets de grande valeur qu'ils avaient perdus."
— "Et la Tortue a répondu ?"
— "Oui. Elle répond toujours. J'ai joué du tambour de guerre en chantant ma prière. Et la Tente s'est mise à trembler - cela signifie que les Esprits sont là - et tous, nous avons pu entendre Leurs voix."
— "Nous avons entendu Leur parole mais elle est incompréhensible pour nous. C'est Grizzli-Blanc qui nous l'a expliquée." intervient Kerry.
— "Comment tu fais pour comprendre, Ours-Blanc ?" lui demande la petite.
— "Je comprends. C'est tout."
— "Alors… tu sais ce qu'on va faire, Gros-Ours ? Je prierai plus souvent et à chaque fois j'irai te voir et tu me donneras la réponse de la Tortue. Tope-là, Ours-Blanc ?"
— "Tope-là, ma chérie !"

Le lendemain, alors que les esclaves noirs lavaient la vaisselle en écorce à la rivière et que Imaia dormait encore, les dernières rougeurs des braises du festin, elles, commençaient enfin à s'éteindre. Kaya et Kerry s'étaient réveillées ensemble et, après une toilette rafraîchissante, commençaient à rassembler des restes de fraises et de framboises pour Imaia et quelques grappes de raisin sauvage et de noisettes pour elles-mêmes. Alors qu'elles s'apprêtaient à aller réveiller Imaia pour partager le repas matinal, elles sursautèrent au sifflement strident qui frappa leurs tympans encore fatigués par les tambours et les cris de la veille : c'était la petite coquine ! celle-ci, dans un rire tout aussi perçant, les nargua en les réprimandant :

— "On ne surprend pas La Fouine dans son sommeil ! Je suis l'espionne la plus valeureuse de ce Clan et, en tant que telle, mérite meilleure pitance que ces quelques baies fripées ! Puisque vous n'honorez pas mon rang comme il le faudrait, je vais moi-même me chercher de la viande et un Nanabozho en sucre !"

Comme la grande sœur était prise de court, ce fut la mère qui répondit :

— "Sais-tu ce qu'on réserve aux petites présomptueuses ? On leur ordonne d'aller servir les Bisons et d'attendre qu'ils aient fini, pour manger !"

Mais Kaya, qui avait retrouvé sa langue, prit la défense de sa petite sœur :

— "Maman… je m'en occupe. S'il te plaît, laisse-la manger avec moi car c'est ma dernière journée avec elle !"

— "Comme tu veux, ma chérie, mais fais attention à ce qu'elle ne te mange pas toute crue !"

Kaya sourit :

— "Je serai vigilante, promis !" Puis elle se tourna vers sa petite sœur : "Toi, si tu ne veux pas passer ta matinée à servir les Anciens, tu m'apportes à manger …Et du sirop d'érable aussi ! et tout de

suite !" Elle ajouta, en riant, alors que la petite partait en courant : "Et ne te gave pas en chemin !"
Toute essoufflée, Imaia revint, les bras chargés de victuaille :
— "Kaya-petite-mama, je t'ai pris ton sirop d'érable et des restes de succotash. Winona ma nouvelle amie, je t'ai apporté des boulettes de maïs. Et Moi (continua-t-elle en se parlant à elle-même), je t'ai apporté un gros Lièvre Nanabozho tout en sucre !"
La petite s'assit et s'immergea dans son monde. En plus du repas, elle s'était apportée des poupées et toutes sortes de babioles. Alors qu'elle disparaissait dans ses jeux, Kaya sortit une belle pipe blanche en argile qu'elle bourra de tabac. Pour son amie, elle en sortit une en bois d'hickory ornée d'une magnifique tête en catlinite rouge sculptée qu'elle bourra de *kinikinik*. Elles fumèrent un instant en silence en se les échangeant entre chaque bouffée.
— "J'avais oublié comme on est bien chez toi !" fit doucement Kerry tout en soufflant un gros rond de fumée qu'elle regarda se perdre dans les branches.
— "Sais-tu d'où vient le *kinikinik* ?" lui répondit son amie.
— "C'est… à base d'écorce de saule et de je-ne-sais-trop-quoi d'autre ?"
— "J'ai plus poétique : c'est à cause d'une mésaventure de Menaboshu."
— "Il ne m'a jamais été présenté !"
— "Écoute, au lieu de dire des bêtises : une nuit de belle lune rousse, Menaboshu cherchait du tabac dans l'intention de se détendre. Mais il n'en trouva pas, ce qui le contraria très vivement. Comme il faisait froid, il alluma un feu et finit par s'endormir. Malheureusement, comme il était sur un terrain pentu, il glissa sur les flammes pendant son sommeil et ses vêtements prirent feu. Réveillé en sursaut, il courut comme un fou vers le point d'eau le plus proche en embrasant tout sur son passage !"
— "Et alors ? Et le *kinikinik*, dans tout ça ?"

Mais ce n'était pas Kerry, c'était Imaia qui s'était immiscée dans leur conversation.
— "Dis-donc, toi ! tu nous espionnes ?" fit la grande sœur en fronçant les sourcils (mais avec un large sourire).
— "Pas du tout ! mais je ne vais quand même pas me boucher les oreilles pour vous faire plaisir ! Alors ? quel est le rapport avec le *kinikinik* ?"
La grande sœur leva les yeux au ciel et répondit :
— "Tu aurais attendu juste un peu, tu aurais eu ta réponse ! Peut-être mérite-t-elle (Kaya se tournait vers Kerry) une petite leçon de patience, qu'en penses-tu, Wino ?"
— "Effectivement ! je pense qu'elle ne l'aurait pas volée !"
Mais Imaia ne se laissa pas faire :
— "Il est hors de question que j'apprenne une leçon ! Puisque c'est comme ça, je vais, toutes les deux, vous changer en épouvantail ! vous irez faire peur aux oiseaux, aux blaireaux et aux cochons !"
La petite ne rigolait pas, elle fronçait férocement les sourcils et son habituel sourire angélique s'était en un instant transformé en une petite fente toute fripée.
Kerry, amusée par le soudain revirement de la petite Indienne, se prit au jeu :
— "Tu es donc maintenant une sorcière et tu vas nous transformer en monstre ?"
— "Juste avant, j'étais une fée qui chantait pour séduire les hommes, et après je voulais être une femme-médecine noble de la confrérie des Faux-Visages mais à cause de vous je dois changer et devenir l'Esprit Croquemitaine qui fait peur à tous les enfants : (la petite prit un air terrifiant) je suis maintenant « Crotte de nez noix de beurre » !"
Kaya et Kerry hurlèrent d'effroi et s'enfuirent à toutes jambes en voyant la terrible grimace défigurer le visage de la petite. Mais celle-ci les rappela aussitôt :
— "Attendez ! il faut que je vous transforme !"

Dociles, mais tout de même très inquiètes, elles revinrent alors sur leurs pas.

Imaia leur expliqua :

— "Asseyez-vous là et attendez que je trouve mes plantes « transformantes » !"

Sur l'ordre péremptoire, les filles baissèrent la tête. Imaia fouilla dans un petit sac en peau d'écureuil et en retira deux grandes feuilles séchées.

— "Ne bougez pas !" ordonna-t-elle avec autorité, "je n'ai pas encore tout ce qu'il me faut !" Elle renversa alors son petit sac et étala soigneusement son contenu dans l'herbe. "C'est mon Nataos. C'est un sac-médecine sacré réservé uniquement aux femmes-médecine."

Et visiblement elle encourageait les deux « grandes » à découvrir son trésor, et semblait tout-à-coup avoir oublié sa menace de transformation en monstre. "Ça, c'est de la peinture magique qu'on met sur le visage. Le jaune vient d'une vessie de buffle. On le met dans la bouche (attention, il ne faut pas l'avaler !), on mélange bien avec la salive (la petite mimait en faisant les grosses joues) et on crache sur la figure !"

Mais Kaya l'avait vue venir et la stoppa tout net :

— "Tu ne me craches pas dessus ! sinon je te fais avaler ton extrait de vessie, compris ?"

— "Compris, Kaya-Mama ! Et toi ? tu t'es colorée comment le visage, hier, pour la fête ?"

— "C'était de la graisse mélangée à des extraits de plantes."

— "T'as de la chance ! moi, maman m'interdit de me peindre la figure, elle dit que je suis trop petite ! Mais ça m'est égal, tu sais ce que j'ai fait ?"

— "Qu'as-tu fait, Imaia ?"

Sans un mot, Imaia retroussa sa robe et tendit ses fesses. Ce à quoi répondit sa grande sœur :

— "C'est malin ! T'en penserais quoi si je disais à maman que t'as transformé ton derrière en poussin ?"

— "Tu ferais pas ça, Kaya !? figure-toi que je t'ai montré mon derrière peint en jaune parce que j'ai confiance en toi ! alors tu ne dois pas trahir ma confiance !"
Kaya sembla réfléchir :
— "Je ne sais pas… il me semble qu'une telle information vaut son pesant d'or ! Une espionne au cul jaune !… tu sais ce que ça veut dire ?"
Imaia ne jouait plus :
— "Non ! ça veut dire quoi une « espionne au cul jaune » ?"
— "Eh bien…"
Kaya chercha du regard une aide de la part de son amie. Kerry répondit pour elle :
— "Une espionne au cul jaune, c'est une espionne qui va se faire pincer !"
— "T'as pas intérêt à me pincer !" répondit, outrée, la petite.
Mais Kaya lui expliqua :
— "Mais non, « se faire pincer », ça veut dire « se faire prendre » ! ça veut dire qu'on va *découvrir* que tu es une espionne ! Et sais-tu quel est le sort réservé aux espionnes ?"
— "Non… mais de toute façon je vais vite me laver les fesses et comme ça t'auras rien à raconter à maman !" rétorqua la petite en commençant à se diriger vers la rivière.
— "Trop tard ! tu es coincée ! c'est trop tard ! si tu veux t'en sortir, tu dois…"
C'est Kerry qui compléta :
— "Tu dois nous donner une partie de ton trésor ! tu n'as pas le choix. Sinon…"
— "Sinon on devra exposer tes fesses à tout le village. Il me semble que c'est ça, le protocole. N'est-ce pas, Wino ?" fit Kaya, l'air terriblement préoccupé.
— "C'est bien ça ! À moins, donc, que tu nous donnes une partie de ton trésor… Il n'y a pas d'autres solutions, malheureusement." compléta Kerry en soupirant.

Voyant le menton d'Imaia qui commençait à trembloter, Kerry ajouta aussitôt :
— "Mais le trésor sera rendu dès que les fesses seront propres ! C'est bien ça, Kaya ?"
— "Oui oui ! C'est bien le protocole. À condition qu'on choisisse ce qu'on veut. Alors, Imaia ? que décides-tu ?"
La petite, sur un grand soupir philosophe, répondit, à nouveau calme :
— "Allez-y. Faites votre devoir. Mais sachez que je n'aimerais pas être à votre place ! Faire un travail aussi dégradant…"
Refoulant un sourire, Kaya et Kerry s'approchèrent du « trésor » étalé sur l'herbe et prirent un air extasié.
— "Comme tu as de la chance de posséder un tel trésor !" fit Kerry, "je n'ai jamais été aussi riche, moi, même quand j'ai découvert une mine d'or en Californie !"
— "Tu dis n'importe quoi ! quand il y avait la Ruée vers l'or en Californie, tu avais deux ans ! C'est Raton-qui-se-lave qui me l'a dit !"
— "Oui, bon… c'était peut-être en Australie ou dans le Montana… peu importe !"
La petite, prenant un air dubitatif, fronça les sourcils :
— "En Australie ?…"
Et pendant qu'elle réfléchissait à ce nouveau lieu inconnu, les deux grandes fouillaient irrespectueusement son bien. Tout à coup, Kaya s'exclama :
— "Mais ! c'est *mon* Nataos ! il contient tous les jouets que j'avais quand j'étais petite ! Je me rappelle ces « médicaments » qui me servaient à soigner les oiseaux, et ma coiffe de la Danse du Soleil ! C'est bien mon sac de « guérisseuse » ! Il y a tous mes objets rituels : ma crécelle en cocon de papillon, mon éventail en plumes de geai bleu, mes pierres en micaschiste et mes peaux de belette blanche et de vison ! Je n'en reviens pas ! Où as-tu déniché ce sac sacré, mon petit poussin jaune ?"

— "Dans la petite armoire, au fond du wigwam… C'est à toi, grande sœurette ?? c'est vrai ??"
Kaya était tout émue.
— "C'est Wilma qui veillait dessus quand je partais. Elle me manque…"
— "Tu vas pleurer, grande sœurette ?" demanda ingénument Imaia.
— "Non, ma chérie" répondit Kaya, "mais ma nounou était formidable, tu sais…"
— "Autant que Mabinty ?"
— "Autant que ta nounou, mon sucre d'orge."
Soudain, ce fut au tour de Kerry de s'exclamer :

— "Kaya !!! Regarde !!!"

3. LE NATAOS

— "D'où vient ce document ?"
Tekoa était plongé dans la lecture de la carte des *Alleghanys* que Kerry venait de trouver dans le « sac-médecine » de Imaia. Le souvenir de ces forêts endormies sous d'épaisses nappes de brumes venait le frapper comme le blizzard surprenant le voyageur. Son esprit n'habitait plus là. Tekoa revivait sa première chasse à l'ours noir et ses premières étreintes amoureuses sous les chênes nains et les vols planés des aigles dorés.
Son épouse Adahy, saisissant son trouble, lui mit la main sur l'épaule et l'embrassa tendrement sur la joue.
— "Tu nous a sauvé la vie, grand chef ! Grâce à ta clairvoyance, nous avons échappé à la *Piste des Larmes* où tant des nôtres ont laissé leur carcasse !" Adahy l'enserre affectueusement. "Ne regrette rien, mon grand chef, c'était un beau pays, mais le nôtre, ici, n'est-il pas à la hauteur de nos rêves ?"
— "J'étais jeune et vigoureux…"
— "Mais tu es toujours vigoureux, mon ours noir !"
— "Dites ! les tourtereaux, gardez votre vigueur pour nous aider à résoudre ce mystère : que fait ce foutu document de Blancs ici chez des *Tsalagis* ! Vous pourrez toujours aller revivre vos émouvants souvenirs de jeunesse après !"
Kaya, qui venait d'interpeller ses parents avec une feinte violence, paraissait soucieuse, inquiète.
Mais sa mère ne se laissa pas impressionner :
— "Sais-tu, jeune insolente, que je n'étais qu'une petite fille quand ton père nous a exilés au Nord vers les Grands Lacs ?"
— "Oui, je sais ! et tu étais « déjà amoureuse de lui » ! Mais il y a plus grave…"
— "Comment ça, « plus grave » ? tu trouves que c'est grave que ton père et moi nous aimions ?" lui répondit sa mère, faussement outrée.

— "Maman ! on n'a plus rien là-bas ! Tout a été envahi par les Blancs ! Nos champs, nos maisons, nos écoles, tout a été dévasté par ces…"
Kaya se contient. Elle ne veut pas blesser son amie Winona qui depuis le début assiste à la conversation sans broncher.
Tekoa interpelle sa fille :
— "Toi qui viens de là-bas, dis-nous ce que sont devenus les nôtres qui ont réussi à rester cachés dans les *Grands Monts Enfumés*."
Après un profond soupir, Kaya raconte :
— "Ils étaient à peu près deux mille lorsque je suis arrivée. On connaît bien notre forêt. On vit de chasse et de cueillette. Mais on ne peut plus cultiver. Les Blancs ont décidé que la terre se possède. Ils s'en sont donc emparés et n'ont, depuis, cessé de spéculer dessus. Ce document est un acte de vente de *nos terres*, papa."
Tekoa se tait. C'est Adahy qui intervient :
— "Quand je pense que la Cour suprême a déclaré solennellement que notre nation cherokee était une société distincte qui n'avait pas à se soumettre au gouvernement ! Ils nous avaient garanti, par de multiples traités, qu'ils ne nous prendraient jamais notre terre ! cette terre sur laquelle le sang de nos cordons ombilicaux s'est répandu, cette terre sur laquelle nous avons grandi, cette terre dans laquelle nos pères et nos amis ont été inhumés !…"
La voix de Adahy s'étrangle.
— "Calme-toi, maman…"
Mais Adahy se ressaisit et poursuit de plus belle :
— "Quand je pense à notre soi-disant « Père », ce fourbe de Président, qui a osé nous promettre qu'il nous « confiait ce pays et que nous en jouirions à jamais, nous, nos enfants et les enfants de nos enfants » !! Ah ! ils savent nous embobiner avec leurs belles paroles de faux jetons ! Et ils savent les mettre à la sauce indienne pour mieux nous tromper !" Adahy prend un ton grandiloquent :
"« Dites à mes enfants Rouges que je suis leur ami mais qu'ils doivent, en partant et en s'installant sur les terres que je leur offre, me permettre de les

aider. Là, en possession de leurs propres terres dont ils pourront jouir aussi longtemps que l'herbe poussera et que couleront les rivières, je les protège, les protègerai et resterai leur ami et leur Père ! »"
Emportée dans sa diatribe, elle poursuit :
— "Leur arrogance n'a pas de limite ! plus le mensonge est gros, plus ils le pondent avec assurance !" Adahy reprend son ton exalté : "*Écoutez-moi, mes frères, je ne vous ai jamais menti ! Je n'ai aucune raison de vous tromper ! Je me soucie sincèrement de votre bien-être !* Ah ! si je pouvais sentir sous mes doigts la gorge de mon très cher « Père », quel plaisir j'aurais à la réduire en bouillie !"
Puis, aussi brusquement qu'elle est venue, la colère de Adahy se calme net, et la Grande Cheffe conclut en murmurant :
— "Ces politiciens… tous des beaux parleurs à la langue de vipère… Mon « Père » ?… c'est le soleil ! Ma « Mère » ?… c'est la terre !"
Ils laissèrent le silence digérer la tension qui avait gonflé à la manière d'un brusque orage.
Mais Kaya n'avait pas fini de répondre à son père :
— "Papa, ils nous ont pris nos terres et nous ont forcés à partir dans les Territoires Indiens ! La garde nationale capturait les enfants pour obliger leurs parents à partir ! Ils nous ont expulsés pour une poignée de perles de verre ou pour la somme dérisoire de 1,25 dollar l'acre. Maman a raison, notre cher « Père » s'est bien moqué de nous ! Nos *Alleghanys* ont été arpentés, cadastrés, subdivisés en parcelles par l'État pour être distribués aux colons, avec notre bétail et nos champs cultivés, *dans une loterie !* comme à la foire ! Mais si ça s'était seulement arrêté là !… Leurs spéculations cupides pouvaient commencer : ils ont demandé à des agriculteurs naïfs et à de pauvres veuves de guerre d'acheter pour eux les concessions foncières que la loi leur permettait d'acquérir à des conditions financières extrêmement privilégiées ! Certains ne se sont pas privés de rafler sous plusieurs pseudonymes d'énormes superficies et, comme le prix baisse si le sol reste sans acquéreur, ils ôtaient toute velléité de rachat

aux intéressés en les intimidant par une oreille coupée ou un nœud de lasso cloué sur leur porte !"
Tekoa, la gorge serrée, demanda :
— "Nous ne pouvons plus retourner là-bas ?"
Kaya regarda son père, puis sa mère :
— "Vous comptez revenir dans les *Alleghanys* ?? Vous…"
Après avoir jeté un bref regard à son époux, sa mère la coupa :
— "Ton père souhaite reposer dans la terre de ses ancêtres… Et moi, tu sais bien, j'ai toujours rêvé d'y retourner aussi."
Pendant que Kaya, décontenancée, se retrouvait face à mille pensées, pour la première fois, Kerry intervint. Posément elle tira un document de la poche de sa veste et le déplia sur la terre battue du wigwam :
— "Regardez, peu avant sa mort, mon père m'avait acheté un terrain dans les *Crêtes Bleues*. Je viens d'en avoir connaissance, c'est l'entrepreneur de pompes funèbres qui m'a donné cet acte de vente. Comme nous voulons tous partir aux *Alleghanys*… on y va ensemble et on s'y installe !"
— "C'est ça !" ironisa Kaya en haussant les épaules, "on leur dit : poussez-vous ! merci d'avoir gardé notre place bien au chaud, maintenant, vous pouvez partir ! Merci pour vos plantations et vos troupeaux, trop aimables !"
Tekoa, qui examinait toujours le premier document trouvé dans le sac-médecine de Imaia, releva le nez et demanda à Kerry :
— "Ton père t'a acheté un terrain ?? il y a quinze ans, donc… Le croque-mort…? c'est… c'est Cornelius Huff, c'est ça ? C'est un drôle de bonhomme… qui n'est pas aimé par grand monde. Mais les gens ne regardent que ce qu'ils voient… cet homme est foncièrement honnête, je te l'assure. Pour preuve : il a gardé ce document quinze années pour te le rendre dans l'éventualité où tu reviendrais un jour ! Il aurait pu le vendre… ou que sais-je… C'était un ami de ton père, le savais-tu ?"

— "C'est ce qu'il m'a dit... Quand j'étais petite, je ne l'aimais pas mais... l'autre jour, il m'a fait... une forte impression. Non négative..." lui répondit Kerry.
— "Tu veux bien me passer ton papier ?"
Kerry le lui tendit et le Grand-Chef examina attentivement le vieux document un peu chiffonné mais encore parfaitement lisible.
Un silence attentif se suspendit au-dessus du petit groupe.
— "Tu as vu ? c'est ce vieux grigou de Beck qui a vendu ça à ton père... Tiens tiens, Beck est aussi mentionné dans le document trouvé dans le Nataos de Imaia ! je n'y vois pas un bon augure... Lui, Beck, banquier usurier, n'est pas vraiment l'honnêteté incarnée. Je pense qu'à son autopsie on lui trouvera une liasse de billet de 50$ à la place du cœur..."
Le doigt de Tekoa parcourut avec grande attention les chiffres qu'il avait toujours eu du mal à lire lorsqu'ils n'étaient pas écrits en cherokee. Lentement, il articula :
— "*4 320 hectares.* ...Beau cadeau !" commenta-t-il.
Puis, avec aisance cette fois, il parcourut rapidement le bout de carte où était dessinée la parcelle de terrain, et s'écria aussitôt :
— "Ma pauvre chérie ! tu t'es fait rouler ! ...*ton père* s'est fait rouler !..."
Adahy, qui suivait derrière son épaule, renchérit en s'exclamant :
— "Ils t'ont vendu un précipice !"
Kaya, qui suivait derrière l'épaule qui se trouvait derrière celle de son père en se hissant le plus haut possible sur la pointe des pieds, finit elle aussi par s'écrier :
— "Le salaud ! l'escroc !"
Les trois, qui sont l'un derrière l'autre, regardent maintenant Kerry avec un air ahuri et désolé. Kerry, serrant les poings, demande :
— "Montrez-moi la carte des *Alleghanys*, celle du document de Imaia !"
— "Tu veux comparer les cartes ?" demande Adahy, "ça ne changera rien ! Nous connaissons bien cette région pour y avoir vécu une

belle partie de notre vie et si l'autre carte dit la même chose, c'est qu'elles sont toutes les deux fausses, ça je peux…"
Kerry lui coupe la parole :
— "L'autre carte ne dira *pas* la même chose, croyez-moi, car l'autre carte n'est pas sur un document de vente mais d'*achat* par les Beck… Et eux, et qu'on me fasse avaler tout rond un bison si je me trompe, ils ne se sont *pas* fait rouler ! Regardons… l'acquéreur est bien le couple Beck, comme tu disais, Teko, et le vendeur est… un certain monsieur Honaw. Connais pas. Et voyons la carte…"
— "Honaw !!??" la coupent en chœur les trois Indiens.
— "Quoi « Honaw !!?? » ?" s'écrie à son tour Kerry.
— "C'était un des sept Grands Chefs cherokees. Il était arrivé à rester caché aux *Alleghanys* avec son clan, le Clan Bleu." répond Kaya. "Le chef de la tribu où je vis, là-bas, est son frère.
— "Waban ?" demande Tekoa.
— "Waban." approuve sa fille. "Il m'a dit que le Clan Bleu avait à nouveau été déporté dans les Territoires Indiens quelques années avant que j'arrive, et que ceux qui en avaient réchappé avaient fusionné avec les quelques familles du Clan du Vent qui étaient restées après ton départ."
Adahy, qui parcourait le document de Imaia, commente :
— "…presque la totalité des *Grands Monts Enfumés*, cinquante mille hectares ! …plus une autre partie de la chaîne des *Crêtes Bleues*… et tout ça pour la somme de… Incroyable ! l'arnaque ! les Beck ont acheté la terre de nos ancêtres pour une bouchée de pain ! On peut être certains que ces pourris n'ont pas versé de larmes à l'expulsion du Clan Bleu !"
Kaya intervient :
— "Regarde, Petite sœur… tu vois, sur cette carte, là ? il y a une grande falaise à l'est de cette crête. Par contre, sur le plan de ton père, oh !! un superbe terrain !! Je suis d'avis que les Beck méritent une petite visite… qu'en dis-tu ?"

Adahy, toujours à sa lecture de la carte, secoue brusquement l'épaule de son époux :
— "Une mine d'argent !! regarde, Téké ! Pourquoi ne suis-je pas étonnée ?"
Kerry pousse Kaya pour voir de plus près, examine la carte et renchérit en hochant la tête :
— "Il me semble qu'effectivement une visite à notre cher Weston Beck s'impose ! Nous n'aurons pas le bonheur de présenter nos hommages à la pauvre Martha qui, malheureusement pour nous, a déjà eu son compte - paix à son âme – mais Weston est bien assez grand pour nous dédommager tout seul ! Allez, Kayama, viens ! il n'y a aucune raison d'attendre ! allons présenter à notre veuf nos plus sincères condoléances !"
— "Hé, les jeunes ! on se calme ! Vous n'allez pas partir, comme ça, dans la précipitation !? On va réunir un powwow, il faut en parler aux Anciens…"
— "Pa ! s'il te plaît ! arrête ! ça regarde Winona et moi ! Pour l'instant, une chose me titille : comment ce document a-t-il bien pu arriver là, dans le sac-médecine de Imaia ?"
Kerry, aussi intriguée que son amie Indienne, se remit à fouiller dans le Nataos et finit par y trouver, coincée dans une couture du fond, une grosse balle ogivale.
Kaya la lui prit aussitôt des mains et la renifla :
— "C'est incroyable ! elle sent encore la poudre ! C'est du calibre .45, n'est-ce pas Wino ?"
Mais Kerry, tout excitée, avait déjà fait le lien :
— "Ma belle, c'est plus précisément du .454. Je te parie qu'à la pesée, elle fait 14,25g."
Trois paires d'yeux la fixaient, ahuries.
Adahy finit par dire :
— "Je serais tout de même très étonnée que Imaia s'amuse avec ce genre de chose, elle qui joue à la poupée et qui a horreur des armes

à feu… Kaya, réfléchis ! Ce sac sacré était à toi avant d'être à Imaia… Essaye de te rappeler !"
— "Il me faut une brune…"
La mère regarda sa fille, perplexe, mais Kerry avait compris. Elle partit et revint avec quatre calebasses remplies à ras bord d'une onctueuse bière de maïs.
— "Je crois que Kaya réfléchit mieux" annonça-t-elle, "quand elle baise la mousse à pleine bouche."
— "Dis tout de suite que je suis alcoolique !" lui répliqua celle-ci, faussement outrée.
Mais son père, l'air assombri, lui rétorqua :
— "Kaya… tu sais bien que l'alcool n'est qu'une dangereuse tentation pour nous… Tu nous prends pour qui, une délégation de Blancs ?"
— "Papa ! ce n'est pas du whisky ! ce n'est qu'une malheureuse bière ! Je boirai la tienne et Winona boira celle de maman !"
Mais Kerry, qui avait fait le rapprochement avec la balle trouvée, expliqua :
— "Kayama, te rappelles-tu quand j'avais joué aux cow-boys et aux Indiens dans une diligence ? Lorsque je suis revenue, je t'ai donné « mon trésor » ! J'avais vidé les poches de mes « victimes », et ce document et cette balle en proviennent, c'est sûr ! Cette balle est celle du *Colt Walker* - un modèle de l'armée qui date de 47 - que j'avais « emprunté » à un des voyageurs."
— "…et que tu n'as jamais rendu !…" lui fit Kaya d'un ton blasé. Mais soudain son visage s'illumina : "Oui ! tu avais aussi ramené une Carabine *Sharps* flambant neuve ! je me rappelle, maintenant !…"
Ce fut au tour de Tekoa de se gratter la tête :
— "Une diligence… je me souviens d'une diligence qui fut sauvagement attaquée il y a de cela… une vingtaine d'années. On a retrouvé ses occupants pratiquement méconnaissables tellement ils avaient été amochés. Criblés de trous… dans un sale état. Mais… ça ne peut pas être ça…"

— "Nôon ! c'est impossiiible !" fit Kaya sur un ton faussement compassé. "Jââmais Wino ne pourrait être mêlée, de près ou de loin, à une affaîîre aussi sordiide !! Enfiin ! Vôyoons !"
Kerry se faisait toute petite. On eût dit un gros ours qui se tassait dans le fond d'un terrier de lapin.
— "Mais…" répliqua Tekoa.
— "Cherchez pas, Grand-Chef…" fit Kerry, "Kaya a raison…"
— "Mais…" la coupa Tekoa, l'air terriblement atterré, "il y avait eu un énorme article dans le *Milwaukee Tribune* ! tout le monde ne parlait que de ça ! Ne me dis pas que c'est toi qui les as tous tués !!!"
— "Grand-Chef !! j'avais huit ans !!…" lui répondit Kerry en secouant la tête.
— "Huit ans !!!" s'exclama Tekoa, complètement blanc.
— "Grand-Chef !!" Kerry avait haussé le ton, "je ne les ai pas *tués* ! j'ai…" Kerry regarda son amie en coin, "j'ai …*joué* avec eux…" Elle avait prononcé les derniers mots si doucement qu'elle dut répéter pour Tekoa. Puis, voyant qu'elle ne pouvait se soustraire à quelque explication, elle poursuivit :
— "Au début, je voulais jouer au *tipi*, moi !…"
Voyant que cela ne suffisait pas, elle continua :
— "La diligence avait *déjà* été attaquée," (Kerry avait bien appuyé sur le mot « déjà » pour être certaine d'être explicite.) "elle était renversée et, heureusement, les chevaux n'étaient pas blessés."
— "Ouf ! c'est déjà ça !" fit Kaya en s'essuyant le front.
Kerry ressentit une forte envie de fusiller son amie (du regard) mais se retint à cause des deux bons vieux Indiens qui la regardaient avec grande attention.
— "C'était l'été, il faisait très chaud. L'odeur n'était pas encore trop forte, ils avaient dû être tués depuis peu. Je me rappelle avoir été intriguée par le comportement des « habitants de ma tente » : ils étaient de marbre malgré le harcèlement continuel des mouches. Et puis… j'ai réalisé qu'ils étaient morts."
On l'écoutait, toujours très attentivement. Kerry reprit, donc :

— "J'aimais déjà bien être une Indienne…" elle jeta un coup d'œil rapide aux deux parents. "alors… j'ai tué les Blancs qui étaient dans la diligence. C'était des « bandits qui avaient pris deux femmes en otage ». J'ai pris leurs armes et je les ai tués. Le jeu a duré longtemps, c'est pour ça qu'ils ont été tués …plusieurs fois. Ils avaient sur eux une bonne réserve de balles et puis je trouvais que c'était un bon moyen d'apprendre à dégainer et à tirer. À la fin « les méchants ont abattu les femmes », je n'ai pas pu sauver « les otages… », alors…"
Tekoa coupa Kerry :
— "Effectivement ! je me rappelle ! il y avait deux femmes ! Mais !… c'était !!…"
Tekoa disparut pour réapparaître avec un tas de vieux journaux poussiéreux :
— "Regardez, je ne jette jamais rien ! Winona ! tu avais huit ans, c'était donc… en 54…" Il feuilleta fébrilement la pile en recherchant les journaux dont la date correspondait aux huit ans de Kerry. "Alors… 1854. 52… 53… 54 ! juin… juillet… août !! nous y sommes ! regardez : MASSACRE DES PASSAGERS DE LA DILIGENCE PAYS DE RÊVE… "
Il ouvrit le journal et lut à haute voix en suivant avec son index :
— *"…les occupants ont été assassinés avec une telle sauvagerie…"*
Il s'interrompit pour reprendre plus loin :
— *"C'est avec une immense tristesse que nous déplorons la perte de trop nombreux membres de notre honorable communauté : tout d'abord, notre notaire, monsieur William Vanderbilt ainsi que notre bijoutier, monsieur Levi Richardson. Mais aussi notre chapelier Waddy Peacock, notre forgeron Tom O'Folliard, et notre confiseur de chez Contoit, John Tewkesbury, accompagné, malheureusement, de son inséparable pâtissier Edward Schieffelin dit Eddy qui revenait avec 50 kg de pralines heureusement non abîmées. Et, pour finir, Annie Ralston, une femme de chambre de l'*Hôtel Welch *dont la perte est d'autant plus à déplorer qu'il devient extrêmement difficile de remplacer, de nos jours, de bons domestiques.*

Mais une autre femme a aussi été retrouvée, malheureusement méconnaissable, à ses côtés. Il s'agit très certainement d'une de ces « colombes souillées » qui infestent l'infâme théâtre de notre très respectable ville : « La Cage aux Oiseaux ». *Nous nous avançons ainsi car sa ressemblance avec Fatima, la danseuse du ventre, dont le portrait est exposé avec tant d'inconvenances à l'un des étages de l'*Hôtel Royal *(vous me pardonnerez si je ne peux vous préciser lequel étant donné que, bien entendu, je n'y suis jamais monté), est véritablement frappante. La bienséance nous a bien évidemment rapidement pressés de détourner notre chaste regard de la piètre image que nous offrait cette « colombe égarée » que nous découvrîmes fort court vêtue et outrageusement fardée, le visage par ailleurs non laid mais marqué par la luxure et l'excès de Laudanum. Le shérif de notre comté voisin, en charge de l'enquête, a poussé son zèle jusqu'à chercher le fameux jeton de présence frappé au nom de chacune des « reines en calicot » qui fréquentent cet honteux hôtel. Il a fouillé, avec grand dégoût, dans les nombreuses poches, même les plus secrètes, mais sans résultat. Nous ne pouvons donc identifier formellement cette malheureuse créature mais nous nous engageons à investiguer de façon plus approfondie si, par un extrême hasard, nous recevions une requête officielle."*

Tekoa, visiblement non satisfait, stoppa sa lecture. Il leva un regard absent un court instant puis se remit à examiner plus avant les pages de la gazette. Son index, qui cherchait avec autant de fébrilité que ses ardents yeux de lynx, s'arrêta alors de nouveau sur les lignes noires :

— *"Tous les occupants de la diligence ont dramatiquement trouvé la mort dans cette sanglante attaque motivée par un mobile aussi vieux que le monde, l'appât du gain, et perpétrée par une bande de malfaiteurs certainement assez nombreuse étant donné la compétence légendaire de nos convoyeurs Jim, Nelson, Nimrod et Cyrus, tous d'anciens rangers aguerris qui nous venaient tout droit du Texas et qui, malgré une résistance visiblement acharnée pour défendre ces lingots d'argent de la banque Condon (sans oublier nos innocents passagers), y ont perdu la vie.*

Oui, tous ont héroïquement sacrifié leur vie, ce maudit lundi d'août ! Tous… sauf un : Nils Svensson, le cocher. Cet homme, jusque-là sans histoire qui, pendant plus de cinq ans, a conduit l'attelage de la Pays de Rêve *sans jamais faillir à son devoir, fut effectivement le seul survivant de cette horrible tragédie.*
Or cet homme a disparu.
Or l'argent a disparu.
Pourquoi nous en faudrait-il plus pour conclure que cet homme, en apparence inoffensif, est notre coupable, fieffé voleur et dangereux criminel ? Et, comme si nous avions besoin de preuves supplémentaires, nous avons appris, juste avant d'avoir clôturé cette édition spéciale, que les forces de l'ordre ont croisé par hasard notre bandit dans la petite ville de Pimsky et que celui-ci, au lieu de se soumettre à ces forces de police, comme l'aurait fait tout homme n'ayant rien à se reprocher, a fui à leur injonction, heureusement sans toucher personne. Un témoin a même reconnu le sac, contenant les lingots d'argent, sanglé sur la selle de son cheval. Ce sinistre scélérat est donc activement recherché pour vol et meurtre, et des avis de recherche sont placardés sur tous les murs."
Tekoa s'arrêta à nouveau. Plus contrarié que la fois précédente. Puis, sans ajouter un mot, il prit le journal suivant et le feuilleta attentivement pendant que Kaya et Kerry sirotaient tranquillement leur bière sans chercher à comprendre l'acharnement du chef indien. Soudain il poussa un cri de guerre et lut l'article responsable de son allégresse :
— "ERRATUM !! écoutez ça !! : *C'est avec une profonde résipiscence que nous nous excusons de notre lamentable méprise…*"
Kaya coupa son père :
— "T'as dit quoi, papa ? *rési*-quoi ??!"
Pendant que Tekoa reculait son doigt sur le papier, Adahy, d'un ton docte, répondit :
— "Ça veut dire qu'ils ont fait une connerie… J'ai comme dans l'idée que la pute n'en est pas une… je pense que la suite va être assez amusante… Vas-y, Téké, continue !" Tout le monde se

regarda, l'air perplexe puis, « Téké », ayant retrouvé le mot perturbateur, se mit à le relire mais avec une lenteur d'écolier :
— *"…ré-si-pis-cence…"*
Comme aucun commentaire n'enchaînait, il continua, après deux trois coups d'œil brefs à son entourage suivis d'un petit soupir :
— *"…que nous nous excusons de notre lamentable méprise perpétrée dans notre dernier numéro. En effet, la magnifique femme retrouvée méconnaissable dans la diligence dévalisée n'est en aucun cas une de ces « femmes légères » qui accompagnent habituellement certains hommes d'affaires dans leurs interminables pérégrinations. Nous nous sommes mal exprimés ! Car, en fait, nous croyions qu'il s'agissait de l'actrice Charlotte Cushman. Mais notre maladroite description a peut-être apporté la confusion dans certains esprits. Si notre exercice avait été oral, nous dirions que notre langue avait fourché mais comme nous pratiquons l'art de l'écriture, nous déclarons solennellement que notre plume a dérapé. Encore une fois, nous vous prions d'accepter nos plus humbles excuses…"*
Kaya interrompit encore son père :
— "Bon… ils accouchent ?…"
— "Pardon ?" lui répondit Tekoa.
— "Non, rien, papa. Continue."
Son index recula à nouveau :
— *"…nos plus humbles excuses pour nous être si mal exprimés. En effet, Miss Cushman, qui est l'une de nos plus charmantes actrices, et dont nous admirons continuellement la parure et l'élégance, ne pouvait être confondue avec ces « belles mais frêles » qui enjôlent nos hommes pour les inviter, entre autres, à boire du vin à 5$ la bouteille (je ne pense pas qu'au Royal, elles aient encore augmenté (je parle de la bouteille, bien sûr)). Et notre erreur est d'autant plus impardonnable que nous avions pourtant vérifié, après la tragédie, si nos « fiancées du plus grand nombre » étaient bien toutes présentes au « four à cuire ». Et, effectivement, nous avions été soulagés de constater que Alice-Dent-d'Écureuil (et, bien sûr, son rongeur fétiche à queue en panache), Jane-Os-de-Jambon, Kate-au-Grand-Nez, Nell-Petite-Chatte-Mouillée, Rose-de-la-Prairie et même Vache-*

Galopante (qui pourtant s'était souvent fait porter pâle ces derniers temps) étaient bien toutes présentes, non seulement au paradis de notre infamant théâtre mais aussi et surtout, au dernier étage de notre indécent Royal.
Si jamais il nous était offert l'opportunité de trouver une excuse à notre lamentable erreur, alors nous pourrions, dans ce cas, faire valoir notre ignorance quant aux toilettes féminines qui, parfois, peuvent tellement se ressembler dans les deux professions. En effet, ces « épouses de célibataire » qui, quand elles ne sont pas abritées uniquement par le rideau de leur petite - mais confortable - loge située derrière la scène du théâtre, se vêtissent alors de robes aux goûts douteux et se fardent aussi lourdement qu'elles ne s'habillent légèrement, ces femmes vulgaires, donc, pourraient – et ce fut notre si regrettable erreur – être malheureusement confondues avec certaines comédiennes aux rôles, certes distrayants de ces pièces de vaudeville d'importation, mais qui, il faut bien le dire, nous livrent parfois quelques plaisanteries aussi faciles que grossières dans des accoutrements qu'une honnête dame du monde fuirait comme le diable, l'eau bénite.
Mais notre quiproquo - car c'en est un, vous l'avez bien compris ! – fait montre d'une faiblesse tellement commune ! (et, soit dit en passant, c'est justement ce genre de quiproquo que l'on rencontre à tout moment dans ces divertissants spectacles !) En effet, qui ne s'est pas un jour fourvoyé en montant, distrait, un étage de trop ? Qui ne s'est pas, une fois au moins ! trompé d'étage dans notre théâtre ou notre hôtel ? Errare humanum est ! n'est-il pas ?! Que le premier qui n'a jamais gravi ces escaliers nous jette la première marche ! Il est si aisé de confondre les deux milieux ! Prenons le prix des places : pour assister à la pièce, 12 cents et demi nous permettront de nous asseoir sur le dur banc en bois dépourvu de dossier d'un mauvais emplacement au poulailler de notre théâtre. Et nous nous soulagerons de la même somme pour n'avoir droit qu'à une de ces loges miteuses du paradis qui rasent les murs sales de cette même maison et dont l'intimité très relative ne dépend que du malheureux rideau que tout un chacun peut à loisir si indiscrètement écarter. Et que dire des meilleures places ?! Pour les deux genres d'activité, nous aurons le même déplaisir à

humer la même triste odeur d'oignon et de whisky et nous débourserons la même coquète somme : 50 cents ! tout de même ! Et ceci, que ce soit la réjouissante et divertissante excitation de la scène ou la jouissive et désirable excitation de la chair. Alors ? quel individu de bonne foi ne pourrait avancer l'hypothèse qu'une telle proximité d'activités n'a pas finalement été prévue à cause de leurs ressemblances ?
Mais… veuillez à nouveau me pardonner ! Voilà que, telles ces brebis perdues qui se trompent de paradis, je m'égare. Je manque à mon engagement initial. Je devais vous informer de la réelle identité de cette malheureuse femme de la diligence retrouvée tellement horriblement défigurée et abîmée que toute reconnaissance par les forces de police s'avéra impossible. Il est, n'est-ce pas, grand temps qu'après les poules nous revenions à nos moutons.
Cette femme, donc, comme je viens de vous l'expliquer, n'est ni une catin ni une comédienne, ainsi que notre maladresse aurait pu le laisser croire. Et, alors que nous nous confondons, encore une fois, en nos plus plates excuses…"
— "Je crois que je vais aller trouver cet écrivaillon et l'écorcher vif…" coupa Kaya, en serrant les poings.
— "On y arrive, on y arrive, Kayama." lui répondit affectueusement Kerry, "Je pense que tu n'as plus à patienter encore longtemps."
Tekoa, levant les yeux au ciel (avec un sourire), reprit sa lecture, non sans avoir glissé son index un peu plus bas sur la feuille :
— *"…cette femme n'est autre que…"*
Tekoa s'arrêta en leur adressant un regard gouailleur, satisfait de participer, lui aussi, à la prolongation du suspense.
— "Papa !! c'est toi que je vais écorcher vif !" gronda Kaya, serrant sa calebasse au point de la faire éclater.
— *"…cette femme n'est autre… que… que… …madame Beck !!"* clama le chef.
— "Ben oui !! qui d'autre ?!!" aboya Kaya, avant d'avaler d'un trait son reste de bière.

Kerry, qui sentait que le moment de détendre l'atmosphère était bienvenu, vida aussi sa calebasse et entreprit de faire une synthèse avec un ton calme et apaisant :

— "Bon ! Comme on a …*enfin* la preuve que Martha Beck était dans cette diligence cette année-là, nous pouvons en tirer la conclusion que ce document trouvé dans le Nataos de Imaia provient, à l'origine, de cette diligence dans laquelle j'ai « joué » quand j'étais petite. J'ai vidé les poches de tous les passagers, dont cette femme à qui j'ai pris cet acte de vente de terrains. J'ai ensuite donné tout ce petit « trésor », qui contenait aussi la balle du *Walker*, à Kaya qui l'a mis dans son sac sacré et, vingt ans après, Imaia retrouve ce sac pour jouer à la fée !"

— "« À la fée »… « à la fée » !… elle est assez vite devenue une *sorcière* qui voulait nous transformer en monstre !" glissa Kaya, gravement.

— "Oui, bon… Heureusement, un tel drame a pu être évité !" reprit Kerry avec le même sérieux. "Quoi qu'il en soit, on peut dire que cette petite balle – elle tenait la balle du *Walker* au bout de ses doigts – nous a permis de percer le mystère de ce document ! Et maintenant" (Kerry prit cette fois un ton réellement sérieux) "on sait que les Beck sont des vautours qui ont profité de l'expulsion du Clan Bleu…"

— "Oui ! on peut dire qu'ils ont bien dépouillé notre clan, qu'on l'appelle maintenant Clan Bleu ou Clan du Vent…" renchérit Kaya.

— "Un beau vol, bien légal, bien propre…" ajouta Tekoa. "Ils ont fait ce que tant d'autres ne se sont pas non plus privés de faire…"

— "Mais ça ne change rien au fait que ce sont de beaux dégueulasses !" fit Adahy dans une sourde colère. "Et si on s'amusait à les expulser avec toute leur famille dans un désert pour qu'ils ressentent ce que c'est que de perdre leurs terres et tous leurs biens, et pour qu'ils voient lentement mourir d'épuisement leurs enfants et leurs anciens ? Si on…?"

— "Maman… c'est bon… Arrête !" la coupa Kaya. "De toute façon ça ne servirait à rien ; ils se foutent de la terre de leurs ancêtres comme de leur première mule, ils n'ont plus de parents, et ils n'ont jamais eu d'enfants. La seule chose à laquelle ils tiennent se trouve dans une banque…"
— "Quand je pense" intervint Tekoa qui avait repris la lecture de la gazette, "que notre cher Weston n'avait même pas signalé l'absence de sa femme à la police alors qu'il savait pertinemment qu'elle était revenue de son voyage par cette diligence ! À mon avis, il ne cherchait pas à ébruiter ses pérégrinations ! Or, si le journal a fini par révéler le nom de Martha, l'info n'a pu provenir que du mari ! Tenez !" Il lut le passage à haute voix :
— *"Un citoyen qui tient à garder l'anonymat est finalement venu identifier la pauvre femme. Nous l'avons discrètement escorté de nuit jusqu'au cercueil de la défunte où il l'a formellement reconnue comme étant la femme de notre inconsolable banquier. Nous avons tout de même questionné le mari, monsieur Weston Beck, qui n'avait étrangement pas signalé la disparition de son épouse. Mais sans succès. Nous n'avons pas pu savoir, non plus, pourquoi madame Martha Beck, qui n'était plus tout à fait dans la fleur de l'âge, avait parcouru plus de mille kilomètres dans un moyen de transport que tout un chacun sait qu'il n'est pas des plus confortable. En effet…"*
— "Quelqu'un a-t-il déjà entendu parler de ce Nils Svensson, le cocher ?"
Kaya venait à nouveau d'interrompre son père avec une question qu'elle jugeait plus opportune…

— "Tu reviendras ?"

Comment résister à une telle supplication ? Imaia était suspendue au cou de sa grande sœur. Elle arrivait à retenir ses larmes mais avec un effort bien trop difficile à dissimuler. Pour être sûre de laisser un souvenir durable d'elle-même, elle s'était parfumée (un peu trop, bien sûr) avec des herbes aromatiques qu'elle avait chipées à sa mère qui avait fait mine de ne pas s'en apercevoir. Elle avait mis un chemisier tout neuf et avait eu le droit de se farder les joues, les yeux et même les lèvres.

Kaya et Imaia s'étaient échangé des bijoux avant le grand adieu. L'une avait offert son bracelet en cuivre qu'elle avait gagné au tir à la foire de Chicago et l'autre, un collier d'os polis et de perles de coquillages qu'elle avait bien entendu confectionné elle-même. Mais Kaya gardait le meilleur pour la fin : de magnifiques boucles d'oreilles ornées de griffes d'oiseaux argentées. Avec ça, elle était sûre de faire pleurer de joie la petite !

Quant aux deux chefs (et parents), ils avaient donné un travois à chacune des deux grandes *sœurs de cœur*, mais « pas pour leur faire plaisir » : « pour ménager leurs pauvres montures ». Kerry avait décidé de s'en débarrasser discrètement au plus vite étant donné qu'elle ne voulait pas prendre le risque d'être éjectée par sa jument qui ne supporterait pas longtemps le poids de la perche sur sa nuque. Kaya, qui aimait voyager « léger », avait, elle aussi, pris la même résolution. En effet, ses parents ne cessaient de remplir les travois de bâches de tente, de couvertures, et de toutes sortes de vaisselles et autres instruments ménagers.

C'était aussi pour cela que les mendiants aimaient tout particulièrement Kaya…

Grizzli-Blanc qui, pour l'occasion, s'était mis sur son trente-et-un, ne pouvait s'empêcher de sourire - connaissant mieux que quiconque les deux jeunes demoiselles - malgré une grosse boule dans sa gorge qui l'empêchait de dire tout ce qu'il aurait souhaité. Il

arborait sur son ventre imposant une magnifique *concha* - grosse plaque ronde fixée à la ceinture – et, sur la poitrine, un plastron en argent qu'il ne portait que pour honorer ceux qu'il aimait.
Le berdache, un affreux tatouage bien visible sur sa joue indiquant sans équivoque son appartenance à son groupe bien particulier, était venu, comme il se doit, assister aux adieux, non sans avoir offert le cadeau traditionnel : une gravure sur cuivre écrite en alphabet *Tsalagi* qui allait bientôt orner …le caniveau le plus proche.
Alors que dans le travois s'accumulaient encore et encore une kyrielle de cadeaux, Adahy crut bien faire de rajouter une dernière petite chose sur la pointe de chaque perche : une adorable (mais non moins horripilante) clochette en laiton qui irait gaiement tintinnabuler aux oreilles (trop proches) de la jument.
Celle-ci avait jusque-là gentiment obéi aux muettes injonctions de patience de sa maîtresse.
Mais la dernière clochette avait été… la dernière goutte d'eau.
Hennie, oubliant alors qu'elle se devait d'attendre le signal du départ, escalada un raidillon qui n'avait pas été prévu dans le trajet et que même un mouflon aurait hésité à prendre.
C'est la cargaison qui refusa de le prendre.
Et tous les cadeaux prirent la poudre d'escampette …pour retourner à leurs expéditeurs.
Ce furent les miséreux croisés lors du voyage qui le regrettèrent le plus…

Le moment du départ sonnait.
Imaia dut lâcher le cou de sa « petite-mama ».
Bien sûr Imaia pleura.
…mais elle exhibait deux magnifiques boucles d'oreilles étincelantes !

— "Bien sûr que je reviendrai !" répondit Kaya à sa « petite belette ».
Puis Kaya et Winona sautèrent sur leurs montures.

Qui, finalement, avaient toutes les deux été allégées.
— "Tu vois," avait dit Kerry à son amie, "je doute que ton Chien Magique puisse faire de même !"
Ce à quoi Kaya n'avait rien répliqué.

Mais Imaia n'avait pas fini :
— "Et alors ? quel est le rapport ?"
Kaya et Kerry se regardèrent. Puis regardèrent Imaia, perplexes.
— "Ben oui, quoi ?! quel est le rapport avec le *kinikinik* ?"
Ce fut Kaya qui capta le plus vite :
— "Ma petite belette… les buissons brûlés par Menaboshu ont gardé une odeur et un goût particuliers. Depuis lors, ces plantes remplacent le tabac !"

4. ODOVACAR

— "Tu as trouvé ce que tu voulais ?"
Odovacar se retourne.
Kerry, l'arme au poing, le fixe.
Au signe de tête qu'elle lui adresse, il s'exécute : il retire lentement son colt de son étui. Il est prudent mais pas apeuré. Comme il ne répond pas, elle continue, le braquant toujours, avec ce même air désinvolte qu'il commence à lui connaître :
— "Hennie ne hennit jamais sans raison. Et j'écoute toujours ses avertissements…"
— "C'est pour ça que tu l'as appelée comme ça ?"
— "Je te raconterai peut-être un jour… que s'est-il passé, tu lui as marché sur le pied ?"
Odovacar, une nouvelle fois, ne répond pas.
Il est bel homme avec son haut-de-forme et son gilet. Et sa moustache lui va à ravir. Enfin… quand il ne l'enlève pas… Elle poursuit :
— "J'imagine que tu ne mets pas une fausse moustache par timidité ?"
Ce à quoi il répond :
— "J'imagine que tu n'as pas tué Barry Coolmann et sa charmante famille pour quelques malheureuses perruques ?"
— "Qu'est-ce qui te fait dire ça ?"
— "Baisse ton *Colt* ! on discutera plus sereinement."
— "Convaincs-moi d'abord."
— "Te convaincre ? de quoi ?"
— "Je vois des choses bizarres : un homme, honnête en apparence, porte une belle moustache - qui lui va très bien, soit dit en passant – et cette belle moustache s'avère être… amovible ! Il enlève sa belle moustache (pourquoi donc porte-t-il une fausse moustache ? aurait-il quelque chose à cacher ?) et, pour une raison que j'ignore, en

compare l'envers avec celui d'une de mes perruques qu'il vient de retirer de la sacoche de ma jument. Et ceci sans son autorisation… Cela me déconcerte…"

— "Eh bien, moi, je pense que ce ne sont pas « *tes* » perruques. Kealyn a remarqué le logo, tout à l'heure, sous la perruque rousse que tu as donnée à ton amie Indienne, et il se trouve que ma moustache… pardon, ma *belle* moustache, porte le même logo. Nous pouvons donc en déduire que nous avons le même fournisseur…"

— "C'est passionnant. Nous sommes en train… enfin *je* suis en train de te braquer avec mon *Colt Simple Action de l'Armée* – belle arme, n'est-ce pas ? – parce que tu as le même fournisseur que moi en accessoires capillaires. Ouf ! j'ai eu très peur que la raison soit bien plus futile !"

Kerry attend la réplique.

Qui vient :

— "Alors je vais être plus précis : non pas « *nous* avons le même fournisseur », tu as raison, c'est futile, mais… il se trouve que tu as le même fournisseur que …monsieur Barry Coolmann."

Kerry ne cille pas.

— "Et alors ?"

— "Et alors ?? Écoute… je vais te raconter une histoire. Tu as le temps ?"

La réponse se faisant attendre, Odovacar poursuit quand même :

— "Il y a quelques jours, je suis allé chez le barbier Barry Coolmann pour acheter une moustache (ça s'use, ces petites bêtes). Jusque-là, aucune loi ne me l'interdit. Monsieur Coolmann m'a dit qu'il n'avait plus rien en stock. Ni moustaches, ni perruques. Je répète la fin de ma phrase : « ni perruques ». Comme il était occupé et que j'étais pressé, j'ai quitté sa boutique et directement commandé auprès du fournisseur. *L'Atelier du Poil* est très rapide pour la livraison - ils sont à Chicago, comme tu dois le savoir, maintenant - et ma commande est arrivée quelques jours après. Jusque-là, je sais,

tout ça n'est pas des plus passionnant mais... lorsque j'ai réclamé mon colis à Zack, l'épicier du *Bazar de la Donzelle,* Zack s'est trompé et m'a en premier lieu présenté un autre colis avec la même date et le même logo, tu sais, ce beau barbu chevelu qui se regarde dans les deux sens. Et ce colis était destiné à... dans le mille ! monsieur Barry Coolmann ! Je t'arrête tout de suite car je commence à te connaître : je t'épargne la rengaine « Et alors ? ». Mais j'y réponds quand même : et alors ? eh bien, tout simplement, ce colis est arrivé mardi matin. Le matin même de l'assassinat de Barry Coolmann."
Odovacar s'arrête et fixe plus intensément Kerry.
Qui finit tout de même par répondre :
— "Et alors ?"
— "Tu ne vois toujours pas ? Je vais te le dire, moi : Barry est venu chercher son colis de perruques peu de temps après moi, et toi, tu lui as volé ses perruques et tu l'as tué. Et je ne parle pas des atrocités qu'il a subies, le pauvre, lui et les autres membres de sa malheureuse famille..."
Kerry réfléchit un court instant puis rétorque :
— "J'ai donc des perruques qui, si tu le dis, proviennent du fournisseur de Barry. Mais... qui te dit qu'elles proviennent du colis dont tu parles ?"
— "Tu n'es pas assez bête pour les avoir laissées dans leur colis postal qui porte le nom de Barry Coolmann ainsi que le cachet de la poste faisant foi avec sa belle date bien compromettante. Mais... j'ai vérifié..."
— "Vérifié quoi ?"
Kerry ne semble même pas ennuyée de pouvoir être démasquée. Elle veut suivre le raisonnement de Odovacar Benmark pour voir s'il tient la route.
— "Je suis allé dans son salon de coiffure. Il manquait un paquet. Il devait y en avoir dix et il y en avait neuf ...il y avait une facture qui a dû t'échapper... Or, si je compte la perruque que tu as offerte à

ton amie, il y a le même nombre de perruques dans un paquet de chez Barry que dans la sacoche de ton cheval : cinq. « Et alors ? », ça ne fait pas trop de coïncidences, tout ça ? Je te repose alors la question : *as-tu tué Barry Coolmann pour ces quelques malheureuses perruques ?* Je vais te soulager d'une partie de la réponse : *bien sûr que non*. Mais maintenant que je le sais, dis-moi tout. Je veux savoir la vérité."
— "C'est moi qui tiens le revolver, tu n'as pas remarqué ?"
— "Et alors ?"
Kerry ne peut retenir un petit sourire, Odovacar a marqué un point. Elle répond :
— "D'accord, continuons le raisonnement jusqu'au bout : tu viens de trouver dans la sacoche de mon cheval une perruque de chez Barry, la belle affaire ! Les gens, parce qu'ils achètent chez un commerçant, le tuent dans la foulée ? c'est une tradition, ici ?"
— "O.K.… Je garde mon calme et je « continue aussi le raisonnement jusqu'au bout », voyons jusqu'où tu iras. Il se trouve que j'ai aussi épluché les comptes du barbier : rien sur une quelconque transaction ce fameux mardi. Rien. Que dalle. Des clous. Peau de balle. Nad…"
— "C'est bon ! j'ai compris !" Kerry fronce les sourcils. "Mais qui es-tu pour enquêter comme cela ? Pourquoi t'intéresses-tu tant à ce tas d'immondices ? je veux dire, à cette fam…?"
Odovacar la coupe :
— "Ruth n'était pas un « tas d'immondices »…"
— "Ruth …était mon amie…"
— "Alors, explique !…"
— "J'ai été leur esclave pendant un mois. Vingt-deux longs jours pour être précise. Et Ruth et moi, nous avons partagé… bien des choses…" Le ton de Kerry en dit long.
Odovacar s'est assis.
Il répond tout simplement :
— "Tu es la petite McKoy."

Kerry resta un long moment, l'arme toujours au poing, à fixer Odovacar. Puis son regard se perdit dans le vague. Elle finit par se rapprocher de lui et s'assit par terre en face de lui.
Les paroles sortirent toutes seules de sa bouche :
— "Ils nous forçaient à nous fouetter mutuellement. C'était des bêtes sauvages."
— "N'aie crainte," la rassura-t-il, "cela m'est égal que tu aies vidé les ordures. Je t'en remercie, même. Peut-être que si tu ne l'avais pas fait… j'aurais fini par le faire."
— "Sauf que je ne les ai pas tués… enfin… pas techniquement."
Le silence revint. La brise du soir caressait leur visage comme si elle cherchait à adoucir leurs traits durcis par les souvenirs. Kerry remarqua que la rue était silencieuse et déserte.
Brusquement, elle sortit de sa torpeur et ordonna à Odovacar :
— "Enlève ta perruque."
Il répondit, surpris :
— "Ma perruque ??"
— "Tu as enlevé ta fausse moustache… tu pourrais aussi ôter ta perruque ?! tu n'es plus à ça près ?!…"
Comme Odovacar ne réagissait pas, elle poursuivit, taquine :
— "Que tu portes des moustaches pour cacher des dents jaunes, je comprends mais… aurais-tu honte d'être chauve ?"
Il soupira. Et retira sa perruque.
— "Mais c'est qu'il est bel homme ! Allons, Odo ! tu n'as aucune honte à avoir, de ta calvitie ! je t'assure !"
Ce disant, elle sortit un papier chiffonné de sa poche et, tour à tour, examina attentivement le papier et le bonhomme.
Puis elle déclara :
— "Et toi, mon ami, tu es Nils Svensson."
Odovacar tressaillit. Il voulut se ruer sur son arme mais Kerry l'en dissuada par le petit cliquetis si reconnaissable du chien de son *SAA*.
Il se rassit :
— "Tu vas me livrer ?"

Pour toute réponse, Kerry défroissa complètement l'affiche et la lut à haute voix :

PROCLAMATION DU GOUVERNEUR

CONSIDÉRANT QUE, ce lundi 7 août 1854, les passagers de la diligence Pays de Rêve de la ligne Nashville-Chicago ont sauvagement été assassinés par son cocher, Nils Svensson, dit le Chauve, décrit comme suit : plutôt grand, âgé de 24 ans, pesant près de cent kilos, chauve (comme son surnom l'indique) mais glabre, le teint clair et les yeux noirs et perçants ;
et Considérant que, le susdit Nils Svensson, chef de cette bande organisée de scélérats, est maintenant recherché par la justice ;
PAR CONSÉQUENT MAINTENANT, sachez, que Moi, Charles W. Abbott, Gouverneur de l'État du Wisconsin, en vertu de la loi, j'offre, par la présente, une récompense de **TROIS MILLE DOLLARS** pour l'arrestation et la condamnation dudit Nils Svensson, pour le crime décrit ci-dessus.

CHARLES W. ABBOTT

T'as vu, le portrait ? Assez ressemblant, non ? Dommage qu'il n'y ait que ta tête, j'aurais bien voulu voir à quoi tu ressemblais quand tu pesais cent kilos… Mais tu fais bien d'enlever ta moustache et tes cheveux, je te préfère ainsi."
— "Tu me condamnes à mort si tu me laisses comme ça…" cracha Nils Svensson.
— "Mais il est dit nulle part que tu es recherché mort ou vif ! tu n'as donc rien à craindre !"
— "Ça fait vingt ans que je me cache et que, jusqu'à présent, j'ai échappé aux chasseurs d'hommes. Tu as appris ce que tu voulais, alors laisse-moi remettre mes postiches. D'ailleurs ça te facilitera la

vie, à toi aussi …tu ne souhaites pas que ton espace vital soit envahi de tueurs en tous genres !"
Sur un signe de tête de Kerry, Nils, avec soulagement, se « rhabilla ». Puis il reposa sa question :
— "Tu vas me livrer ? Si c'est pour de l'argent, je peux te combler au-delà de tes espérances…"
Kerry répondit :
— "C'est mon métier. Je suis shérif. Même si ça ne saute pas aux yeux." Elle marqua un petit temps d'arrêt puis ajouta : "Mais je ne te livrerai pas."
— "Tu vas me tuer ??"
— "Mieux. Je vais enfin connaître la vérité. Car tu vas tout me raconter."
— "Parce que toi, tu vas me croire ? On m'a hâtivement condamné sur quelques présomptions et faux témoignages et toi…"
— "Te fatigue pas, j'ai déjà une version. Et je crois qu'elle est bonne."
— "Comment ça ?"
— "Il y a quelque temps de cela – Kerry ne put s'empêcher de sourire – j'ai travaillé, moi aussi, chez Wells-Fargo. Le besoin d'évasion, sans doute. J'étais jeune à l'époque, à peine vingt ans…"
— "Mamy raconte ses souvenirs d'ancienne combattante ?…"
Kerry émit un petit rire et poursuivit :
— "Je me suis enfuie d'ici après la mort de papa." Nils redressa la tête mais ne dit rien. "J'ai d'abord respiré le grand air et puis j'ai fait des petits boulots : j'ai éliminé des chiens de prairie pour empocher quelques primes, j'ai vendu des fourrures que je tannais moi-même, j'ai même été peintre en bâtiment ! Et puis j'ai travaillé au Pony Express. Ça me convenait parfaitement : seule, nuit et jour, à parcourir les interminables étendues de l'Ouest. Juste toi et ton cheval. L'ivresse de la vitesse et de la solitude. Une bien belle époque. J'ai même croisé le légendaire Wild Bill, un jour, dans un relais !…"

Les yeux de Nils brillèrent un instant. Mais il ne l'interrompit pas, il écoutait. Avec attention.

Kerry poursuivit :

— "Puis le Progrès est venu …et les poteaux télégraphiques ont été plantés sur les traces des sabots. Le morse remplaçait le cheval ! Mais tenir une arme me manquait, alors quelques années plus tard, j'ai signé chez Wells & Fargo. Ce qui ne m'a pas empêchée de parcourir les mêmes routes, d'ailleurs, mais en diligence. Nous convoyions de l'argent ou de l'or depuis les mines vers les banques."

— "Alors on a fait le même boulot…"

— "Pas vraiment ; je ne tenais rien dans les mains, ni rênes, ni fouet. Par contre, j'étais assise sur une caisse bourrée de munitions, prête à dégainer mon *Colt Walker* ou mon *Colt Root* de la main gauche et mon *Smith & Wesson* ou le *Le Mat* de Dad de la main droite. Et si ça ne suffisait pas, je sortais ma carabine *Sharps* de derrière mon dos. Je préférais mes armes à celles fournies par la maison…"

— "Armée jusqu'aux dents… Garde de sécurité ?"

— "Yep… On m'appelait *Chien de garde*. Un surnom qui m'était resté depuis que j'avais été engagée comme tireuse pour la Compagnie American Express."

— "« Confiance, Sécurité, Vigilance, Service » !"

— "Exact ! Les plus farceurs disaient que la seule chose qui me différenciait du symbole de la Compagnie, c'était que je n'aboyais pas."

— "Bref…"

— "Quoi « Bref » ?"

— "Tu déroules ton passé – qui n'est pas inintéressant – mais… est-ce pour cela que je dois subir la menace de ton revolver ?"

— "Tu seras confronté à mon revolver tant que je n'aurai pas entendu ta version des faits."

— "On n'en a pas vraiment pris le chemin…"

— "J'y viens, j'y viens… Je voulais que tu saches qu'on m'a déjà parlé d'un Nils, condamné expéditivement pour vol et meurtre lors

de cette attaque de diligence. Je n'obéis pas toujours aveuglément aux ordres si je sais que ma mission n'est pas juste, alors je te laisserai filer si tu es bien ce Nils-là."
— "Trop aimable."
— "Mais je n'aime pas voir gaspiller l'argent du contribuable… si ton histoire ne tient pas la route, tu connaîtras le même sort que les Coolmann."
— "Trop aimable.
Mais… si ce n'est pas trop abuser …qui est ce « on » qui t'a parlé de moi ?"
— "…qui m'a parlé d'*un Nils* …il n'a pas précisé son nom de famille. C'était un ancien collègue. Je l'ai connu il y a… dix ans à peu près. Et je crois son histoire. C'était un homme censé, intelligent et digne de foi. Comme il n'y en a pas beaucoup. Sa parole me suffit. Dis un seul mot qui ne corrobore pas ses dires et je te loge une balle entre les deux yeux. Alors reste bien de face…"
— "Donc ?…"
— "« Donc… » ?"
— "Ben oui ! comment s'appelle ce fameux témoin qui va me sauver la mise ?"
— "…ou qui va causer ton décès…"
— "Bon… Miss Winona-Kerry… tu le craches, ce morceau ?!"
— "Il s'appelait Alpheus.
…Pourquoi tu souris ?"
— "Pour rien… Bon. Je peux, maintenant ?"
— "Vas-y. Raconte ta version. Mais… ne l'oublie pas !…" Et le bout du canon du *Simple Action de l'Armée* rappela discrètement sa présence.
— "Je peux m'adosser contre cet arbre ? je commence à fatiguer…"
— "O.K. mais repousse ton colt vers moi."
Nils donna un coup de pied à son arme qui glissa dans la poussière jusqu'à Kerry. Puis il s'installa avec soulagement, tel un chat qui se blottit contre un poêle, le long de l'épais tronc du bel orme qui avait

poussé sauvagement au bord de la rue boudée depuis la tombée de la nuit par les passants.

Kerry, droite comme un i, resta assise en tailleur à regarder son prisonnier.

— "J'avais déjà conduit les élégantes voitures de chez Concord avant d'aller chez Wells & Fargo. On traversait tout l'Ouest… ça aussi, c'était la belle époque !"

— "C'est Papy, maintenant, qui raconte ses souvenirs d'ancien combattant ?…

…Oui… excuse-moi… il est vrai que tu m'as écoutée assez longuement…"

— "J'étais jeune, à l'époque - j'ai commencé le métier de cocher, j'avais tout juste dix-huit ans - alors, comme toi tu devais sans doute téter le sein de ta mère, je pense que tu me dois le respect."

— "Oui Papy."

Nils soupira. Puis reprit :

— "Quand a eu lieu l'attaque de la *Pays de Rêve*, je travaillais chez Wells & Fargo depuis cinq ans, sans que personne n'ait jamais été blessé. Je me souviens, quand on n'utilisait pas les mules, on harnachait des Morgans ou des Mustangs qu'on avait récupérés du Pony Express. C'étaient des chevaux remarquablement résistants et intelligents !"

— "Moi, j'avais à peine quinze ans quand j'ai commencé au Pony Express."

— "Oui Mamy. Maintenant c'est à moi de parler, O.K. ?"

— "Pardon, ça m'a échappé…"

— "Où en étais-je ? Ah oui… On était armés, nous aussi. Wells & Fargo nous avait fourni ses *Colt de poche*. De petites armes de calibre .31 qui n'avaient que cinq coups, à l'époque, et qui n'étaient pas très pratiques à charger, car sans refouloir. Alors on se procurait aussi des *Dragons de l'Armée* de calibre .44, avec six chambres, dont on sciait le canon pour qu'ils soient plus faciles à glisser sous le siège. Je peux t'affirmer que ces armes ont craché et fumé plus d'une fois ! Mais si la Compagnie nous équipait pour tuer, ça ne l'empêchait pas de nous fournir, également, des habits de soie distingués ainsi que d'épais gants en daim qui montaient jusqu'aux coudes. Et même un élégant chapeau haut de forme qui, le saligaud, m'a faussé plus d'une fois compagnie !"

Kerry commença à se tortiller et à se racler la gorge mais notre ami Nils sembla ne pas l'avoir remarqué. C'était son moment et il en profiterait. Il continua donc :
— "J'ai connu Ben Holliday, moi, mademoiselle !"
— "Ah…"
— "Quoi ? tu ne connais pas Ben Holliday, le « Napoléon des routes » ??"
— "Nan…"
— "Il a battu un record époustouflant ! trois-mille-deux-cents kilomètres en douze jours ! Tu te rends compte ? T'en as jamais entendu parler ??"
— "Non Papy."
— "Ah ces jeunes, la culture se perd ! j'vous l'dis !"

Kerry se racla à nouveau la gorge et enchaîna :
— "Bref…"
— "Quoi « Bref » ?"
— "Tu déroules ton passé – qui n'est pas inintéressant – mais il faut entrer dans le vif du sujet, maintenant ! La nuit est belle et fraîche mais je compte aussi dormir…"

Nils poussa un soupir. Beaucoup plus long que le précédent. Mais il entra dans le vif du sujet :
— "On a été trahis."
— "Par qui ?"
— "Nimrod."
— "Un des convoyeurs texans ?"
— "Tu es bien renseignée !… Oui, Nimrod faisait partie des quatre gardes qui convoyaient les lingots d'argent. C'était un ami. Enfin, c'est ce que je croyais… Il a ouvert le bal dès que sa bande s'est

pointée. On avait vu se lever un gros nuage de poussière accompagné d'un grondement sourd et, alors que tous nos sens se concentraient sur le danger, j'ai sursauté à un coup de feu qui claqua juste à côté de moi. Il avait tué Jim. À bout portant. D'une balle.
Je le tuerai. Et ce n'est pas un shérif qui m'en empêchera…"
— "T'as eu de la chance !…"
— "Oui. J'ai eu de la chance. J'ai été le seul survivant. Enfin… des passagers de la diligence… Ç'a été un massacre éclair. Nelson et Cyrus y sont passés aussi. Mais je n'en ai pas été témoin car j'ai sauté de mon siège tout de suite après le coup de feu du sale traître. Juste après, ils harponnaient la diligence par le toit pour la coucher sur le flanc. La voiture est tombée sur moi, heureusement sans m'écraser car, grâce à Dieu, j'avais atterri dans un renfoncement de la route. Ainsi coincé, entre la terre sèche du chemin et la portière de la diligence, j'assistais, impuissant, à la fusillade ; j'entendais les cris, les gémissements, les râles. Si tu savais comme j'enrageais de ne pouvoir intervenir !
C'est une femme qui m'a dégagé."
— "Kealyn Whyte."
— "T'es pas con, Mamy…"
— "Dont le vrai nom est… ?"
— "Quoi ! elle ne porte pas de fausses moustaches, elle !?"
— "Non. C'est vrai. Mais je mets ma chevelure à couper qu'elle ne porte pas non plus son vrai nom… je me trompe ?"
Pour toute réponse, Nils grommela :
— "Une « chevelure » ?… ça repousse…"
Kerry ne se formalisa pas et reprit :
— "Ça fait rien, continue. On réglera ça après."
— "Que veux-tu savoir ?"
— "La gazette du mois d'août dit que tu as volé les lingots…"
— "Ils en avaient laissé une partie, ils n'avaient pas réussi à tout emporter…"
— "Alors ? explique ?"

— "Svea."
— "Tu veux dire… « Kealyn » ?"
— "Yep. Svea Svensson. Voilà son vrai nom."
— "C'est joli ! elle porte bien son nom… en tout cas mieux que ta maudite diligence…"
— "Pour sûr ! C'est *elle* mon « Pays de Rêve » ! J'avais entendu aboyer une *carabine du Kentucky*. L'arme des tireurs des bois. T'as pas connu ça, cherche pas. Ils utilisaient des fusils confectionnés par des armuriers suisses depuis plus d'un siècle ! Eux, ils savaient déjà creuser l'âme du canon de rayures en spirale. *Elle* rechargeait cette arme à un coup avec une telle rapidité que le diable a changé de camp. De plus, elle a dû viser juste, car ils n'ont pas demandé leur reste. C'était des platines à silex à l'époque mais c'était foutrement précis ! C'est son fusil qui a eu le dernier mot. Après, grand silence ! Je pense qu'elle a ainsi sauvé une part du butin… Elle m'a montré d'où elle avait tiré, elle s'était planquée à trois-cent-cinquante mètres ! Ils n'ont pas insisté. Courageux …mais pas téméraires. Je pense qu'ils ont dû croire qu'elle était la Cavalerie à elle toute seule !"
— "Je ne te demande pas ce qui t'a plu chez elle !…"
— "Il n'y a pas que ça… mais, effectivement, elle m'a plu alors même que j'étais coincé sous cette foutue *Pays de Rêve* !"
Nils sourit puis, prenant un petit air innocent, il se plaça bien en face de Kerry pour lui demander :
— "Alors ? j'y ai droit à cette « balle entre les deux yeux » ?"
Kerry prit un air songeur :
— "Nous avions des doutes, Kaya et moi…"
— "Et tes doutes… ont-ils… disparus ?"
— "Mes doutes ?!… ils se sont avérés *justifiés* !!"
— "Quoi ?? tu ne me…"
Elle le coupa :

— "Mais laisse-moi finir ma phrase ! Je disais : Kaya et moi l'avons toujours su et tu viens de me le confirmer : il y avait bien quelque chose !"
— "Alors, si j'ai bien compris… ma version ne concorde pas avec celle de ton Alpheus ?…"
— "Qu'est-ce que tu es bavard ! vas-tu donc me laisser finir ma phrase ?! Kaya et moi nous disions qu'il y avait bel et bien quelque chose …*entre vous deux* !"
— "Entre nous deux ?… Je ne compr…"
— "Oui ! toi et Kealyn ! Ça se voit comme le nez au milieu de la figure !"
— "Aah !!" fit Nils, en exhalant un profond soupir.
Et Kerry de conclure :
— "Écoute, ta version coïncide parfaitement avec celle de Alpheus. Je suis maintenant convaincue que tu ne fais pas partie de cette bande de malfaiteurs. Par conséquent, ton front peut être tranquille, il ne sera pas décoré d'un troisième trou."
— "Mais… si j'ose me permettre… pour quelle raison te fies-tu aussi aveuglément aux dires de cet Alpheus ? Qui est-il pour toi ?"
— "Il m'a sauvé la vie. Plus d'une fois. Moi aussi, d'ailleurs. Nous avons bourlingué un bon bout de temps ensemble sur les tape-culs de la Wells-Fargo…"
— "Je te trouve au peu… vague. N'y aurait-il pas… autre chose ?…"
— "Pas qui te regarde…"
— "Tout ce qui regarde mon frère me regarde…"
— "Alpheus… est ton frère ??"
— "Oui. Et tout ce que tu as dit sur lui tout à l'heure est l'exacte vérité. Et… il faut que tu saches que je lui ressemble beaucoup !…"
— "J'ai dit quoi, sur lui, déjà ?"
— "Qu'il est censé, intelligent, digne de foi, et qu'il n'y en a pas beaucoup, des comme lui."

— "Ah ?" un sourire germa sur les lèvres de Kerry, "je ne m'en rappelle pas…" puis elle enchaîna, plus sérieuse :
— "Par contre, il racontait à tout bout de champ et à qui voulait l'entendre que le légendaire Nils de l'attaque de la diligence était innocent. Quelques-uns le croyaient… dont moi."
Facétieux, Nils lui répondit :
— "Tout de même… Alpheus aurait pu être de mèche avec moi… je trouve que, pour un représentant de la loi, tu innocentes un peu rapidement tes prévenus…"
— "Tu as raison !" Kerry arma son chien. "À moi la récompense de trois mille dollars ! …de plus, il n'est pas précisé que tu dois être livré vivant !"
— "Oh ! tout doux ! je teste la femme de loi que tu dis être… Je constate juste un léger manque de rigueur dans ton attitude professionnelle mais… ce n'est pas sans me déplaire !"
— "Je t'ai dit, effectivement, que pour éviter des procédures longues et coûteuses, je préfère, parfois, prendre des… initiatives. Ceci dit, je trouve que tu tentes bien le diable : on dirait que tu tiens à ce que je te considère coupable ?"
Nils resta un moment silencieux. Puis, comme se parlant à lui-même, il murmura :
— "Qui es-tu ? Une meurtrière qui assassine de sang-froid une famille entière ? Une représentante de la loi intègre, comme ton père ? Souhaites-tu empocher la prime ou, pire, es-tu intéressée par les lingots d'argent de la diligence ? Car la première question que les gens posent, porte toujours sur le butin de ce vol. Et toi - ruse ou désintérêt ? - tu n'en as absolument pas parlé… Qui es-tu ? Veux-tu me tuer, me livrer, me relâcher ? Tu me déconcertes. Et moi, je suis fatigué de fuir. Finissons-en, arrêtons de tourner autour du pot : que veux-tu exactement ?"
— "Je te le répète, je n'ai pas tué les Coolmann. Et je me fous de tes lingots."
— "Pourquoi te croirais-je ?"

— "Je n'ai pas à me justifier. Je te rappelle que c'est moi qui tiens le revolver. Et si j'avais voulu te tuer, ce serait déjà fait."
— "Même sans savoir où est l'argent ?…"
— "Si l'argent m'intéressait, je t'aurais déjà cuisiné sur la question et, crois-moi, tu serais déjà à table. Ce que je voulais savoir, je le sais : Nils Svensson est innocent. Mais ce n'est pas seulement ton frère qui m'a convaincue …j'y étais."
— "Pardon ??! tu t'es décollée un beau matin du sein de ta mère pour aller voir le charmant spectacle forestier d'une distrayante tuerie ?"
— "Laisse ma mère où elle est. J'ai explosé la cervelle de son violeur et assassin quand j'avais dix ans …Ne tente pas la meurtrière qui sommeille en moi."
Nils hocha la tête et se tut. Il avait eu sa réponse …il savait à qui il avait à faire.
Kerry reprit :
— "Je n'étais pas un nourrisson, j'avais huit ans en 54. Je l'ai vu, ton « trou ». J'ai joué dans cette diligence. Tu veux savoir à quoi ? À tuer les passagers. Ils étaient déjà morts, je te rassure. Mais j'étais une « Indienne » et ils étaient mes « bandits ». Ce sont des jeux de gosses… C'est pour cela qu'ils étaient si méconnaissables comme l'ont si bien relaté les journaux. Je pense que l'attaque venait juste d'avoir eu lieu. Je suis rentrée dans une diligence couchée sur le flanc et j'en suis ressortie par la fenêtre côté sol car il y avait un petit tunnel bien rigolo à prendre. C'est là que tu es resté coincé. Or personne n'a pu être au courant de ton renfoncement car je me suis amusée à le boucher après en être ressortie. Et puis la blessure mortelle de Jim était sur son côté droit et Nimrod est toujours assis à la droite de Jim - je me suis renseignée ; ils s'installent toujours à la même place dans la diligence ! De plus, ses vêtements étaient brûlés à l'endroit de sa blessure ; Nimrod a bien tiré sur Jim à bout portant. Tu vois ! tout indiquait que tu dis vrai ! Tu comprends, maintenant, que je te crois ? Je sais que tu n'as pas pu inventer cette histoire !

Mais, dis, coincé comme tu l'étais, comment t'es-tu dégagé ?"
— "Kealyn est arrivée à soulever la diligence à l'aide de son cheval…"
Kerry acquiesça de la tête, d'un air entendu. Elle ajouta :
— "Bon. C'est pas pour te tuer après, mais tu dois me parler de cet argent que tu as récupéré si tu veux être totalement blanchi. Tu le comprends, n'est-ce pas ? En tant que shérif, je dois aussi retrouver le butin. Des témoins dignes de foi - eux aussi - t'ont vu avec des sacoches de lingots. …Alors, Nils, es-tu un voleur ?"
— "Cet argent ne pouvait pas rester là. Alors je l'ai pris."
— "Jusque-là, c'est logique."
— "Laisse-moi parler."
Kerry ouvrit la bouche mais se tut.
— "Je *suis* allé rendre les lingots ! Je savais qu'ils appartenaient à la banque Condon, à Pimsky. Kealyn me suivait. De loin, pour plus de prudence. Mais en chemin, une milice menée par le shérif du comté de Barrow m'a barré la route."
— "Désolé de t'interrompre, mais c'est là qu'un témoin t'a reconnu. Il a dit que les lingots étaient dans des sacoches portées par ton canasson. Et les forces de l'ordre qui t'ont sommé de te rendre ont dit qu'au lieu de te soumettre tu avais tiré."
— "Y a-t-il eu des blessés ? des morts ?"
— "Non…"
— "Alors c'est que je n'ai pas tiré… J'étais tendu, tout comme eux. J'avais peur de retomber sur la bande, tout comme eux. J'ai répondu que je venais rendre l'argent de la banque Condon et ils se sont mis à rire. J'ai alors ouvert ma sacoche et c'est là qu'un des leurs m'a mis en joue avec sa carabine. Je comptais leur montrer un lingot et ils ont dû croire que je voulais sortir une arme. Qu'aurais-tu fait à ma place, hein ?"
— "J'aurais tiré. Et il serait mort."
— "Eh bien je n'ai *pas* tiré ! J'ai sauté de mon cheval et j'ai couru dans les bois. Et je peux te dire que c'était sous un feu nourri. Mais

je n'ai pas riposté. Kealyn m'a récupéré et nous nous sommes enfuis. Ils étaient en haut d'un à-pic lorsqu'ils m'ont interpellé ; le temps qu'ils rejoignent mon chemin par un sentier en zigzag nous étions déjà loin."
— "Admettons… Mais - et je reconnais que ce serait manifester un zèle assez inhabituel - qu'est-ce qui t'a empêché d'y *retourner*, à cette banque ?"
— "J'étais *déjà* condamné !! Tous les murs étaient placardés par l'affiche que tu as en poche ! « J'ai-assassiné-tous-les-passagers-de-la-diligence » ! Et tu as vu ? ils m'ont proclamé « chef de la bande » ! Tu crois vraiment que si j'avais ramené mon crâne chauve, ils m'auraient déroulé le tapis rouge ?!"
— "Il faut rendre cet argent. Si je te blanchis et que je dis que tu es innocent, ça passera… *si* je ramène les lingots."
— "Vingt ans après ??! Tu crois vraiment que j'ai toujours cet argent ??!"
— "On peut rêver ! Si tu dis que tu es innocent…"
— "Et pourquoi n'avez-vous pas traqué la bande qui a réellement fait le coup ? Vous récupéreriez bien plus !"
— "Le reste a été récupéré depuis longtemps…"
Nils blêmit et resta sans voix. Kerry ajouta :
— "Ils ont tous été abattus par la milice avec laquelle tu as eu maille à partir, peu de temps après que tu l'aies croisée. Nimrod, comme les autres, d'ailleurs …désolée pour ta vengeance. La banque a tenu à ce que les faits restent secrets le temps de l'enquête …tu connais les journaux…"
Nils se mit alors à grommeler d'une voix grave et rocailleuse et à se répandre en invectives contre les banques et les journalistes. Kerry, intriguée, lui demanda :
— "Ça a l'air de te contrarier…?"
— "Rien qu'un peu… ça fait seulement vingt ans que je les cherche, cette bande et leur butin, pour pouvoir m'innocenter aux yeux de la justice…"

Enfin, l'air sombre et renfrogné, il lâcha :
— "Je l'ai toujours, cet argent."
Kerry ouvrit de grands yeux et lança :
— "Eh bien allons-y !"
— "Quoi ? maintenant ??!"
— "Et pourquoi non ? Le plus tôt sera le mieux ! Dès qu'on récupère les lingots, j'informe les autorités que tu es innocent et… que tu es mort. …Ce sera plus simple, sinon tu vas droit à un procès qui risque de traîner en longueur et de mal tourner. En outre, on ne va pas mêler Kealyn là-dedans ni proposer le témoignage d'une gamine de huit ans, même devenue shérif. À mon avis, ça risque de ne pas suffire au juge. Et puis… tu sais que je n'aime pas voir gaspiller l'argent du contribuable !…"
— "Je croyais que tu voulais dormir…"
— "C'est loin ?"

— "Non. C'est là."

C'était Kealyn. Elle tenait un revolver d'une main et deux sacoches, remplies à craquer et visiblement très lourdes, de l'autre.
— "« Madame Le Shérif » a raison," dit-elle, "je ne tiens pas à témoigner. Par contre, si tu dois « être mort », il est préférable que tu changes encore de tête, c'est plus sûr. Il te faudra quitter cette moustache hongroise. C'est dommage, la moustache te va si bien ! Sinon, tu pourrais t'en faire pousser une plus fine. Que penses-tu d'une moustache « polonaise » ? À moins que tu préfères la moustache « française »… c'est très tendance, aussi…"
— "Je ne sais pas. Cela demande beaucoup d'entretien… il faudra la lustrer, la tailler régulièrement…" Il se racla la gorge. "…Mais, mon chou… serais-tu d'accord qu'on en parle à un autre moment ?"
Kerry, goguenarde, interpella la blonde platine :

— "Effectivement, Kealyn, « Madame Le Shérif » est d'avis qu'il y a présentement des choses plus urgentes à régler. Peut-être pourrez-vous discuter mode une autre fois ?…"
Kealyn, un petit sourire carnassier en coin, rétorqua :
— "Veuillez me pardonner si je suis un peu perdue, mais je ne sais plus comment je dois vous appeler : « Mademoiselle Winona Ketsy »…? « Mademoiselle… …*Kerry McKoy* »…?" Elle enchaîna : "À propos… il serait sage que vous lâchiez votre arme ! Je vous prie !"
Kerry, sans obtempérer, lui répliqua :
— "Je comprends votre perplexité ! Moi-même, je ressens le même trouble, Madame Kealyn Whyte. Pardon !… Madame *Svea Svensson* !…"
— "Nous avons des vies compliquées…" lui répondit Kealyn, son sourire se figeant.
Mais Kerry, tranquille, poursuivit :
— "Ceci dit, vous avez raison, Kealyn - pardon, Svea ! - il est plus sûr que Nils-Odovacar change encore de tête. Il achètera une autre perruque ! Par contre, au lieu de mettre des moustaches postiches, il pourrait se les faire *pousser* ? cela éviterait certains incidents fâcheux, ne croyez-vous pas ? Mais ne vous faites pas de soucis, il pourra choisir librement la nationalité de ses bacchantes ; quelles qu'elles soient, il n'y a pas besoin de les arroser ! Dernière chose : croyez-en mon expérience, il est préférable qu'il change *encore* de nom. Je sais… les morts reposent normalement en paix mais… il vaut mieux mettre toutes les chances de son côté !
À propos… (elle toussota) je ne vois pas trop ce que vous comptez faire de ce *Rogers & Spencer*, car moi seule peut innocenter votre mari… C'est bien votre mari ?"
C'est Nils qui intervint :
— "Ma chérie, tu n'as rien à craindre. Je la connais, la petite McKoy. C'est une petite au tempérament bien trempé mais qui ressemble

bougrement à son père ; crois-moi, tu peux rengainer ton arme, on peut lui faire confiance."
— "Soit." répondit Kealyn en laissant lourdement tomber les sacoches de lingots. "Mais n'oublie pas qu'avant de retourner au Texas - avec ta toute nouvelle moustache - on a un petit détour à faire par Beck !"
— "Beck... *Weston* Beck ?" s'immisça Kerry. "Qu'est-ce que ce sinistre usurier a-t-il à voir avec vous ?"
Les deux conjoints, spontanément, répondirent en un duo parfait :
— "Il a perdu sa femme, le pauvre !
...nous tenons à lui présenter nos condoléances !!..."

5. BECK

— "C'est tout ?"
— "C'est toutes mes économies, mon bon monsieur ! Je préfère ne rien rajouter. Je risquerais d'avoir du mal à subvenir à mes besoins quotidiens, voyez-vous."
La petite vieille regardait le banquier de ses bons yeux francs. Ses rides burinées et son dos vouté auraient suscité chez la majeure partie des gens normalement constitués une poussée de commisération. Mais pas chez Weston Beck. Celui-ci grommela dans sa barbe à qui voulait l'entendre une série de mots dédaigneux puis lui assena sans ménagement :
— "Nous devrions interdire des dépôts aussi misérables. Vous nous faites perdre notre temps, la vieille."
Une des trois jolies rousses habillées de robes sublimes qui attendaient dans la queue sortit du rang et vint se placer au guichet à côté de la vieille dame. Elle s'adressa au banquier :
— "Quand vous dites « nous », vous voulez dire « la vénérable caste des banquiers », *mon bon monsieur ?*"
La rousse avait accentué « *mon bon monsieur* » avec un ton doucereux, ce qui aurait provoqué chez toute personne normalement constituée une certaine méfiance. Mais pas chez Weston Beck. Le petit bonhomme rond, presque aussi rond que ses lunettes, la regarda de haut (façon de parler, bien sûr). Rien n'impressionnait Beck. Surtout pas une femme. Même aussi belle. Il n'avait pas reconnu Kerry (normal, avec une perruque rousse) et la regarda avec presque le même dédain que sa cliente à l'âge canonique.
— "Nous terminons le plus rapidement possible avec cette cliente qui nous fait perdre notre temps à tous, je le déplore sincèrement, mais en attendant, je vous prierai de rejoindre votre place dans la queue, mademoiselle."

Kerry – avait-elle entendu ? – lui demanda, froide comme une cuvette de bordel :
— "Tu te prends pour Louis XVI, Weston ?"
— "Plaît-il ??! Est-ce nous que vous avez l'outrecuidance de comparer à un français qui se fit guillotiner, misérable effrontée ?"
— "Dis encore « nous » et tu subiras le même sort que le « français »." somma Kerry en posant délicatement son sabre sur le comptoir. La vieille dame eut un mouvement de recul mais se serra encore plus près de sa protectrice. « Louis », regardant son interlocutrice avec l'innocence du nourrisson, lui demanda :
— "Vous comptez me décapiter alors que je m'évertue à raccourcir l'attente des braves gens ??!"
Kerry, sourire en coin, lui rétorqua :
— "Je ne sais pas ce qu'il est préférable de raccourcir…" avant de prendre une expression plus inquiétante et d'en venir au fait : "Guichetier, cette vieille dame a gagné chichement mais honnêtement sa vie. Elle fait donc aussi partie des « braves gens ». De plus elle a longuement attendu son tour debout ; ne remarques-tu pas qu'elle commence à fatiguer ? Donne-lui donc son reçu avec le respect qu'elle mérite et apporte-lui une chaise par la même occasion."
— "Nous ne sommes pas une institution de charité, mademoiselle ! qu'elle aille se la chercher toute seule, sa chaise ! Et permettez-moi de vous faire savoir que je m'insurge haut et fort contre une telle irrespectueuse familiarité ! Aurions-nous gardé les cochons ensemble ?" Et il dardait ses petits yeux porcins cerclés de fer sur l'ignoble insolente.
Kerry, qui ne voulait pas encore dévoiler sa véritable identité, se retint de lui répondre qu'elle les avait effectivement gardés pour lui et son épouse Martha. Décidément le petit banquier était dur à déstabiliser ! Mais le jeu l'amusait encore et elle renonça, pour l'instant, à pousser d'un cran l'intimidation par la force.
Le katana reposait toujours sur le comptoir. Encore insignifiant.

— "Qui ça « nous » ? Nous ou vous ??" répondit Kerry avec un petit air pointu. Et, se fiant à la bouche toute ronde du banquier, elle enchaîna :
— "Allons, Weston ! t'as peur que ça dévalue ton argent si tu parles de toi à la première personne du singulier ?" Le voyant toujours perplexe, elle conclut : "Tu sais, Westy… tu ne paraîtras pas plus intelligent si tu fais croire que tu es « plusieurs »…"
Weston, toujours aussi désorienté, se mit à bredouiller :
— "Mais… ma parole… c'est que vous nous insultez maintenant ?!"
Kerry, voyant que, décidément, « Louis » était irrécupérable, décida, pour l'heure, d'abandonner la partie. Les deux autres belles rousses s'avancèrent chacune d'un côté du « guichetier », et l'une des deux, Kaya, posa bruyamment deux lourdes sacoches sur la banque marbrée qui s'étirait sur toute la largeur de la pièce. S'adressant avec virilité à Beck, elle lui désigna son apport :
— "Et *ça* ? c'est une insulte, Weston ?"
Immédiatement, ses petits yeux ronds se plissèrent, accompagnés de frottements vigoureux de ses petites mains potelées. Ayant manifestement oublié toute impolitesse à son égard, il répondit :
— "Mais ! il ne fallait pas attendre !!"
Il se dépêcha de rédiger le reçu de la vieille dame et la congédia même avec courtoisie :
— "Au revoir, madame Bennett ! À bientôt, madame Bennett !"
Mais Kerry retint la vieille dame par l'épaule tout en lui glissant quelques mots à l'oreille. Cette dernière, visiblement amusée, saisit la chaise que lui tendait la troisième rousse (Kealyn, bien sûr) et, ouvrant de grands yeux, entreprit de ne pas perdre une miette des événements qui allaient suivre.
Beck, tout sourire, entreprit de sortir le grand jeu réservé à la clientèle d'élite :
— "Mesdemoiselles, veuillez vous asseoir, je vous prie."
Il installa rapidement des chaises et, les quatre, de s'asseoir autour de la table basse réservée aux non « misérables ».

— "Trois thés ?" demanda-t-il obséquieusement.
Les trois rousses acquiescèrent d'un battement de cils mais Kerry corrigea :
— "Quatre. Madame Bennett est avec nous."
— "Madame Bennett ??" parvint-il à articuler. "Mais bien sûr ! Mais… pourquoi ne pas m'avoir averti plus tôt ?!" Ce disant, il saisit sa plus belle plume et ouvrit son grand registre.
— "Vous êtes donc ensemble ? À qui ai-je l'honneur ?"
Beck semblait avoir miraculeusement perdu sa « multiple identité » royale et retrouvé toute sa bonne humeur. Sans attendre les réponses, il continua son questionnaire :
— "Combien avons-nous-là ? Sont-ce des lingots d'argent ? Je les flaire à des lieues à la ronde, le saviez-vous ?"
Kerry prit la parole sur un ton d'une pédanterie qui provoqua un sourire contenu chez ses deux amies :
— "Nous venons déposer cette somme sur le compte de la banque Condon. C'est un don totalement désintéressé. En effet, mes amies et moi-même aimons aider les établissements bancaires en difficulté. Est-ce de la charité ? Le saurais-je ? Toujours est-il que nous souhaitons garder l'anonymat, vous le comprendrez aisément, n'est-ce pas ?"
Le teint de Weston vira légèrement au gris :
— "Cela est terriblement généreux de votre part mais… (sa bouche se tordit d'amertume) comprenez-moi… j'ai un protocole très strict à suivre ! J'y suis obligé, comprenez-vous… Nous devons respecter à la lettre notre code de déontologie pour lequel j'ai une conscience très aiguë ! Je vous prie de me pardonner… je suis terriblement gêné mais, j'insiste, nous sommes dans l'obligation de vous demander votre identité !…"
Kealyn crut bon de venir au secours de sa nouvelle amie : elle redressa son buste pour en faire généreusement gonfler la courbure, décroisa consciencieusement ses genoux (après avoir involontairement relevé le pan de sa robe), papillonna des paupières,

lança son ample chevelure avec grâce sur son épaule dénudée, et s'éclaircit la gorge pour (enfin) prendre la parole :
— "*Mon bon monsieur* – elle décocha un clin d'œil complice à la vieille madame Bennett – imaginez que notre association - car nous sommes nombreuses à compatir aux faillites bancaires ! - en vienne à déposer dans une banque voisine cette coquette somme …sur *votre* compte. Ne seriez-vous pas fâché d'apprendre que la transaction avortât du fait de la malencontreuse obstination de votre obtus confrère ?"
— "Mais enfin ! mettez-vous à ma place ! (sa bouche se contorsionnait au point de ressembler à un masque de théâtre nô) je…"
Kealyn le fit taire de la pulpe de son index dressé, accompagné d'un petit claquement de langue. Puis elle se leva en prenant un air si désolé et si incompris qu'on eût dit que toute sa famille avait péri dans les flammes. Ses deux comparses l'imitèrent derechef en se répandant en lamentations déchirantes et en poussant les plus profonds soupirs :
— "Quel dommage ! Notre Association des Bienfaitrices Bancaires, l'ABB - ne la connaissiez-vous donc pas ? - sera-t-elle vouée à l'extinction si des comportements aussi zélés viennent à se produire encore souvent ?! Ne comprenez-vous donc pas que nous accourrions inéluctablement à votre aide si, à votre tour, vous deviez traverser de telles crises ! Ce que je ne vous souhaite nullement, je vous prie de me croire !"
Intrigué, Beck demanda :
— "De quelles crises parlez-vous donc, mademoiselle ? mes collègues feraient-ils donc face à de si terribles difficultés financières ??"
— "Nous sommes malheureusement tenues par le secret… C'est notre code de déontologie, et nous ne dérogeons jamais à notre règle. Le secret bancaire… Vous comprenez, n'est-ce pas ?"

— "Bien sûr ! je comprends ! Mais… je vous en prie ! usez de compassion à mon égard, ôtez-moi la terrible angoisse qui commence à m'assaillir et qui ne me laissera jamais aucun répit tant que je n'en saurai pas un peu plus ! Je vous en conjure… dites m'en *juste* un peu plus ! dans les grandes lignes ! sans trahir le secret professionnel ! sans, bien entendu, révéler la situation de mes collègues de la Condon !"
Kealyn le prit profondément en pitié. Poussant un nouveau soupir, elle accepta de concéder :
— "Un mot ! Soit. Mais rien qu'un mot." Elle se pencha alors vers lui et, lentement, lui souffla : "*Personne* n'est à l'abri des attaques de banque, mon pauvre Maître Beck ! *Personne* ! Et comment feront les honnêtes gens lorsque plus aucune banque ne sera en mesure de subvenir à leurs besoins ! Lorsque toutes leurs économies seront parties dans la poche des malandrins, des malfaiteurs, des bandits, des…"
Les sanglots de Kealyn furent si poignants que notre « pauvre Maître Beck » ressentit à la poitrine quelque chose qu'il n'avait encore jamais ressenti, une sorte de serrement, de malaise indéfinissable et surtout inhabituel qui le poussa aussitôt à réagir : il se leva, visiblement ému, sortit un joli mouchoir (propre) en soie brodé et garni de fleurs et alla essuyer les scintillantes larmes des jolis yeux de sa cliente. Celle-ci se moucha bruyamment, lui rendit le petit paquet et se laissa consoler par la tendresse de ses consœurs. Beck, lui, silencieusement, remplit une feuille vierge avec son magnifique stylo à plume en faisant très attention à ce que plus aucune goutte ne soit encore versée. Puis, après avoir inscrit la valeur en dollars des lingots d'argent ainsi que, tout en bas, sa petite signature de mouche, il la tendit à Kealyn avec une profonde considération.
C'était bon !! Son mari Nils Svensson était enfin blanchi ! La banque Condon ne le rechercherait plus ! Enfin !

Tout à coup un léger cri perçant retentit : Beck avait oublié le thé ! Et, effectivement, on pouvait entendre le sifflement de la bouilloire qui appelait à l'aide.
Kealyn renchérit :
— "Le thé ! mon bon monsieur ! le thé !"
Beck, encore tout à ses émotions, hésita un instant à laisser cette fabuleuse somme en lingots seule sur le comptoir et qu'il ne pouvait emporter sans paraître grossier. Finalement, comme il voyait les trois jolies rousses tout à leurs effusions, il se décida à partir. Mais comme un chien à la queue basse.
Le tour était joué ! Dès qu'il leur tourna le dos, deux ou trois lingots soulagèrent la sacoche de leur poids pour aller rejoindre le sac de madame Bennett qui, dédommagée de la muflerie du « guichetier », partit avec un sac beaucoup plus lourd que lors de son arrivée…
Quand il revint, son flair le prévint qu'il s'était fait rouler.

Mais ce n'était rien comparé à ce qui allait suivre…

Dès que la porte de la banque « Weston Beck » se fut refermée derrière la vieille madame Bennett radieuse, l'expression des jeunes femmes changea brusquement du tout au tout. Kerry retourna la pancarte du côté « ouvert » à « fermé » et, tranquillement, alla récupérer son katana pour déboutonner les bretelles (comme lors de ses onze ans, à la différence que son sabre avait remplacé son *Smith & Wesson*) d'un banquier estomaqué qui fut obligé (comme lors de ses onze ans) de retenir son froc.
— "La clef ! mon bon monsieur, la clef !" lui ordonna-t-elle avec une douce autorité. Le fil de la lame empêchant Weston de parler (elle lui caressait sa gorge replète avec délicatesse), celui-ci extirpa sans un mot le trousseau de clefs dédié à la salle des coffres de sa poche et le tendit à Kerry.
Elle lui fit alors remarquer :

— "Trop aimable ! mais vous brûlez une étape, très cher. Chaque chose en son temps ! Pour l'instant nous vous prions de nous donner la clef de la porte d'entrée de votre *établissement* afin que nous nous sentions bien à notre aise."
Beck, un peu désemparé, bredouilla :
— "Ah ? bon… d'accord… Et… je la donne à qui ?"
— "Eh bien… à *nous* !! mon bon monsieur !" lui répondit Kerry en se désignant des deux mains.
— "D… donc …à vous ?"
— "Qu'y a-t-il de si compliqué, mon cher Beck ?" s'amusa Kerry, goguenarde.
— "C… C'est-à-dire… Vous êtes plusieurs…"
Ce fut Kaya qui vint au secours du brave banquier :
— "Elle veut dire : « à moi », vous comprenez ?"
— "À vous ?? mais… votre amie s'est désignée…"
— "Mais non ! pas à moi !" fit Kaya, réellement sérieuse.
— "Mais…" répliqua Beck, "vous venez de le dire !?"
Ce fut alors Kealyn qui prit les choses en main :
— "Cher monsieur Beck…" elle inspira profondément, "quand mon amie dit « à nous » elle se réfère à vous pour dire « à moi » mais cela ne veut pas dire « à moi » (elle se désignait) cela veut dire « à moi » (et elle désignait son amie Kerry), vous comprenez ?"
Weston fit ce qu'il avait de mieux à faire : il fit semblant de comprendre et, après une brève hésitation, tendit la clé à la bonne personne (par chance) : à Kerry. Voyant que celle-ci prenait la clé et allait fermer la porte à double tour, il se dit qu'il avait bien compris et, soulagé du sabre qu'il était, se mit à déglutir à souhait. Kaya et Kealyn tirèrent tous les rideaux et retournèrent s'asseoir, sans quitter des yeux le petit bonhomme (qui maintenait toujours son pantalon à bonne hauteur), pour finir leur tasse de thé. Kerry revint vers Beck et lui dit, toujours aimablement :
— "*Maintenant* vous pouvez me donner les clés du coffre ! Il faut faire les choses dans l'ordre, ne croyez-vous pas ?"

Mais, au mot « coffre », quelque chose se remit en place dans la petite tête toute ronde du banquier qui regimba, avec un aplomb tout neuf retrouvé :
— "Mais il n'en est pas question ! Jamais vous n'aurez l'argent de Weston Beck ! Jamais !!" Et il se campait fièrement sur ses ergots, comme pour se grandir. Il aurait même dressé une crête s'il n'avait eu autre chose à offrir que sa luisante calvitie.
Mais Kealyn le rassura :
— "Soit tranquille, mon vieux Westy ! ce n'est pas ton argent qui nous intéresse, c'est autre chose. Mais je laisse mon amie te dévoiler l'affaire."
— "Alors… on se re-tutoie…" fit Beck, fronçant les sourcils. "Personnellement je ne m'abaisserai pas à cela ! Sachez que je garderai mes distances avec vous car je ne tutoie jamais mes clients ! Par contre, étant donné que nous n'avons pas gardé les cochons ensemble, je vous prierai de…"
Kerry s'avança vers le petit gros et, tout en lui posant son sabre à plat sur l'épaule, lui siffla :
— "Mais si ! Westy, *j'ai* gardé tes cochons. Je te l'accorde, nous ne l'avons pas fait ensemble, mais je l'ai fait pour toi et ta vieille peau de femme."
Beck roula deux billes dans ses orbites qui s'assombrirent de colère :
— "Je ne vous permets pas de parler de feu mon épouse de la sorte ! J'exige des exc…"
Mais il ne termina pas. Kaya avait sorti son long coutelas et, cette fois-ci, les deux yeux s'exorbitèrent pendant que Kaya, insensible à la panique de son souffre-douleur, ôtait sa perruque et, tout en s'essuyant le front, grommelait dans sa barbe :
— "Désolée, Kerry, mais fait trop chaud là-dedans !"
Kealyn l'imita alors que Beck se parlait à lui-même :
— "J'ai connu une Kerry… Elle a effectivement gardé mes cochons…"

Il fixa alors brusquement Kerry, qui venait, elle aussi, de quitter sa perruque rousse :
— "Vous êtes Kerry McKoy ?" lui demanda-t-il d'une voix tendue.
— "Tu me reconnais, maintenant ?"
— "Mais, enfin, que me voulez-vous ? Que vous ai-je fait ? Pourquoi m'humilier en me forçant à retenir mon pantalon et en insultant, sous mon propre toit, la mémoire de mon épouse ? Un bandit ordinaire se contente de me voler, à la rigueur de me tuer, mais pourquoi toute cette mise en scène ? Je ne comprends pas tout cet acharnement contre l'honnête banquier que je suis ! Vous me décevez, Kerry ! moi qui vous ai si généreusement hébergée pendant tout un long mois d'hiver !"
— "T'as un mouchoir, Westy ? Parce que je sens les larmes qui montent et tu connais mon émotivité !"
— "Tenez, ma petite Kerry," et il lui tendit un (nouveau) mouchoir brodé. "je vous pardonne. Vous pouvez moucher votre petit nez. Nous sommes entre nous."
Kerry, à moitié déconcertée, regarda tour à tour ses deux amies. Mais elles lui laissaient le temps de reprendre ses esprits et attendirent, les lèvres pincées par le rire contenu.
— "Westy ! regarde-moi bien ! Tu le fais exprès ou c'est naturel chez toi ? Es-tu très habile ou complètement abruti ?"
« Westy » la regarda, l'air incrédule :
— "Ma petite Kerry… pourquoi continuez-vous à me rudoyer ? qu'ai-je f…"
Kerry le coupa d'un signe de la main. Puis elle se pinça la racine du nez tout en fermant les yeux et prit une grande inspiration :
— "Weston… Je vais reprendre un de tes mots au hasard, et on va partir de là : tu as parlé… d'« honnêteté ». C'est bien ça ?"
Beck, se grandissant autant qu'il le pouvait, affirma :
— "Je suis un honnête banquier, moi, madame ! et je défie quiconque de prétendre le contraire !"
— "Assieds-toi, Westy, car tu vas devoir lâcher ton froc."

Et elle sortit un document de sa poche pendant que « Westy » obtempérait :
— "C'est bien feu Martha qui a signé ce papier ?"
Beck saisit le document et le parcourut sommairement des yeux :
— "Bien sûr !" fit-il, "et en quoi ce document entacherait-il mon intégrité ?"
— "Mon p'tit gros… arrête tes mines de vierge effarouchée ! Vous vendiez, toi et feu ta catin, de faux terrains. Cela n'entache-t-il pas ton intégrité ??" Et pour lui épargner la peine de feindre une nouvelle fois l'innocence, elle rapprocha le fil de sa lame de la jugulaire. Puis elle ajouta :
— "Réfléchis bien, mon p'tit Beck, avant de répondre. Sois convaincant… comprends bien ton intérêt…"
— "Je ne peux pas répondre avec une lame sous la gorge !" hurla le petit replet. "Je sens que je vais dire n'importe quoi !"
— "Parce que ça change quelque chose, sinon ?! Mais tu as raison sur un point, Westy : ne réponds pas ! Tu sais… je vais le faire à ta place. Et je crois que je ne vais pas être la seule…"
— "Répondez à ma place si cela vous chante mais arrêtez d'insulter ma moitié ! Elle n'était pas une « catin » mais une brave femme et une merveilleuse épouse ! Qui malheureusement n'a jamais pu devenir l'adorable mère qu'elle aurait…"
Des sanglots infantiles vinrent interrompre la poignante plaidoirie. Laissant quelques secondes de répit respectueux passer, les deux comparses de Kerry, qui venaient juste de siroter leur dernière gorgée de thé vert, se rapprochèrent de lui, tirant leur chaise d'une main et palpant leur arme fétiche de l'autre : Kaya, toujours son coutelas favori, et Kealyn, son *Rogers & Spencer* brillant comme une pièce de dix dollars-or toute neuve. Elles se rassirent en entourant Weston Beck comme si elles voulaient lui couper toute retraite.
— "Westy," répondit Kerry sans émotion particulière, "en quoi est-ce insultant d'appeler une professionnelle du plaisir, une catin ? Il faut appeler un chat un chat, n'est-ce pas ? Ta « moitié », comme tu

dis (ça devient donc un tout petit bout...), ne s'était pas vraiment apprêtée comme une femme respectable quand on l'a retrouvée morte dans sa diligence dévalisée. Les journaux l'ont même confondue avec une prostituée de *La Cage aux Oiseaux* ! Mais bon... tu as raison, je ne vais pas torturer un veuf à propos de son épouse chérie. Cela ne se fait pas. Entrons dans le vif du sujet : reconnais-tu ce document ?"
Il parcourut rapidement le papier que Kerry lui tendait :
— "Mais il est signé par ma femme, c'est à elle que vous auriez dû poser la question !"
— "Westy ! Vous faisiez tous les deux partie de la Compagnie Beck & Co ? Ne te sens-tu donc pas concerné par la signature de ton associée ?"
— "Si ma femme est malhonnête, je n'y suis pour rien ! Je ne suis pas au courant de ses escroqueries !"
Kerry prit une grande respiration et enchaîna :
— "On va faire court, Westy. Cette parcelle a été vendue hors de prix... mais passons. Le problème... c'est qu'on ne voudrait pas y déranger les bouquetins et les vautours..."
— "Je ne suis pas."
Les deux yeux ronds puérils la fixaient avec une parfaite ingénuité. Kerry, après un rapide coup d'œil à ses deux complices, admit en hochant la tête :
— "Tu es vraiment très fort, Westy. Et tu as toute mon admiration pour cela. Vraiment ! Je ne sais pas si tu t'exerces devant la glace des heures durant pour atteindre un tel degré de candeur, mais par contre, ce dont je suis sûre... c'est que tu « suis » parfaitement."
— "Je suis désolé mais je ne vois pas ce que viennent faire dans votre terrain les animaux que vous avez cités !" répondit le banquier en haussant les épaules et en s'affaissant légèrement.
— "C'est moi qui suis désolée," concéda Kerry, "j'utilise des images un peu compliquées pour ton niveau intellectuel. Je vais m'exprimer

avec plus de simplicité : tu vois ce terrain, là, sur la carte ? Eh bien… en fait, il n'est pas horizontal ! Il est vertical !"
Voyant les yeux rouler de nouveau, elle poursuivit :
— "C'est un précipice, Westy ! Tu comprends ce mot : « précipice » ? Mon père me l'avait acheté, adolescente, pour que je m'y installe quand je serais adulte. Comment je vais faire, maintenant, étant donné que je ne vais pas nicher dans une anfractuosité de la falaise, vois-tu ?"
Beck ne répondit rien. Ce fut Kaya qui enchaîna en lui présentant, elle aussi, une feuille manuscrite :
— "Moi aussi, j'ai un document. Signé aussi par ta femme."
— "Mais enfin !" s'énerva Beck, "que me voulez-vous à la fin ? Vous n'allez tout de même pas me mettre sous le nez tous les documents que Martha a signés depuis le début de sa carrière ?"
Kerry, adressant un regard las en direction de son amie Indienne, lâcha à celle-ci, dans un soupir :
— "C'est rien… c'est le refrain sur l'innocence…"
Mais Kaya, dont la patience n'est pas le fort, pointa son couteau sur la gorge légèrement goitreuse du petit homme :
— "Si. On va le faire. Tout à l'heure, on va ouvrir ton coffre. Mais pour l'instant on va parler des Indiens. Ceux que tu spolies sans vergogne depuis, j'imagine, « le début de la carrière de Martha ».
— "Encore à propos d'un précipice ?" fit Beck, sarcastique.
— "Non. Cette fois-ci c'est une mine d'argent. Bien vraie celle-là. Et que tu n'avais pas destinée à tes clients…"
— "Et alors ? c'est interdit de s'acheter des gisements, maintenant ?"
— "Ouistiti - je peux t'appeler comme cela, Westy ? - tu spécules sans te soucier de mettre sur la paille des milliers des miens, sans te soucier de savoir où ils vont bien pouvoir vivre… Aimerais-tu que j'achète ta banque pour, mettons… trois colliers de perles de verre, et que tu sois obligé, pour survivre, de faire quelques milliers de kilomètres à pied avec à peine de quoi manger, dénué de tout,

parfois dans la neige parfois sous un soleil accablant pour, finalement, aboutir dans un désert ?"
— "Je représente une Banque, pas une institution charitable !" aboya Beck.
— "Et parce que tu es une Banque, tu t'arroges le droit d'expulser tout un peuple ?"
— "Ce n'est pas moi qui ai déporté les Indiens, c'est l'armée. Je suis innocent. Je n'ai fait que mon travail. Légalement. Honnêtement."
— "« Honnêtement » ? D'accord. Vérifions. Montre-nous ce que tu engranges pieusement dans ton coffre."
— "Ça, jamais ! C'est comme si vous me demandiez de m'ouvrir le ventre !"
— "Si ce n'est que ça, ça peut s'arranger, Ouistiti." intervint Kerry en levant son katana.
— "Ouvre-le." ordonna Kaya en souriant à son amie.
— "D'accord !!!" hurla le banquier terrorisé qui se précipita en brandissant ses clés comme un sabre pour ouvrir en un tournemain la porte de la salle des coffres ainsi que, dans la foulée, son coffre personnel. Le plus gros de tous. La pièce était éclairée par une rangée de soupiraux, et un imposant canapé, mauve et hideux mais qui appelait langoureusement à la volupté, trônait lubriquement le long d'un des murs en pierres.
— "C'était pas ton ventre que j'avais demandé d'ouvrir, mon p'tit sapajou, c'était ton coffre, enfin !" fit Kaya, la mine réjouie, en rentrant avec ses amies dans la pièce. "Mais bon, au moins, c'était efficace !"
Kealyn avait déjà récupéré le trousseau de clés des mains du banquier et retirait d'une étagère un gros tas de documents parfaitement empilés. Elle s'assit avec les filles sur le sofa, donna la moitié des documents à Kaya, et toutes deux commencèrent à éplucher leur tas de feuilles pendant que Kerry surveillait une sorte de gibbon assis par terre, la queue basse et les yeux tourbillonnants, et qui essayait vainement de se trouver une contenance honorable.

— "Déjà depuis 37 tu dépossédais les miens !" gronda Kaya en jetant pêle-mêle aux pieds de Beck contrats et attestations. "C'est à cause de toi que tant des miens ont été conduits à la baïonnette vers des terres arides après s'être fait voler ou détruire, par des rapaces comme toi, tout ce qu'ils avaient bâti !"

Kealyn et Kaya, concentrées, gardaient leur nez collé sur leur pile de documents respective tandis que Beck, lui, s'efforçait de se rapetisser autant qu'il le pouvait. Autant dire qu'on ne distinguait plus grand-chose de lui dans cette salle des coffres ! S'il avait pu dégoter un trou de souris, il s'y serait certainement glissé !

Seulement, au lieu de sagement se taire, il murmura :

— "Si je n'avais pas acheté ces terrains, quelqu'un d'autre l'aurait fait !…"

Ce fut Kealyn qui, visiblement bien renseignée sur la question, froidement, lui répondit :

— "Pour une fois, tu viens de dire quelque chose de sensé, macaque ! car si tu n'avais pas transformé en contorsionniste cette fameuse « Loi » que tu dis respecter, les honnêtes agriculteurs, fermiers, et autres veuves de guerres, auraient joui de leur parcelle de terrain qui leur revenait de droit. La « Loi du Bien de Famille » …en voilà, une contorsionniste ! Eh bien… c'est pour les nécessiteux que cette loi a été créée ! vois-tu ? Le nécessaire… Il y en a qui s'en contentent, le savais-tu ? Toi, tu les forces à vendre pour une bouchée de pain leur nécessaire pour ton superflu. Et je ne doute pas une seule seconde que tu t'es dégoté un avocat qui peut justifier l'usage d'une pléthore de pseudonymes qui permettent de rafler un maximum de concessions ! Tu es donc « honnête » parce que c'est « légal ». C'est bien ça ?"

Une fois de plus, Beck ne trouva pas opportun de se taire, même si c'est toujours en marmonnant qu'il répondit :

— "Tout à l'heure on me reprochait d'avoir déporté tous les Indiens d'Amérique et voilà que maintenant on me reproche d'avoir dépouillé la Veuve et l'Orphelin… Il faudrait accorder vos violons, je n'arrive toujours pas à suivre !"

— "L'un n'empêche pas l'autre, vieux gibbon. Je te rappelle aussi, toi qui aimes la Loi, que des traités ont toujours garanti la propriété de leurs terres, aux Indiens !"

Soudain, comme illuminé par une présence divine, Beck se redressa et déclama fièrement d'une voix forte :

— *"Demande, et je te donne en héritage les nations, pour domaine, la terre tout entière !"* Voilà la raison et la justification de ma soif ! Je ne fais qu'obéir à plus Haut que moi ! Psaume 2,8 !"

— "Voilà qu'il est puritain, maintenant ! Décidément, je n'ai pas fini d'en apprendre sur la gent simiesque !" fit Kerry, dodelinant de la tête. Elle commenta, ricanant : "« plus haut que toi » ?… c'est pas bien difficile…"

— "Vous n'êtes que de misérables mécréantes qui osent se permettre de donner la leçon à un pieux dévot. Ce n'est pas chrétien de se moquer des petits !"

— "Je ne me moque pas de ton atrophie corporelle, mon cher Beck," rétorqua Kerry, railleuse, "je déplore ton manque de hauteur… spirituelle !"

Puis elle ajouta, l'œil habité d'une mauvaise lumière :

— "Termine donc ton thé avant qu'il soit froid. Après, fini de s'amuser, on passe à la vitesse supérieure ; nous ne sommes pas uniquement venues pour te donner la fessée…"

Beck s'exécuta tout en se lamentant :

— "C'est la dernière volonté du condamné ?! Qu'allez-vous faire, ensuite ? vous allez me… ?"

Mais il fut interrompu par un appel pressant qui venait, étouffé par les portes fermées, de la salle du guichet :

— "Weston ? Ouh ouh ! Mon petit Wee-wee ? tu es là ?"

Aussitôt, Beck, le visage radieux et l'âme gonflée d'espérance, se leva d'un bond (toujours avec ses bras en guise de bretelles) et cria à tue-tête en direction de son interlocuteur :

— "Wi-wi ?? C'est toi ?? je suis là ! dans la salle du sofa, euh… des coffres !"
Les filles, prises de court, n'ayant pas eu la présence d'esprit de réagir pour empêcher Beck de répondre, se regardèrent, déconcertées. Mais Kerry, qui avait tiqué lorsqu'elle avait découvert le sofa violacé débordant de coussins moelleux recouverts de soie fine, eut l'idée d'une petite improvisation :
— "Kealyn ! ôte ta culotte !"
Comme celle-ci ouvrait de grands yeux, Kerry insista :
— "Dépêche-toi ! notre ami Wi-wi approche !"
Et au moment où Kealyn découvrait ses jolies jambes, le maire William Huggy, arrivait. Cette fois-ci, Beck, toujours occupé à remplacer ses bretelles, ne trouva plus rien à dire et ce fut Kerry qui, mielleuse, s'adressa au nouveau venu :
— "On t'attendait, Wi-wi ! Westy nous avait prévenues qu'un bel homme viril n'allait pas tarder. Or tu nous combles au-delà de nos espérances, Willy ! qu'est-ce que tu es mignon ! Les muscles, c'est surfait ! un homme de cent-vingt centimètres avec une petite brioche toute ronde… il n'y a que ça qui fait de l'effet aux femmes modernes ! Approche, mets-toi à ton aise, mon p'tit chou ! plus on est de fous, plus on rit !"
Mais ce dernier, mi-soucieux mi-fâché, semblant ne pas avoir remarqué la belle blonde qui lui faisait des avances, s'adressait à son ami :
— "Eh bien, Weston ? tu t'amuses sans moi à ce que je vois ? C'est pas *ici* qu'on avait rendez-vous, ce soir, mais au cabaret ! As-tu donc oublié le défilé « Belles et Laides » ? Je me faisais un sang d'encre !! Ça fait une heure que ta banque est censée être fermée ! te rends-tu compte que ça fait une heure que je t'attends ?!!"
Weston, ses deux petites mains boudinées toujours accrochées à son pantalon et donc, pour ainsi dire, pris la main dans le sac, bredouilla :
— "B… Bien sûr que non, je n'ai pas oublié ! M… Mais…"

— "Ça va, laisse tomber, j'ai compris ! Tu as trouvé mieux à faire !... Tu aurais pu me prévenir, c'est tout ! Les soirées « sofa », c'est le mardi et le vendredi. Si tu voulais en rajouter une, tu sais bien que je n'aurais pas dit non ! Tu me déçois beaucoup ! vraiment !"
Et le petit menton du petit maire, de trembloter comme les fesses d'une gourgandine à la retraite.
— "Wi-wi !" implora le banquier, "ne pleure pas ! Je comprends que tu aies pu être inquiet ! Je n'ai pas arrêté d'y penser, tu sais ! Mais ces demoiselles m'ont empêché de te prévenir !"
— "Ben oui !! je vois ça !! tu crois que ça me console ??! Et en plus, t'es avec du beau monde ! J'aurais jamais imaginé ! Mademoiselle Whyte !! Mademoiselle Ketsy !! Mademoiselle Kaya !! Ben mon vieux, tu t'embêtes pas ! Tu dois avoir un charme caché qui m'échappe ou la méchante envie de te ruiner ! car ces dames ne doivent pas se contenter de te vider *que ces* bourses !!" Et il désignait du menton le centre d'un pantalon tellement tiré par le haut qu'il mettait en évidence, malgré elles, les soi-disant fautives. (Eh oui, notre bon vieux Weston était toujours obligé de tenir son pantalon et, avec la nervosité, il tirait bien trop fort !)
Kerry s'approcha du petit maire et lui colla une moue coquine tout contre son petit visage porcin. Jouant affectueusement avec ses bretelles bleu nuit, elle lui susurra dans le creux de l'oreille :
— "Willy ! Tu te soucies de bien petits détails matériels ! Tu nous déçois, vois-tu ? Un homme de ta trempe devrait savoir qu'il est forcément considéré comme un invité de marque ! Allons, Willy, pour toi, ce sera à l'œil !"
L'expression du petit magistrat se figea en une bouche bée et un regard fixé sur les lèvres enjôleuses. Toute mauvaise humeur disparut instantanément. Il bredouilla :
— "Vraiment ??! C'... c'est vrai ??"
— "William ! ne les éc... !"

Mais une lame glacée, plaquée contre un endroit qui craint particulièrement le froid, vint interrompre le cri d'alarme de l'autre petit homme. C'était Kaya. Elle murmurait à Beck :
— "Laisse-nous nous amuser, Wee-wee ...avant que ce soit votre fête à vous…"
Weston pâlit et resta coi. Et pendant que Kaya le félicitait de sa bonne conduite, Kealyn rentrait dans la danse :
— "Regarde, Wi-wi, comme ton ami transpire ! Ne veux-tu pas, toi aussi, te soulager… de quelques vêtements ? ils sont si encombrants ! Si tu es un bon élève, tu auras droit à une image !" Et elle lui désignait du doigt sa délicate culotte bleu ciel en dentelle qui avait, non sans poésie, atterri sur un bras du canapé. William Huggy déglutit, retira son long et gros cigare de sa bouche et rajusta ses lunettes pour mieux voir la belle « image » promise. Il avait, dès lors, oublié son vieil ami (qui essayait vainement, par de gros yeux roulants, de l'avertir du danger imminent) et commença à déboutonner *tous* ses boutons. « Encouragé » par la « fraîcheur » du couteau indien, son alter ego, résigné et silencieux, l'imita : il lâcha son pantalon (qu'il devait de toute façon être las de retenir) et retira le reste (ils durent aussi ôter leurs caleçons de flanelle à pois rouges qu'ils avaient visiblement achetés ensemble : mêmes motifs et mêmes couleurs !).
Ce ne fut - décidément, notre banquier était très demandé ! - que lorsqu'ils furent entièrement déculottés, que Nils fit son apparition (enfin… Odovacar, puisqu'il avait remis moustache et perruque) …suivi par le revolver du juge ! Ce dernier, abaissant machinalement son regard sur les deux petits hommes entièrement nus, s'exclama :
— "Grand Dieu ! Messieurs ! Moi qui cherchais des trépieds pour mes deux lampes ! je n'aurais jamais imaginé que de si petits hommes puissent en avoir de si longues !"
Puis il se tourna vers le sofa où se tenaient assises les trois jeunes femmes :

— "Veuillez me pardonner, mesdemoiselles, je manque à mon plus élémentaire devoir !"
Et, tout en gardant Nils en joue, il leur fit un baisemain appliqué. Ensuite il leur demanda, se frottant pensivement le menton :
— "Je crois que vous me devez quelque explication, non ?"
Ce fut Kealyn, la plus prompte :
— "Puis-je connaître la raison pour laquelle vous braquez mon époux ? J'exige que cette mascarade prenne fin immédiatement !"
Et, alors qu'elle tentait de se rapprocher de son mari, le juge, d'un petit mouvement du bout de son canon, l'en dissuada.
— "Mais enfin, qu'est-ce qu'il vous prend, mon cher juge ?" reprit Kealyn d'une voix outrée, "expliquez-vous !! Ces deux hommes nous ont séquestrées à la fermeture de la banque dans un but honteux ! Vous comprendrez aisément à quoi je fais allusion, je n'ai pas besoin de vous faire un dessin, n'est-ce pas ?"
— "Écoutez, mesdemoiselles… Veuillez excuser mes manières mais… j'ai envoyé mon ami William quérir mon ami Weston qui devait nous rejoindre au *Théâtre*. Pas *La Cage aux Oiseaux*, bien sûr !! Non ! un théâtre respectable, le *Théâtre Turner* ! Il y a tout un défilé, à la fin du spectacle, de beautés et de mochetés qui est, paraît-il, tout à fait renversant !" (Le regard glacial des trois jeunes femmes l'encouragea à poursuivre sans tarder :) "Or, ni l'un ni l'autre ne revenant… j'ai décidé de venir voir ce qui se passait ! Et qu'est-ce que je vois (il désignait Odovacar du canon de son revolver) ? Cet homme, l'arme à la main, qui fait le guet devant la banque ! Qu'auriez-vous pensé à ma place ? J'ai cru que la banque était attaquée, bien sûr !!" (Nils, penaud, évitait de croiser le regard des filles.)
— "« *Bien sûr* » !" ironisa Kealyn, "et ensuite vous avez vu trois pauvres jeunes femmes *enfermées* dans une pièce, *derrière une grille* ! *EMPRISONNÉES* !! et vous en avez « *bien sûr* » déduit que nous avions dévalisé cette banque !!"

La colère de Kealyn était à son comble et le pauvre juge ne savait plus que penser (étant donné qu'il trouvait - il faut bien le comprendre - la situation assez inhabituelle !).

Mais les deux petits hommes nus qui s'étaient rhabillés (sans se tromper de caleçon) comptèrent bien profiter du retournement de situation provoqué par l'arrivée de leur sauveur. Ce fut le plus inquiet, Weston Beck le banquier, qui se mit à pérorer comme un petit coq :

— "Oh ! Phineas ! comme je suis heureux que tu sois venu ! Regarde ! je me suis fait attaquer par ces trois succubes qui m'ont forcé à ouvrir mon coffre et…"

— "…et à quitter ton froc ?" ironisa à son tour le juge. "Ça ira pour cette fois, Weston. Les choses sont très claires, ce n'est pas la peine d'en rajouter. Je passe l'éponge mais, pour l'amour de Dieu, ferme ta gueule et arrête de te foutre de la mienne si tu ne veux pas te retrouver enfermé dans ta propre salle des coffres pour la nuit !"

Cela dit, le juge s'excusa platement auprès de Odovacar, salua la petite troupe féminine, et fit signe aux deux petits hommes rhabillés de le suivre.

Ce qui ne fut pas du tout du goût de Kerry.

6. LES COMPTES BANCAIRES

— "Mon cher Wi-wi, veux-tu bien être mon avocat ?"
— "Oui, Wee-wee, je le veux !"
La « demande » avait été faite juste après le sourd coup de maillet asséné sur le comptoir de la banque sur lequel le juge Phineas Brocius s'était assis. Celui-ci (qui ne se séparait jamais de son jouet, objet de puissance et d'autorité) avait tout de suite accepté l'audience improvisée proposée par Kerry, dans le non moins improvisé tribunal qu'était devenue la banque de Beck. Pour lui donner l'impression qu'il était libre, les filles lui avaient laissé choisir l'endroit où poser ses fesses. Et celles-ci trônaient au milieu de la grande salle, surplombant tout le monde.
Plus bas, venait l'accusé : Beck, l'ami du juge (enfin, c'est ce qu'il avait cru, jusqu'à présent). Pour l'instant, on ne connaissait pas l'acte d'accusation mais il allait venir, à n'en pas douter. Quand Phineas Brocius endossait le rôle de juge, il n'avait plus d'amis. La Loi étant la Loi, un bon juge se devait d'être totalement impartial. Et Phineas était un bon juge. Enfin, à ses yeux. Ce qui était suffisant. Le pauvre Beck (oui, on pouvait ressentir quelque pitié, à sa vue) était assis sur la plus petite chaise que Phineas lui eut trouvée, ce qui ne contribua pas à donner au pauvre banquier le minimum d'assurance dont il eût eu besoin. Il s'était donc choisi un avocat (on lui avait concédé cette permission) et son (véritable) ami, le maire William Huggy, était tout désigné pour cette difficile tâche. D'autant plus difficile qu'elle était toute nouvelle pour lui. Mais, à part pour lui et l'accusé, cela n'avait aucune importance. Et si Beck était heureux que son ami William eût accepté (non sans appréhension) la lourde responsabilité d'essayer de lui sauver la mise, il était, par contre, terriblement dépité que son « ami » Phineas eût consenti, lui, *avec enthousiasme*, à jouer dans – admettons-le sans détour – cette énorme mascarade.

Les plaignants allaient se « plaindre » en deux étapes. Kerry et Kaya commenceraient puis ce serait le tour de Nils Svensson (qui, pour l'instant, resterait Odovacar Benmark). Ces trois jouissaient du privilège d'être vautrés dans le douillet sofa mauve déplacé exprès pour l'occasion à l'endroit où d'ordinaire la clientèle attend sagement son tour dans la queue pour retirer ou déposer ses économies.

Kealyn Whyte, elle, avait souhaité tenir le rôle du procureur. Elle « enfoncerait » donc le pauvre Beck autant qu'elle le pourrait.

Par le résonnant coup de semonce du juge, la séance s'était ouverte. Et, à sa grande joie, on avait donné à Phineas toute latitude pour mener les débats.

— "Accusé, levez-vous !" tonitrua-t-il.

Beck obéit à contrecœur.

— "J'ai dit « levez-vous » !" poursuivit-il, réprimant un sourire naissant.

— "Je *suis* levé !" rugit le nain. "Ne profitez pas de votre position pour en abuser ! Vous…"

Mais un nouveau coup de marteau, encore plus retentissant que le premier, fit sursauter – et taire - le petit banquier.

Le juge rétorqua :

— "Vous ne parlerez que lorsque je vous l'autoriserai ! Et si vous continuez sur ce ton, je ferai évacuer la salle !

Nom ? prénom ?"

Beck, maussade, haussa les épaules en grommelant :

— "Beck, Weston."

— "Profession ?"

— "Allons, Phineas ! Cesse tes enfantillages ! Tu sais parfaitement qui je suis et ce que je fais !"

Mais Phineas, complètement investi dans son rôle, répondit :

— "Monsieur Beck, je me vois contraint de vous infliger une amende pour outrage à magistrat ! Vous me réglerez dix dollars à la fin de la séance !"

— "Dix dollars ??!! Mais c'est du vol ! de l'extorsion !" hurla le petit homme. "C'est…"
Un nouveau coup de maillet accompagné de "Vingt dollars !!" le fit à nouveau sursauter.
— "C'est honteux !"
— "Trente dollars !!"
— "C'est *vous* qui me dévalisez !" hurla, cramoisi de fureur, le banquier. Et, à la surprise générale, on le vit arracher des mains de Kealyn les clefs de la salle des coffres et les donner au juge en déclarant, triomphal :
— "Tenez ! maintenant, je peux vous « outrager » autant que bon me semblera ! Mon « cher » Phineas, étant donné que la sentence finale semble déjà arrêtée, souffrez que je vous appelle comme je l'entends et que je vous parle sur le ton que je veux !"
Enfin, content de lui, il se rassit sur sa petite chaise.
Le juge, un peu désarçonné, ouvrit la bouche …et la referma. Mais il retrouva vite son professionnalisme et, se tournant vers Kerry et Kaya, entra dans le vif du sujet :
— "Maintenant que la cour connaît l'accusé, pourrait-elle connaître l'accusation ? Quels sont vos griefs, mesdemoiselles ?"
Les deux jeunes filles se regardèrent et se fut Kaya, grave, qui se leva :
— "Je m'appelle Kaya, fille du Grand-Chef Tekoa. Je suis Cherokee et je fais partie du Clan du Vent. Du temps du père de mon père, mon Clan vivait en harmonie avec le Clan Bleu dans la Montagne des *Crêtes Bleues*, plus précisément dans les *Grands Monts Enfumés* qui surplombent le massif des *Alleghanys*. Heureusement, mon père, voyant la menace du front de colonisation de l'Est grandir, décida d'exiler la tribu ici, près des Grands Lacs. Son esprit sage avait vu juste car, quelques temps après, votre sournois président Andrew Jackson à la langue fausse ordonna la déportation des Indiens vers les Nations - le Grand Déplacement - pendant laquelle ils moururent par milliers. Lorsque mon père partit, quelques-uns des

nôtres refusèrent de le suivre et restèrent, cachés, dans les *Grands Monts Enfumés*. Ces irréductibles se composaient du reste de mon Clan, mené par Waban et du Clan Bleu, mené par Honaw, son frère, qui finit par être, à son tour, déporté. Pendant ce temps, cet homme (Kaya désignait Beck du doigt) et sa femme Martha en profitaient pour s'accaparer nos terres qu'ils achetaient au gouvernement à un prix dérisoire."
Kaya marqua un court temps de pause puis, se dressant fièrement :
— "Je viens reprendre ces terres arrachées au Chef Honaw qui n'avait d'autre choix que de les céder !"
— "Certainement pas ! Jamais !" bondit le banquier. "J'ai obtenu ces terres légalement ! De plus j'y exploite à grand profit – il se frotta instinctivement les mains - une mine d'argent que de toute façon ces Peaux-Rouges n'ont aucun droit légal d'exploiter ! *Laisser faire aux compétents ce qu'il y a à faire*, telle est ma devise !"
Le juge fronça les sourcils en se pinçant les lèvres et rétorqua à Kaya, après avoir brièvement examiné les documents que l'avocat lui avait collés sous le nez :
— "Effectivement ! en quel honneur reprendriez-vous ces terres ? tout cela a été fait dans le strict respect de la Loi ! Reprendre ces terrains serait du vol pur et simple. Je crains que votre requête ne soit déboutée, mademoiselle Kaya…"
— "Ces terres sont l'habitat ancestral de mon Clan ! Elles lui reviennent de droit ! Voilà la véritable Loi ! La Loi du Sang !"
— "Regardez-moi ces sauvages !" intervint dédaigneusement le maire-avocat, "ils en reviennent toujours à la violence, comme un chien qui retourne renifler ses déjections !"
Mais le juge répliqua :
— "Nigaud ! ce n'est pas à cette loi du sang-là que mademoiselle Kaya fait allusion !" (Il ne prit même pas la peine de lui expliquer.) "Et continuez ce genre de propos haineux et insultants envers nos frères Indiens et je vous fais chasser du tribunal ! Cette femme vous a parlé avec respect, je vous enjoins de faire de même !"

Kaya fixa le juge, les yeux écarquillés, mais s'abstint de tout commentaire. Elle avait bien remarqué qu'il la regardait avec des yeux assez gourmands mais, malgré sa répulsion, elle s'en accommodait.

— "Vous n'avez aucun droit de m'expulser du tribunal !" beugla le petit avocat bedonnant. "C'est moi qui vous ferai expulser pour abus d'autorité !"

Mais un violent coup de maillet vint à nouveau assourdir l'assemblée, accompagné d'un regard si noir que le petit maire se fit encore plus petit.

C'est alors qu'on entendit un petit raclement de gorge et qu'une personne, dont on n'avait encore pas entendu la voix, se leva.

C'était Kealyn.

Le silence qui suivit marqua encore plus les esprits que le rageur coup de maillet.

Elle inspira lentement puis, sereine, s'exprima :

— "Les traités !... Les traités ont administré les territoires indiens durant des siècles. Certes, celui de New Echota, par exemple, il y a quarante ans, imposa aux Cherokees de céder toutes leurs terres et de s'exiler. Mais chacun sait, et vous, Votre Honneur, mieux que quiconque, qu'il se trouve des traités, comme le traité de Gand signé en 1814 par les Américains et les Britanniques, qui spécifient que les terres appartenant aux Indiens doivent leur être rendues !"

Le juge leva les yeux au ciel, émit un petit soupir las, et répondit :

— "Madame Whyte…" Il poussa un autre soupir, plus long, comme s'il ressentait déjà l'extrême lassitude provoquée par l'inutilité d'une longue joute oratoire mais il reprit, semblant avoir rassemblé assez de force pour poursuivre :

— "Madame Whyte, vous vous engagez sur un terrain aussi glissant que celui de l'inéluctable refoulement des Indiens vers l'Ouest. Pour reprendre votre formulation, sauf votre respect, il y a certes des traités qui, tel celui de Gand, défendirent le territoire des Indiens, mais chacun sait, et vous - il se tourne aussi vers Kaya - mieux que quiconque, qu'un traité en a toujours chassé un autre aussi rapidement qu'une girouette tourne au gré de l'humeur changeante du vent. Et ce, jusqu'à ce que le Congrès, il y a maintenant quatre ans, finisse tout de même par admettre que ces traités avaient autant de valeur qu'en a à leurs yeux la vie d'un Indien, c'est-à-dire aucune. Par voie de conséquence enfin logique, ils ont alors abandonné cette politique absurde, inutile et vaine, des traités avec les tribus indiennes. Ils avaient enfin dû réaliser que le temps perdu à faire un traité pour en défaire un autre pouvait être employé de manière bien plus bénéfique. Comme piquer un petit somme après le repas de midi ou prolonger la grasse matinée."

Le juge marqua un petit temps de pause, se redressa et poursuivit :
— "Quand le gouvernement voulait repousser les Indiens à l'Ouest pour donner de la place aux colons, il mettait leurs terres en vente, violant allègrement le traité précédent qui leur en garantissait la propriété, et signait un nouveau traité qui expulsait les Indiens vers des territoires plus à l'Ouest où « *sécurité, tranquillité et prospérité leur étaient promises avec la garantie, bien sûr, que jamais au grand jamais on ne viendrait leur prendre leurs nouvelles terres et qu'eux, leurs enfants et leurs petits enfants en jouiraient à jamais* ». …C'est-à-dire jusqu'à ce qu'un nouveau besoin d'espace vital se fît sentir ou que l'on découvrît de l'or à l'endroit où résidaient les Peaux-Rouges… Tel un nuage de sauterelles, les Blancs ne tardaient alors pas à l'envahir. On signait de nouveaux traités et… ainsi de suite !

Vous savez très bien – je ne vous apprends rien, mademoiselle Kaya - que le gouvernement non seulement ne faisait aucun effort pour protéger les Indiens des envahisseurs mais qu'il encourageait ces derniers à s'installer sur les terres occupées par les autochtones pour ensuite annoncer à ceux-ci qu'il était dans l'incapacité d'expulser ces mêmes envahisseurs qu'il venait d'encourager ! Les Indiens, n'ayant malheureusement d'autre alternative que de renoncer à leurs terres plutôt que de se faire massacrer, partaient plus à l'Ouest. Machinerie efficace, imparable et délicieusement hypocrite."

Le juge se tait comme pour remettre de l'ordre dans ses idées mais c'est notre avocat, jusque-là assez discret, qui reprend du poil de la bête :
— "Votre Honneur, si je puis me permettre…"
Le juge, d'un léger hochement de tête, autorise William Huggy à intervenir. Celui-ci, après un regard appuyé sur Kaya et le procureur Kealyn, s'exprime à son tour :
— "Mesdemoiselles, le juge nous a tous éblouis par son éloquent raisonnement, et je crois qu'effectivement nous n'aboutirons à rien de concluant à argumenter à coups de traités. Mais (il exhibe un sourire généreux) je veux bien concéder de faire l'effort de reprendre vos arguments point par point si vous souhaitez persister dans cette voix : vous avez choisi le traité de Gand. Signé le 24 décembre 1814 à Gand… en Europe… La guerre de 1812 entre les États-Unis et le Royaume-Uni… n'avez-vous donc rien déniché de plus… récent ? Et même si ce que vous avancez est vrai - je ne le réfute point - cela ne concerne pas les tribus cherokees, il me semble ? Votre Clan du Vent… ou Clan Bleu… était-il allié… avec Tecumseh ?"
Tecumseh, chef Shawnee, avait réuni les tribus Creek « Bâtons-Rouges » (c'est-à-dire celles qui étaient prêtes à en découdre avec l'armée) qui ne voulaient pas se laisser déposséder de leurs terres.
Le maire-avocat, qui visiblement connaît parfaitement son Histoire, poursuit avec un cruel sourire :
— "Non ! suis-je bête ! les Cherokees s'étaient alliés avec Andrew Jackson ! alors jeune colonel de l'armée des États-Unis avant de devenir ce fabuleux président que nous admirons tous. Au lieu de défendre leurs frères de *sang*, que d'après vous on dépossédait de leurs territoires de façon malhonnête, les Cherokees se sont alliés avec les Blancs et ont pris à revers et massacré huit-cents Creeks ! Ils tenaient tant à être dans les bonnes grâces de leur très cher « Père », croyant aveuglément en son indéfectible « amitié » ! Ce « Père » que, maintenant, vous reniez avec tant de mépris…"

Le maire-avocat fixe Kealyn et Kaya tel un renard qui a acculé la famille mulot dans son terrier. Mais Kealyn, imperturbable, répond :
— "Cher monsieur Huggy, je voulais simplement attirer l'attention de la cour, par un exemple concret, sur l'intérêt que les Blancs portent aux Autochtones et leur promptitude à rompre les traités qu'ils signent : dans le cas que je vous ai présenté, la coalition des tribus indiennes fut dissoute et l'état que les britanniques leur avaient proposé de créer ne vit jamais le jour. En outre, alors que les États-Unis s'étaient engagés à ne plus montrer aucune hostilité à l'égard des Indiens, il ne s'écoulera pas plus de deux années avant qu'ils ne retournent leur veste. Et, comme vous allez objecter, cher monsieur Huggy, que cela ne concernait pas les Cherokees, je n'aborderai pas les deux traités de Fort Laramie, bien plus récents, ceux-là, si ce n'est pour souligner que le gouvernement laissa le contrôle des Grandes Plaines aux Indiens et qu'il respecta sa parole …jusqu'à ce que la convoitise de l'or le rendît amnésique …par deux fois consécutives …puisqu'il y eut deux traités…"
Kealyn se tourne maintenant vers le juge avec la ferme intention, cette fois-ci, de mettre un terme à cette stérile discussion :
— "Votre Honneur, vous faut-il encore d'autres exemples pour illustrer la spoliation des Indiens, premiers habitants de cette terre, et le mépris, manifeste ou hypocrite, des spéculateurs fonciers alliés avec le gouvernement ?"
— "Votre Honneur" tranche la défense, "le Ministère public n'est arrivé en rien à prouver le supposé tort de mon client ! je demande donc le non-lieu."
Le juge frappe un grand coup de maillet sur son comptoir et prend la parole :
— "Je vais conclure. Les arguments énoncés par chacune des parties sont maintenant suffisants.
Pour commencer, je comprends parfaitement l'accusé qui, consciencieusement, patiemment, a tissé sa toile, fabriqué ses pièges pour, non pas *voler* puisque tout était légal, mais priver les Indiens

du plus élémentaire des biens : leur habitat et tout ce qui s'y trouvait de vital. Nous ne pouvons malheureusement pas déclarer que ce qui n'est pas juste n'est pas légal. Et la Loi ne prévoit pas l'état des consciences, la Loi prévoit des actions. Normalement ces actions sont encadrées par des lois pour, justement, encadrer au mieux les états de conscience mais, en ce sens, Elle est faillible. La conscience d'un homme ne peut être jugée ici-bas. Nous sommes là, nous, la cour, pour juger les *actions* de monsieur Weston Beck et non pour sanctionner sa cupidité et son absence d'empathie. Qui ne sont et ne seront jamais prises en considération par des lois.
Nous sommes là pour établir si oui ou non monsieur Weston Beck s'est accaparé à tort les terres indiennes que lui réclame mademoiselle Kaya, Cherokee, fille du Grand-Chef Tekoa. Et clairement, non ! Monsieur Weston Beck n'a eu aucun tort puisqu'il a *légalement* acheté les terres que lui proposait le gouvernement. Et ceci quel qu'en ait été le prix.
Mais…
Le problème, c'est que la requête de mademoiselle Kaya est *également* totalement justifiée. Car si quelqu'un, armé du Bras Droit de la Loi, vient vous déposséder de tout ce qui vous permet de vivre, on est en droit de se demander si cette Loi ne se trouve pas sous une Autorité supérieure.
Et si une telle Autorité supérieure existe, il est de mon devoir de la trouver.
Or la jurisprudence nous apprend que cette Autorité supérieure a déjà été mise en exergue par un juge en février 1832. C'était le juge Marshall, de la Cour fédérale de justice. Un juge que personnellement j'admire depuis ma jeunesse et qui m'inspire encore aujourd'hui. Des lois promulguées en Géorgie empêchaient les Indiens de contrôler leur territoire. La tribu a dénoncé ces lois auprès de la Cour fédérale de justice et le juge Marshall a estimé qu'elles se trouvaient sous une Autorité supérieure. Il les a abrogées. En faveur des Indiens ! La Cour a déclaré que la nation cherokee est

une société distincte, qu'elle a le droit de se gouverner elle-même, et qu'elle n'a pas à se soumettre au gouvernement américain. Je ne vous développerai pas la suite qui n'entre pas dans notre débat et qui amena justement ce Traité de New Echota (dont madame Whyte a parlé tout à l'heure) qui obligea une fois de plus les Cherokees à céder toutes leurs terres, n'ayant d'autre choix que l'exil."
Le juge marque un temps d'arrêt et, dans un long soupir, regarde lentement la petite assemblée.
Puis il poursuit :
— "Je n'ai pas un amour spécifique des Indiens…
De même que… je n'ai pas un amour spécifique des Blancs.
Je tiens simplement à abattre toute barrière entre les deux, reconnaissant simplement les uns et les autres comme je reconnais n'importe quelle personne sur cette terre et ce, quel que soit le continent qu'elle habite.
J'ai une question à poser à l'accusé…"
Le juge se tourne vers Weston Beck qui se lève, le visage interrogateur.
— "Pendant la guerre, cette affreuse guerre civile qui décima des centaines de milliers des nôtres - vous frôliez la cinquantaine - que faisiez-vous pendant que vos jeunes défendaient votre cause ?"
Le banquier se lève, s'éclaircit la gorge puis semble réfléchir.
Le juge reprend :
— "Je ne vous demande pas de vous disculper de ne pas vous être engagé. Comme je l'ai justement souligné, vous aviez passé l'âge des galipettes. Mais je souhaiterais connaître vos agissements pendant la guerre."
C'est l'avocat qui répond :
— "Votre Honneur, je ne vois pas le rapport avec notre affaire ! Je m'insurge contre une question qui pourrait porter préjudice à mon client si sa réponse venait à être mal interprétée !"
— "Tranquillisez-vous, monsieur Huggy" lui répond le juge avec un petit sourire et en lui faisant un vague signe de la main pour qu'il

se rassoie, "je n'ai plus l'âge de commettre ce genre d'erreur…" Et il poursuit, tournant la tête vers un banquier hésitant :
— "Alors ?"
Celui-ci se lance :
— "Je… je pleurai la souffrance de ma nation… Je…"
— "Allons monsieur Beck, répondez à la question, je vous prie."
— "Mais… c'est ce que je fais !…"
— "Soyez simple, monsieur Beck. Répondez simplement à la question ! Je vous en prie !"
— "Je… j'exerçais mon métier…"
— "Mais encore…"
— "Vous savez… j'étais commerçant à l'époque. En Géorgie. J'achetais… je vendais… Un honnête travail de commerçant…"
— "« Honnête travail »… N'est-ce pas un oxymore pour un commerçant ? Mais passons… Continuez, vous m'intéressez…"
L'avocat se lève à nouveau, tout rouge, cette fois-ci :
— "J'objecte ! Je m'insurge ! Je proteste !"
Il obtient pour toute réponse le même geste de soufflet qu'on actionne pour ranimer le feu.
Et se rassoit.
Le juge tourne à nouveau la tête en direction du banquier :
— "Alors ?"
— "Je… j'achetais des terrains… Mais ils n'appartenaient pas aux Indiens ceux-là ! Les propriétaires étaient de bons Blancs ! bien de chez nous ! Et les terrains étaient achetés à un honnête prix !"
— "Seriez-vous capable de construire une phrase sans le mot « honnête » ? cela me provoque de drôles de frissons dans les oreilles…"
Encore une fois, alors que l'avocat commence à peine à se lever, il se rassoit au geste d'éventail du juge qui n'a même pas daigné détourner la tête. L'accusé poursuit, toujours pressé par le regard appuyé du juge :

— "Que voudriez-vous savoir d'autre, Votre Honneur ? Je… j'ai tout confess… avou… Que voulez-vous savoir d'autre, enfin ?"
Le juge tend un document à Kealyn qui le présente au banquier.
— "Serait-ce ce genre de terrains que vous achetiez ?"
— "Ou… oui, Votre Honneur."
— "De quel terrain s'agit-il ? Pourriez-vous en faire part à la cour, je vous prie ?"
— "B… bien sûr, Votre Honneur. Je… je le peux…"
Le juge avance son menton, l'air interrogateur. Weston poursuit :
— "C'est… c'est le terrain d'une bataille que notre armée a gagnée. J'étais si fier que… je l'ai acheté !"
— "Et ensuite ? Vous l'avez revendu ?"
— "Oh non ! Il avait bien trop de valeur à mes yeux !"
— "Valeur sentimentale, bien sûr ?"
— "Oh oui ! Vous savez… tant des nôtres y sont tombés, fauchés par les balles yankees, tranchés par les sabres, hachés par les mitrailleuses, perforés, dépecés, piétinés…"
— "C'est bon, j'ai compris. Donc, par une nostalgie romantique, vous avez décidé d'en faire un site à visiter, une sorte de parc d'attraction touristique… qui vous a rapporté combien, en treize ans ?"
— "Oh ! Votre Honneur ! l'argent n'a pas d'importance, vous savez ! Les visiteurs étaient tellement émus de voir les différents endroits où nos valeureux soldats ont trouvé la mort !"
— "…et où vous avez trouvé la fortune…"
Mais le juge ne laisse pas le temps à Beck de répondre et brandit un autre document que Kealyn, à nouveau, fait passer au petit homme. Phineas se caresse distraitement les favoris pendant que Weston Beck feuillette l'épais dossier. Après lui avoir laissé le temps qu'il estime suffisant, le juge reprend :
— "Monsieur Beck, avez-vous fait fortune, en Géorgie ?"
Le banquier se redresse et monte même sur sa chaise :

— "Oui, Votre Honneur ! et j'en suis très fier ! Mais je crois que vous vous égarez ! Vu que mon avocat ne réagit plus à cette immense injustice qu'est cette ridicule mascarade, je vois que je n'ai d'autre choix que de me défendre seul ! Mais nous n'en sommes pas à une incongruité près puisque votre zèle est tel que vous avez endossé le rôle de notre procureur madame Whyte qui, comme nous pouvons le constater, se retrouve au chômage !"
Il regarde, avec colère, Kealyn qui ne bronche pas. À part un léger sourire, peut-être.
— "D'ailleurs, j'y songe," reprend l'accusé, "pourquoi chercherais-je à me défendre puisque de toute évidence mon sort est scellé !"
Et il se rassied, croisant les bras, tel un enfant boudeur.
— "Allons, mon cher Weston !" répond Phineas, "ne faites pas cette moue ! Je m'enquiers juste de quelques zones d'ombre de votre vie passée afin de mieux cerner votre personnalité présente !"
— "C'est ça ! ma « personnalité », espèce de vieil ours mal brossé ! moque-toi bien de moi ! Comme si tu ne me connaissais pas, depuis toutes ces années !"
Le banquier, rubicond, la vapeur fusant par les soupapes de sécurité, s'est à nouveau levé, cette fois-ci le poing dangereusement tendu en direction de celui qui, pourtant, tient son très proche avenir entre ses mains. Et, sans peser les risques encourus ni relever les nouvelles notifications d'amendes dues au déraillement de son langage, il s'engouffre dans la brèche qu'il vient d'ouvrir, telle une locomotive folle à la chaudière surchargée :
— "J'ai fait fortune dans la spéculation foncière et je le revendique, espèce d'excrément de cancrelat !! Je possédais la plus grande plantation de coton et de tabac, et même de café et de sucre de la région, et je le revendique ! j'étais le fournisseur d'esclaves le plus en vue de tout le comté, et je le revendique ! Je suis parti de rien et je me suis fait tout seul, extrait d'urine desséchée de fennec ! Je n'ai pas hérité, comme toi, de la fortune de papounet qui, si je ne m'abuse, avait lui aussi des esclaves noirs et, d'après ce qu'on dit, abusait de

bien des façons de ses jeunes négresses nubiles, surtout quand elles étaient en période d'allaitement !"

Le banquier doit reprendre son souffle. Il se rend compte que la « chaudière » de sa « locomotive surchauffée » n'est pas loin de lui exploser à la figure et qu'il risque maintenant beaucoup plus que le simple coup de sifflet du chef de gare !

Il se rassied, enfouissant sa tête entre ses mains.

Un silence, noir de nuages, plane sur l'assemblée et même les filles semblent secouées par la plaidoirie du banquier.

Mais Kerry est curieuse de voir jusqu'à quelle extrémité ce juge - qu'elle va, lui aussi, acculer au banc des accusés – compte pousser sa victime. Elle voudrait bien connaître le but qu'il s'est fixé. Alors elle attend et continue à suivre le déroulement du « procès » sans encore intervenir. Ses deux amies la suivront fidèlement.

Le juge passe maintenant l'éponge sur les insultes et le tutoiement, cette partie du jeu ayant perdu de son intérêt. Mais, tel le bouledogue, excité par les parieurs alentour, qui a réussi à planter ses crocs dans le cou de son adversaire, il ne lâchera jamais sa prise : rien ne le détournera de son cap, il poursuit son questionnement :

— "Pourquoi n'es-tu pas resté dans ce « pays de lait et de miel », mon cher Weston ?"

Le banquier relève la tête et se fige. Il ne répond pas.

— "Je vais répondre pour toi, mon cher Weston : tu as fait aux Blancs ce que tu avais auparavant fait aux Indiens. C'est juste que les Blancs, eux, ont pu recourir à la loi. Et, d'après ce dossier qui se trouvait dans ton propre coffre et que je viens de te transmettre, ils ont obtenu gain de cause ! À force de gruger les fermiers, le vent a tourné et c'est alors *ta* propriété qui a été saisie ! Ensuite… tu t'es exilé. Comme ces Indiens que tu as spoliés. Comme cette Indienne, Kaya (il se tourne vers la jeune fille), fille de Tekoa, qui réclame maintenant son dû."

— "Je trouve que tu t'es bien renseigné pour un petit juge sans envergure… Toi qui d'habitude es si fainéant, bâcles toujours tes procès… Que t'arrive-t-il, cher Phineas ?"
Le juge détourne son regard dans le vide et répond, d'une voix à peine audible :
— "La guerre, sans doute…"
Puis, passant outre l'insolence maintenant récurrente de son accusé, le juge se retourne vers Kaya et lui demande avec douceur :
— "Mademoiselle Kaya… vous, que faisiez-vous pendant la guerre ? Rassurez-vous, je vous pose la question par simple curiosité ou, peut-être, pour comparer votre réponse avec celle de notre accusé…"
Kaya regarde Kerry qui est toujours assise sur le sofa mais sur le bord, attentive.
Elle accepte de répondre :
— "Votre Honneur… je tuais du Yankee."
Son regard est droit, inflexible et vide de toute émotion. Elle – et sans aucun doute son amie Kerry – tient à savoir de quel bord était le juge pendant la guerre civile. Lui qui a sans aucun scrupule envoyé son amie, alors qu'elle avait tout juste douze ans, servir des « maîtres » qui l'ont exploitée comme une esclave noire et qui proclamaient sempiternellement à qui voulait l'entendre leur haine contre « les abolitionnistes voleurs de nègres », lui, Phineas Brocius, a toujours laissé un flou sur ses opinions. Lâcheté ? désir de tranquillité ? Kaya et Kerry le sauraient aujourd'hui même.
Le juge Brocius lui renvoie le même regard et poursuit son questionnement :
— "Pourquoi vous êtes-vous battue du côté des confédérés ?"
— "Ce n'est un secret pour personne que les Cherokees ont combattu aux côtés des Confédérés sous le commandement du général Stand Watie. J'ai moi-même combattu dans l'unité des « *Cherokees tueurs de Lincoln* » auprès de mon chef Waban qui est, je me permets de vous le rappeler, le frère de Honaw ; Votre

Honneur… celui-là même qui fut dépossédé par monsieur Beck ici présent…"

Une série de regards se croisent çà et là. Beck est fou de rage que son ancien ami le fasse mijoter comme un vieux ragoût oublié sur le feu. Le juge retarde le verdict avec un plaisir total, vaquant d'un sujet à l'autre, heureux comme un oiseau qui gazouille et virevolte d'une branche à l'autre, heureux comme un roi d'être aussi libre de ses mouvements. Mais, pense Beck, pourquoi diantre m'en veut-il à ce point ? Que lui ai-je donc fait ? En quoi ai-je offensé ce vieil hibou ? À moins qu'il ne soit tout simplement heureux de conduire un procès pleinement à sa guise c'est-à-dire sans avoir dans les pattes cette vieille bique de Élizabeth Huggy, la femme de ce cher maire, qui interfère sans arrêt dans ses décisions…

Le juge acquiesce d'un imperceptible signe de tête et continue son interrogatoire :

— "Officier ou simple soldat ?"

— "J'étais scoute."

— "En fait… je connais votre dossier, mademoiselle Kaya. Sachez que, pour reprendre les dires de notre accusé, je suis effectivement fainéant. Mais uniquement quand je manque de motivation. Ce qui est, il est vrai, assez courant. Mais je me suis intéressé à votre Clan dès son arrivée à Cahokia. Vous avez fait montre d'un courage exemplaire en partant seule en reconnaissance derrière les lignes ennemies. On raconte que vous étiez proche de l'« Oncle Robert » ?"

— "« Bobby Lee » m'aimait bien… Il m'a même prêté « Traveler » pour une mission."

— "On pourrait savoir qui sont ces « Bobby Lee » et « Traveler » ?" demande, un tantinet contrarié, notre accusé qui se sent exclu de cette intéressante conversation.

— "Si tu avais mis autant de zèle à défendre ton pays qu'à remplir tes poches, tu le saurais, mon vieil ami" lui répond le juge. "Nous parlons de Robert Lee et de son cheval. Je suppose, tout de même,

que tu sais qui est Robert Lee ? Le meilleur général de toute cette foutue guerre, ce que même les yankees reconnaissent !"
— "« le Magicien à Cheval », aussi, était un excellent commandant. Je ne l'ai pas connu intimement mais j'ai une fois reçu une mission secrète de sa part : je devais faire passer sa propre fille de l'autre côté du front. Nathan m'a…"
Phineas Brocius la coupe :
— "Vous n'étiez pas « intime » avec le lieutenant général Nathan Bedford Forrest mais vous l'appelez tout de même par son prénom…"
— "Vous savez, Votre Honneur, les Indiens étaient soit haïs soient adorés dans l'armée… J'ai eu la chance d'être respectée."
— "Je crois plutôt que vous étiez une excellente éclaireuse ! Auriez-vous une anecdote à raconter à la cour ?"
— "Objection !" crie notre petit maire-avocat mais sans grande conviction, faisant sursauter tout le monde, y compris celui qu'il est censé défendre.
Phineas, visiblement très détendu, accorde à l'avocat (qu'il avait cru endormi) un petit échange verbal :
— "Et pour quelle raison, je vous prie, monsieur Huggy ?"
— "Comment ça, « pour quelle raison » ? Mais enfin, je ne vois vraiment pas le rapport avec notre affaire !"
— "Pour une fois, vous avez raison, très cher !" Puis il se tourne à nouveau vers Kaya :
— "Continuez, je vous prie !"
Le maire, désabusé, se « rendort ».
Kaya continue son témoignage :
— "J'ai, lors d'une sortie, rencontré une fois un vieil ami. Malheureusement la guerre avait décidé qu'il était mon ennemi : je surpris un jour Wild Bill qui attendait, caché, derrière un petit promontoire. En fait, il m'attendait, mais c'est moi qui le surpris. Je l'avais tout de suite reconnu à ses deux crosses d'ivoire et son grand couteau calé sur le ventre par la ceinture même que je lui avais

offerte. Nous nous trouvions près du village de Troy Grove d'où il devait très certainement sortir d'un bon repas (toujours un peu lourd et très arrosé) préparé religieusement par sa mère. Hickok ne m'a pas entendue. Personne ne m'entend jamais, de toute façon. Je l'ai observé un moment puis, doucement, une fois derrière son dos, je lui ai intimé l'ordre de poser lentement ses armes. Il a reconnu ma voix et s'est exécuté. J'aurais dû le tuer, bien sûr. Mais la guerre ne me forcera jamais à tuer mes amis. Je l'ai juste attaché pour qu'il ne mène pas sa mission à bien en lui promettant qu'il ne mourrait pas oublié au milieu des bois où je l'avais trouvé ! Nous avons parlé de choses et d'autres et je suis rentrée donner les renseignements que m'avait demandés mon général. Bien sûr nous nous sommes depuis revus et je sais qu'il ne m'en a pas voulu. D'habitude Wild Bill est très bon éclaireur …quand il ne croise pas ma route."

Le juge, un sourire angélique aux lèvres, continue de fixer la jolie Indienne.

C'est à nouveau l'avocat qui le tire de sa rêverie :

— "Enfin ! Phineas ! Veux-tu bien conclure ce procès ! Qu'on en finisse !"

Ce à quoi répond notre juge, encore sous le charme envoûtant de la belle Cherokee :

— "Es-tu bien sûr que ton client est du même avis ?"

Il se tourne vers le banquier, en attente de sa réponse.

Celui-ci, bien éveillé mais le regard morne, répond, avec un soupir las :

— "Cela m'est égal. Maintenant, tout m'est égal. Finissez votre besogne quand bon vous semblera, Votre *Honnorissime* Honneur."

Et il repose son menton sur sa poitrine, le regard toujours plus abattu.

— "Très bien !" lance le juge, tout guilleret, "on nous accorde encore un moment ! J'ai encore deux trois questions qui me brûlent les lèvres ! votre cas m'intéresse au plus haut point, mademoiselle

Kaya ! Il faudra d'ailleurs que nous ayons une plus ample conversation un de ces quatre."
Et, pendant que l'avocat et son client lèvent les yeux au ciel, Kaya et Kerry échangent un petit sourire, avec la même expression.
Kaya, tout de même, réplique au juge :
— "Deux trois, mais pas plus, Votre Honneur. N'oubliez pas que nous avons encore deux plaignants : mon amie Kerry et mon ami Odovacar. Or la journée a été longue, de plus… nous vous réservons une petite surprise !"
Le juge ne relève pas l'allusion finale et répond :
— "Mademoiselle Kaya, ne croyez pas que votre témoignage soit sans rapport avec notre affaire comme le pense notre avocat. Comme pour l'accusé, précédemment, j'aime connaître les personnes avec qui j'ai affaire et cerner leur personnalité. Cela m'a toujours aidé dans mes décisions. J'ai un certain don pour voir au-delà des mots. Mais vous avez raison, je n'ai pas vu le temps passer… je vous promets d'abréger.
Dites-moi… Pourquoi…?"
Mais William Huggy, brusquement, le coupe :
— "Dites-moi, mademoiselle Kaya… puisque vous êtes si reconnue par vos supérieurs et si efficace dans vos activités guerrières, pourriez-vous nous présenter quelque décoration ? Vous qui êtes si excellente, n'avez-vous donc pas été décorée ?"
L'avocat a l'air tout content de sa remarque et se redresse, tout fier, se rendant par la même occasion un peu moins laid puisque sa position lui fait rentrer (un peu) le ventre.
C'est le juge, avec un sourire rayonnant, qui prend la défense de sa protégée :
— "Mon cher avocat, vous avez encore une fois perdu une occasion de vous taire ! Chez les sudistes, il n'y a ni médaille ni décoration ! Dans l'armée confédérée tous les sudistes sont des héros ! Si nous avions tous dû être décorés, le Ministère de la Guerre aurait fini par démissionner !"

Il rit puis ajoute à voix basse, reprenant son sérieux :
— "En outre, vu la valeur qu'avait notre argent à la fin de la guerre…"
Mais il conclut, triomphant :
— "Mademoiselle Kaya n'a pas de médailles à exhiber mais sachez qu'elle a été citée dans les rapports du haut-commandement beaucoup plus de fois que votre client dans les miens ! Ce qui n'est pas peu dire !"
Et le juge de s'esclaffer bruyamment.
Kaya et Kerry se regardent : elles savent maintenant de quel bord était le juge pendant la guerre !…
Puis Phineas fronce les sourcils et demande comme à contrecœur :
— "Mademoiselle Kaya… et réfléchissez bien à la question, je vous prie : possédiez-vous des esclaves pendant le conflit ?"
— "Oui."
— "Ah…"
Le juge se remet à caresser ses favoris fournis. Sans mot dire. Il est contrarié et ne le cache pas. Comme il fait montre d'une conscience plus qu'aiguë dans son travail (« quand il est motivé »), sa plus grande crainte est de s'en retrouver piégé ! Il regarde Kaya et cherche. Il cherche une idée qui pourrait l'innocenter de cet acte honteux à ses yeux même si celui-ci n'est devenu honteux pour lui que depuis la fin de la guerre. Comme la plupart de ses contemporains, étant sudiste, Phineas Brocius possédait lui aussi de nombreux esclaves noirs. Il en faisait même un peu de trafic lorsque les affaires étaient florissantes. Mais, à force de voir ces « nègres » se battre comme des diables, avec une bravoure, il dut l'admettre, aussi féroce que celle des Blancs, il changea imperceptiblement, insensiblement d'avis. À tel point, qu'une fois, il menaça de mort une unité Noire qu'on avait placée sous son commandement : il était tellement écœuré de voir que ceux-ci trahissaient les « leurs », en les combattant, et trahissaient leur Cause *commune*, celle de libérer *tous* les esclaves et pas seulement ceux à qui le général Lee

avait promis l'affranchissement une fois la guerre finie, que dans un de ses accès de « Grande Justice », comme il les appelait, il n'avait pu supporter cette ignominie. Le Noir se devait de se battre pour le *Nord* ! « Noir sudiste » était un oxymore ! Le Noir *sudiste* était forcément un traître ! ce qui amena tout naturellement Phineas Brocius à forcer ces pauvres bougres à… trahir leur camp. Car trahir son camp était moins grave que trahir sa cause. Le canon sur la tempe …ceux-ci avaient obtempéré.

— "Hum… Mademoiselle Kaya…" continue le juge, "ces Noirs… vous appartenaient-ils *personnellement* ? Donnez à la cour de plus amples renseignements, je vous prie. Votre sort dépend de la précision de votre déposition."

Le juge a complètement perdu le sens des réalités. Il est tellement investi dans son rôle qu'il a totalement oublié qu'il n'a aucun pouvoir sur Kaya mais que c'est bien elle et ses amis qui tiennent son destin entre leurs mains. Mais Kaya et Kerry s'amusent toujours ; pourquoi arrêter maintenant le cours des choses ?

Comme depuis le début, Kaya répond avec simplicité :

— "Après avoir quitté les *Alleghanys* et être arrivé dans la région des Grands Lacs, mon père, alors Chef Suprême du clan, a relâché tous les esclaves qui le souhaitaient. Mais une grande majorité est restée."

— "Ce qui prouve que vous les traitiez bien…"

— "Nous ne les « traitions » pas, nous les aimions. Ma petite sœur a une nounou Noire. Elle s'appelle Mabinty. Elle fait bien sûr partie de la famille."

Le juge semble soulagé mais, encore légèrement tracassé, il demande :

— "Mais… si ces gens de couleur sont vos amis et même membres de vos familles…" Il s'arrête, les yeux fermés, réfléchit, puis poursuit : "alors… pourquoi en faire des esclaves ??"

— "Vous savez, Votre Honneur, je n'étais pas née, ni mon père, lorsque notre tribu acheta des esclaves. Et, pour être tout à fait franche, nous cessâmes d'en avoir …lorsque nous n'eûmes plus les

moyens d'en acheter ! Au fil du temps, ils se sont intégrés. Au point qu'il y eut plus d'un mariage mixte !"
Le juge est satisfait. Il hoche la tête et la tourne de nouveau vers Beck :
— "Mon cher Weston, pourquoi, vous, avez-vous choisi le camp rebelle ?"
— "Votre *Honnorissime* Honneur… pourquoi ma maman m'a-t-elle mis au monde en Alabama ?… la question mérite d'être posée !…"
Phineas sourit. On ne pose pas de questions idiotes à quelqu'un qui n'a rien à perdre… Il tente de rectifier le tir :
— "Mon cher Weston… vous avez déclaré avoir fait du trafic d'esclaves, n'est-ce pas ? En possédiez-vous ? personnellement ?"
La petite lumière qui l'a habité lors de sa précédente réponse scintille encore plus vivement ; Beck répond :
— "Bien sûr que non, Votre *Honnorissime* Honneur !… je traînais, enchaînés à la queue leu leu par des fers aux pieds, toute une ribambelle d'esclaves noirs pour les vendre à prix d'or mais je ne supportais pas de les voir travailler pour mon propre compte ! oh non !"
Et, avant que le juge ne lui pose encore une question stupide (tiens ! il se relâche ? serait-il amoureux ?…), Beck lui assène, péremptoire :
— "Ça suffit, maintenant ! cesse de me tourmenter avec tes questions qui opposent Nord et Sud ! Tu es mieux placé que moi pour savoir que le Congrès a voté une loi d'amnistie générale pour les sudistes. Et ce, depuis déjà trois ans ! Alors arrête de me harceler, laisse-moi tranquille et qu'on en finisse ! Balance ton verdict !"
Le juge se redresse, fronce les sourcils et répond :
— "Tu as raison ! J'ai d'ailleurs encore deux plaignants à entendre !"
Et il se tourne vers Kerry :
— "Mademoiselle McKoy, quelles sont vos doléances ?"
Kerry se lève de son canapé (Kaya, libérée par le juge, s'installe à sa place) et tend un vieux papier chiffonné au juge :

— "Je ferai à peu près la même demande que mon amie. Lisez cet acte de vente signé de la main de Martha Beck, femme et associée de l'accusé, représentant la société foncière Beck & Co. en tant que…"
Le juge la coupe :
— "…arpenteur de l'État, contrôleur foncier, et cetera, et cetera. Je vois, je vois, mademoiselle McKoy. Et alors ?"
— "Et alors ? Ce terrain n'existe pas, Phineas."
Le juge, outré de la familiarité de Kerry, surpris comme s'il venait d'être piqué par une guêpe, s'insurge aussitôt, tapant frénétiquement de son marteau sur le comptoir déjà bien bosselé :
— "Mademoiselle McKoy ! veuillez faire montre de respect envers la cour, comme tout un chacun dans l'enceinte de ce tribunal !"
— "C'est ce que je fais, Phiphi… c'est ce que je fais…" Puis Kerry rajoute en susurrant : "Il faudra t'en contenter, mon Philounet…"
Le regard de Phineas change. Comme s'il venait de découvrir quelque chose d'évident qui lui avait jusqu'à présent échappé. Il se replonge dans la lecture du document de sa plaignante puis, comme si de rien n'était, endosse à nouveau son rôle, avec assurance, en s'adressant à l'accusé :
— "Mon cher Weston, vous qui vouliez que le procès ne s'éternise pas, pourriez-vous avoir l'obligeance d'épargner à mademoiselle McKoy la peine de présenter ses témoins en nous avouant tout simplement que vous l'avez escroquée ? Car il est sans conteste qu'elle puisse nous présenter des personnes dignes de confiance qui attesteront les faits énoncés. Or je souhaiterais avancer… Dites-nous, monsieur Beck, que lui avez-vous vendu exactement ?"
Beck, sans se lever ni même regarder personne, répond :
— "Vous avez raison, mon cher juge. Le rôle de l'accusé est d'épargner à la cour la perte de son si précieux temps ! L'accusé est en fait un obstacle qui empêche de mener à bien un procès ! Pourquoi comparaît-il, d'ailleurs ?"

— "Ah ! Weston, Weston ! C'est toi qui as demandé à ce qu'on en finisse ! Ce sont tes propres termes ! On ne va quand même pas aller en Caroline du Nord pour vérifier si ce terrain existe, non ? Si ?? Oh… Après tout, pourquoi pas… Mais c'est toi qui régleras les titres de transport en train, diligence et bateau, les chambres d'hôtels et leurs suites, et les repas ! Les *Alleghanys*, c'est un beau pays, paraît-il ! On ira tous les sept, bien sûr, et on s'arrêtera dans les meilleures auberges pour…"

— "C'est une pente abrupte et caillouteuse de plusieurs kilomètres de long."

La phrase a été prononcée avec une voix atone.

Le juge demande :

— "Pouvez-vous répéter plus fort, je vous prie, afin que tout le monde puisse saisir vos propos ?"

Beck se met à hurler :

— "C'EST UN RAVIN !!! UN PRÉCIPICE !!! DE LA CAILLASSE SANS VALEUR !!! J'AI ARNAQUÉ MONSIEUR McKOY COMME J'EN AI ARNAQUÉ DES CENTAINES D'AUTRES !!! L'ARNAQUE RAPPORTE BEAUCOUP PLUS QU'UN HONNÊTE TRAVAIL, POURQUOI S'EN PRIVER ?!!!"

Une série d'innombrables jurons s'ensuit avant que le petit banquier, haletant, ne soit plié en deux par les spasmes de ses sanglots.

Puis il ajoute, comme se parlant à lui-même :

— "Mais je n'en suis plus fier ! je n'en suis plus fier ! En fait, je ne l'ai jamais été ! Je ne le ferai plus ! Je ne le ferai plus !"

C'est alors, qu'à la surprise de tous, le juge s'avance vers le petit bonhomme et lui tend un mouchoir :

— "Tiens, Wee-wee, mouche ton nez. Tu sais… je te préfère comme ça."

Il s'assoit près de lui et lui demande, doucement :

— "Combien t'a rapporté cette escroquerie ?"

Le banquier, une fois mouché son petit nez, relève la tête et lui répond, une larme brillant encore au coin de l'œil :

— "50 000 dollars-or !"
— "Pas mal, pas mal ! Wee-wee !"
— "Tu l'as dit, Phiphi ! C'est moi qui en ai eu l'idée, pas Martha, cette fois-ci. C'est bien, hein ?"
— "C'est bien Wee-wee, je suis fier de toi !"
— "Et tu vois, ce cow-boy, là, qui attend son tour ? C'est bien possible que je l'aie truandé aussi ! mais je n'arrive pas à me rappeler. Qui est-ce ?"
— "Tu ne reconnais pas Odovacar Benmark, Wee-wee ?"
— "En fait, maintenant que j'y pense, si on lui enlève la moustache et les cheveux… il me rappelle vaguement quelqu'un…"
Phineas rit de bon cœur :
— "Ah ! ah ! tu ne veux pas non plus le mettre à poil, Wee-wee ??"
— "Je déconne pas, Phiphi ! ordonne-lui de retirer sa moustache et sa moumoute, tu verras !"
— "Allons, Wee-wee, reprends-toi, ça ne se fait pas de demander aux gens de tirer sur leurs moustaches et leurs cheveux. Quand on est petit on se tire les cheveux mais c'est passé, tout ça, hein, Wee-wee ?"
Beck se lève d'un bond comme propulsé par un ressort et réplique, d'une voix sonore :
— "Arrête de me parler comme à un bébé !"
Puis il s'adresse à Odovacar Benmark, alias Nils Svensson :
— "Monsieur ! Oui, vous ! Avancez !"
Nils, tout aussi comédien que les autres, prend un air penaud et se lève du canapé pendant que les filles, sans en perdre une miette, en profitent pour se mettre plus à leur aise. Sans un mot, il s'approche du petit banquier qui lui demande :
— "Votre tête me dit quelque chose, monsieur ! Vous ai-je fait du tort à un moment ou à un autre de votre vie, par hasard ?"
— "Oui, Monsieur." lui répond, toujours penaud, l'élégant moustachu. Du haut de son haut-de-forme gris en soie qui surplombe un luxueux gilet croisé en cachemire à fleurs

multicolores brodées, Odovacar Benmark arbore involontairement une majestueuse prestance qui contraste de façon criante avec l'allure maladroite du petit nabot replet aux lunettes rondes et aux bras (encore et toujours !) en guise de bretelles. Mais le plus criant étant peut-être ce tableau du myrmidon dressé et autoritaire, devant le viril colosse moustachu qui le dépasse de plusieurs têtes mais qui reste voûté en une apparente soumission.

— "Ne me dites pas ! je vais deviner ! J'ai, moi aussi, le droit de m'amuser !!" annonce, péremptoire, le banquier en se tournant vers le juge qui opine de ses épais favoris en levant les yeux au ciel. "D'abord, monsieur, asseyez-vous ! ça m'évitera de me rompre le cou. Ensuite, ôtez-moi ce tuyau de poêle qui vous grandit encore un peu plus !"

Odovacar, conciliant, enleva son haut-de-forme tout en réprimant un sourire. Beck, debout sur sa chaise, était enfin aussi grand que son interlocuteur assis en tailleur. Il avait repris du poil de la bête et se sentait prêt à cuisiner vaillamment son nouveau joujou-souffre-douleur. Il semblait avoir oublié les enjeux, oublié que c'était lui, le centre des attentions. Se prenait-il à son tour pour le juge ? Toujours est-il que celui-ci posa son coude sur le comptoir, le menton sur sa paume, bref, semblait s'installer confortablement pour pouvoir observer tout à son aise le spectacle qui commençait. Il sentait bien que l'accusé commençait à perdre le sens des réalités mais… pourquoi interrompre une partie qu'il pouvait reprendre en main à tout moment ?

— "Avez-vous fait fortune dans le chemin de fer ? Euh… je veux dire, avez-vous fait *faillite* dans le chemin de fer ?"
— "Non, Monsieur."
— "J'ai été pionnier dans la pose des rails, savez-vous ? Et j'en suis très fier !"
— "Je n'en doute pas, Monsieur."
— "Ne m'interrompez pas ! C'est grâce à des hommes comme moi que l'on peut de nos jours traverser notre beau pays d'est en ouest

aussi rapidement ! Vous rendez-vous compte ? à 50 km/h !! Trois fois plus vite qu'à cheval !"
— "J'ai du mal à réaliser, Monsieur."
— "N'avez-vous donc jamais pris le train ?"
— "Si, Monsieur."
— "Ne m'interrompez pas !"
— "Mais je ne vous interromps pas !"
— "C'est pour tout à l'heure !"
— "Excusez-moi, Monsieur."
— "Ah ! si vous aviez connu cette jubilation de voir vos propres initiales inscrites sur vos propres wagons !…"
— "« WB », Monsieur ??"
— "Mais non, ignare ! « KPRW ». Pour « Kansas Pacific Railway ». De belles lettres d'or peintes sur mes wagons rutilants ! Ils ralliaient le Nebraska à la Californie. On expropriait les bouseux de leurs fermes pour construire nos voies ferrées. C'était le bon vieux temps !…"
— "Je comprends votre nostalgie, Monsieur."
— "Vraiment ?? Permettez-moi d'en douter ; n'étiez-vous justement pas un de ces bouseux que j'ai expulsés ?"
— "Oui et non. Je n'ai pas été expulsé pour cette raison, Monsieur. À propos… si vous me permettez… le Nebraska, ce n'est pas vraiment à l'est, Monsieur…"
— "Bougre d'âne ! j'ai relié les milliers de kilomètres de rails de la Kansas Pacific Railway au réseau ferré de l'est déjà existant ! Vous ne pourrez jamais comprendre la grandeur titanesque d'un tel chantier ! J'ai creusé les montagnes, comblé les vallées ! C'était…"
Odovacar le coupa :
— "…biblique, Monsieur."
— "Vous m'ôtez les mots de la bouche ! Finalement, peut-être n'êtes-vous pas le bouseux que je pensais…"
— "Eh bien si, Monsieur. Nous ne nous appelions pas nous-mêmes de cette façon mais je saisis parfaitement votre métaphore.

« Bouseux » pour « bouse », « bouse de vache ». Votre image est très parlante, Monsieur. Vous auriez d'ailleurs très bien pu nous appeler les « crotteux », pour « crotte ». « Crotte de moutons ». Car je possédais aussi des ovins, Monsieur. Le saviez-vous ?"
— "Alors vous étiez un de ces « bouffeurs d'herbe » ? voire même un de ces « parasites » ?"
— "Nous ne nous sommes jamais installés illégalement sur des pâturages, Monsieur ; nous n'étions donc pas des « parasites ». Juste de simples « bouffeurs d'herbe ». Je dis ça pour que vous sachiez que nous avons obtenu nos concessions statutairement."
Beck ricana, méprisant :
— "*Légalement*, hein ?"
— "C'est cela, Monsieur."
— "« C'est cela, Monsieur ! ». La loi ne devrait jamais prendre en compte ces miséreux qui gênent la marche du progrès ! Et vous, vous étiez des « parasites », statut ou pas statut !! Vos terres et vos troupeaux nous ont ralentis considérablement ! Vous étiez une verrue sur le nez ! Une cicatrice sur la cuisse d'une jolie femme ! une…"
— "J'ai compris l'idée, Monsieur."
— "Ne nous interrompez pas !"
— "Veuillez me pardonner, Monsieur, j'ai bien l'impression d'avoir encore une fois interrompu la marche du progrès."
Odovacar, droit comme un i et rigide comme un maréchal, évitait absolument de se tourner vers les filles afin de ne pas faire exploser ce rire contenu comme de la vapeur d'eau compressée dans une bouilloire et qui planait et se mêlait à l'électricité de l'air. Toujours sérieux comme un pape, il reprit :
— "Mais je tiens à préciser une chose, Monsieur, si vous avez la bonté de me le permettre. Ce n'est pas nous qui « bouffions l'herbe », c'était nos vaches et nos moutons. Nous, nous mangions – « bouffions », si vous préférez - le steak de nos vaches. Bien sûr, il

nous arrivait de bouffer des légumes mais, tout comme vous, je présume, nous préférions la bonne viande, je vous assure !"
Kerry, ne pouvant se contenir plus longtemps, commença à laisser passer quelques soubresauts, entraînant ainsi son amie Kaya à perdre contrôle. Toutes deux, pendant que Kealyn conservait un sang-froid olympien, filèrent alors comme des pets sur une toile cirée dans la pièce attenante pour échapper à la pression grandissante du fou rire ambiant.
Beck ne remarqua rien et continua dans son rôle de juge. Le vrai juge, lui, la joue toujours enfouie dans le creux de sa main, suivait, médusé, le déroulement d'un interrogatoire qui resterait gravé dans sa mémoire. Jamais on ne lui avait mâché à ce point le travail !
Beck reprit, manifestant un mépris doublé d'un dégoût absolu :
— "C'est *vous* qui nous voliez l'herbage !"
— "Mais je ne vous fais aucun reproche !"
— "Vos saloperies de bestioles laineuses nous mangeaient toute notre herbe et saccageaient ce qu'elles ne pouvaient pas avaler ! Nous en avons exterminé, de cette vermine ! des troupeaux entiers ! et nous pouvons vous assurer que nous ne faisions pas de distinction entre la laine et le poil !" Et Beck s'esclaffe bruyamment.
Imperturbable, Odovacar lui répond :
— "Je ne comprends pas l'allusion, Monsieur."
— "C'est pourtant clair, bouffeur de pissenlits ! Nous éliminions l'ovin et le pastoureau sans faire de distinction ! Ces bergers, c'était la plupart du temps de sales « graisseux » ! et si c'était pas des mexicains, c'était la même engeance de métèques : le basque, le français, l'écossais ou l'anglais, tout ça, c'est du pareil au même ! c'est tout de la mauvaise graine qu'avait rien à foutre dans nos pâturages ! Ces sales broutards, ils bouffaient l'herbe jusqu'à la racine qu'ils sectionnaient ensuite avec leurs sabots ! Ils nous bousillaient toute notre pâture ! D'ailleurs, rien qu'en la traversant, ils étaient capables de la saccager ! En plus, ces saloperies sécrètent une humeur dont la puanteur répugne tout bon bovin qui se respecte ! Alors fallait bien

les éliminer ! Et s'ils pigeaient toujours pas qu'il fallait déguerpir quand ils retrouvaient leurs corniauds empoisonnés, le ventre à l'air, nous trouvions toujours le moyen de leur faire entendre : on arrivait en masse, armés de fusils et de gourdins et on massacrait tout ce qui bougeait. Et quand on avait fini de s'amuser, on faisait tout sauter à la dynamite. Quand on partait, il ne restait que de la cendre …et cette vilaine odeur de rôti d'agneau ! Sinon, pour varier les plaisirs mais quand la topographie des lieux s'y prêtait, on jouait à un autre jeu : la balançoire !"
Beck regarde en coin sa victime, attendant l'inévitable question :
— "Qu'appelez-vous « la balançoire », Monsieur ?"
Beck prend un regard venimeux :
— "Rien à voir avec la balancelle de ses dames ! On ne *se* balançait pas on… balançait…"
— "Vous « balanciez »…?"
— "Réfléchissez, mon brave ! On balançait le troupeau – sans omettre leurs gardiens ! - du haut d'une falaise, d'un escarpement ! Un petit massacre distrayant, quoi !…"
— "Très bien. Mais je vous arrête, Monsieur, car vous faites fausse route et, croyez-moi, je suis désolé de gâcher votre plaisir ; je possédais certes un ranch de bovins et d'ovins mais ce que vous racontez de façon si récréative ne me concerne pas. Ce n'est pas de cette façon que vous m'avez fait du tort, Monsieur."
L'enthousiasme exubérant du banquier retombe instantanément (beaucoup plus rapidement que le berger du haut de sa falaise). Il observe Odovacar :
— "Ah bon ?? Veuillez m'excuser, alors, si je m'égare."
— "Vous êtes tout excusé, Monsieur, soyez sans crainte. Il n'y a pas de mal."
— "Alors… je n'ai pas tué vos moutons ?"
— "Non, Monsieur."
— "Je n'ai pas tué vos chiens ?"
— "Non plus, Monsieur."

— "Ni vos bergers ??"
— "Désolé. Non, Monsieur."
— "Peut-être auriez-vous l'obligeance de me mettre sur la voie ? sur les rails, si j'ose dire ?"
— "Cherchez encore un peu, vous brûlez, Monsieur…!"
— "Suis-je bête ! je ne cherche pas du bon côté !"
— "Tout à fait, Monsieur. Mais ne vous dénigrez pas ainsi, vous n'êtes pas bête !"
— "Mais bien sûr ! si ce ne sont pas les ovins, ce sont les bovins !"
— "Vous y êtes ! Monsieur."
— "Ai-je volé votre troupeau ? Serait-ce cela ?"
— "C'est cela ! Bravo, Monsieur ! Félicitations !"
Beck se parle à lui-même, à mi-voix :
— "Comment m'y suis-je pris ?…" Il réfléchit un instant puis reprend à haute voix : "Voyons voir… Vous aurais-je… vendu deux fois le même troupeau ?"
— "Non. Pas à moi. Mais c'était bien essayé, Monsieur !"
— "Vous savez, c'est vraiment amusant, n'y avez-vous jamais songé ? Il suffit de conduire les bêtes déjà vendues derrière une colline et de les représenter à leur acheteur comme un second troupeau. Le crétin n'y voit toujours que du feu et crache à nouveau au bassinet ! Qu'est-ce qu'on a pu rire ! J'ai un peu honte de le dire, mais c'est encore Martha qui avait un jour évoqué cette lumineuse idée. Alors que nous n'étions encore que dans le chemin de fer ! Précieuse Martha !…" (Il pousse un soupir.)
— "Allons, Monsieur, ne vous laissez point abuser par la honte ! Je suis certain que vous avez trouvé des idées aussi brillantes et même encore meilleures !"
— "Oui… mais pas celle-là…"
— "Allons, Monsieur ! reprenez-vous ! ce n'est pas si grave, ne soyez pas si intransigeant envers vous-même ! Allez… faites donc part à la cour d'une de vos brillantes idées."

Laissant un instant errer son regard dans le vague, après une courte réflexion, il tente :
— "Y a bien le coup du faux carnet de pointage mais je n'y vois pas vraiment de mérite, c'est tellement facile de berner les étrangers…"
— "Allons, ne faites pas le modeste ! racontez-nous !"
— "J'vous dis ! c'est pas très sorcier : on donne un livre de compte trafiqué du bétail à l'acheteur qui n'a d'autre choix que de se fier à la parole du vendeur ! Le troupeau est éparpillé sur une surface tellement étendue qu'il lui est absolument impossible de dénombrer ses bêtes !"
— "Et donc, on ne pouvait pas se fier à votre parole, Monsieur ?"
— "Bien sûr que non !"
— "Vous n'avez donc pas d'honneur… ? …Monsieur ?"
— "Je ne sais même pas ce que ce mot veut dire ! À part que ça ne se glisse pas dans une bourse et que ça ne s'entasse pas dans un coffre non plus !" Et Beck s'esclaffe à nouveau.
Puis il reprend :
— "Revenons aux choses sérieuses. Le marquage du bétail, par exemple. Mes idiots de collègues texans qui ne sont pourtant pas des enfants de chœurs comme, par exemple, Charles et Mary Ann Goodnight, qui possèdent plusieurs millions d'hectares de pâture qu'ils n'ont pas *forcément* achetés, ou Abel Pierce, qui pend ses employés s'ils ont la mauvaise idée de lui tourner le dos pour se mettre à leur compte, tous ces puissants « barons du bétail », comme les jaloux nous appellent, et que je vénère pour la modernité et l'efficacité de leurs méthodes, tous ont été… - eh bien votre serviteur vous le dit humblement - …volés par moi ! oui oui ! j'en suis très fier ! C'était du sport, croyez-moi ! et *là*, on peut dire que j'ai du mérite !"
Beck s'arrête et regarde son public : tous le fixent, figés et silencieux.
— "Ben quoi ? j'ai pas droit à un peu d'admiration ?"

— "Ce doit être que… nous sommes curieux d'apprendre comment vous vous y êtes pris, Monsieur." lui répond Odovacar, toujours imperturbable.
— "Certes ! Bien sûr ! Je continue, donc. Mes voisins, tout consciencieux qu'ils sont, commettaient des négligences que personnellement il ne me serait jamais arrivé de commettre. Figurez-vous qu'ils négligeaient la plupart du temps de marquer leurs mavericks ! Je ne sais pas si vous vous rendez compte ?!…"
— "Non, Monsieur, effectivement. Mais… et, je vous prie de ne pas rire de mon ignorance …qu'est-ce qu'un maverick, Monsieur ?"
— "Vous ne connaissez pas Sam Maverick ?? l'éleveur le plus stupide de toute l'Histoire de l'Élevage de bovins ?? Quand vos veaux atteignent l'âge d'un an, il faut les marquer. Au fer rouge. D'accord ? Or cet idiot ne marquait pas ses veaux ! Et son cheptel broutait tranquillement non marqué, et donc, aussi anonyme que nous et vous."
— "Vous estimez que l'on devrait marquer les êtres humains, Monsieur ?"
— "On marquait bien les esclaves en fuite… ce n'était pas une mauvaise chose. Mais vous avez raison, on pourrait aussi marquer les Indiens… les chevaux… les femmes… les chiens… et ce genre de ranchers qui sont la honte et la risée de la profession !" Il rit.
Cependant Odovacar poursuit dans sa logique :
— "Mais… pour quelle raison les marquer, Monsieur ?"
— "Ben… comme pour le bétail, pardi !?? Ils appartiennent forcément à quelqu'un, non ? Enfin… pas tous les Indiens, vous avez raison… Mais, à eux, on pourrait mettre une cloche autour du cou pour être prévenu de leur présence, par exemple… Ça se discute… il faudrait y réfléchir… Vos remarques sont pertinentes ! Vous savez… vous pourriez travailler pour nous ?!" Puis Beck sort de son état songeur et poursuit : "Je reprends l'histoire de Sam Maverick… Donc, au bout d'une année de dur labeur, cet abruti découvre un beau jour qu'il ne lui reste plus aucune bête ! Elles ont

toutes disparu. Il s'avère que ses voisins se sont servis ! tout simplement ! Ils ont été attentifs et vigilants et ça a payé ! Bravo ! C'est ce qu'on appelle « saisir une opportunité ». Et notre brave Sam Maverick fut donc ruiné. Mais, bon… ça m'a servi de leçon !!…"
— "En effet, grâce à lui, vous avez bien fait attention à marquer vos bêtes !"
— "Oh non ! ce n'est pas ce que j'ai voulu dire ! Vous savez, pour le commun des éleveurs (je ne me range pas dans cette catégorie, bien évidemment) il est très difficile de marquer tous ses mavericks (les veaux non marqués, donc) qui sont disséminés sur des millions d'hectares, pour certains. Non, moi, de toute façon, j'avais toujours marqué mes veaux aussitôt sortis du ventre de leur mère ; je surveillais très attentivement les vaches prêtes à vêler. Par contre, grâce à cette histoire, il fut convenu qu'un maverick appartiendrait au propriétaire du pâturage dans lequel il serait trouvé. Et ça ! c'était révolutionnaire, pensez-donc ! On ne tombait plus sous le coup de la loi si on marquait un veau qui ne vous appartenait pas et qu'on avait trouvé dans son herbage ! Alors, qu'avons-nous aussitôt fait ? Eh bien nous sommes aussitôt allés en trouver un *maximum*, tous les jours au petit matin, dans les terrains *voisins* ! Nous appelions cela, la « récolte ». Nous allions chez Charles et Mary Ann, chez Murdo, chez George, chez Abel, et nous les ramenions discrètement dans *nos* pâturages (c'est pendant ce transfert qu'il ne fallait pas se faire pincer !) pour ensuite… les marquer tranquillement ! Une fois chez soi, on ne pouvait plus être taxé de voleur ! Un mot qui, soit dit en passant, ne devrait pas exister…"
— "Ah ? et… pourquoi cela ? Si j'ose me permettre. Monsieur."
— "Mais, réfléchissez ! le vol… ça n'existe pas ! On « prend »… on « s'approprie »… on « se sert »… à la rigueur, on « oublie de rendre »… mais « voler » ! quel gros mot !"
— "Et… si on vous prend à *vous*, Monsieur ? Ce mot pourrait-il, *dans ce cas*, être employé ?"
— "Les pendus n'emploient aucun mot…"

Et Beck, après avoir à nouveau ri comme un enfant, poursuit :
— "Ceci dit, si c'était lucratif, ce n'était pas très amusant car pas assez risqué. Et pas assez malhonnête, non plus. Non, le plus excitant, c'était de maquiller la marque des troupeaux concurrents ; une petite transformation et hop ! elle devenait *votre* marque ! Et le troupeau vous appartenait ! C'est bien ces bougres de *graisseux* qui nous ont appris à marquer le flanc des bêtes au fer rouge, nous leur devons au moins ça, à ces métèques ! Nous nous sommes appropriés un nombre incalculable de troupeaux, comme ça ! Et ça, c'était *mon* idée ! *Pas* celle de Martha !"
— "C'est bien, Monsieur ! c'est bien !"
— "Dites-moi, monsieur Benmark, j'ai une question à vous poser… Est-ce qu'il vous est arrivé de perdre un troupeau entier du jour au lendemain, comme ça, comme par un coup de baguette magique ! Le troupeau est là et le lendemain… *pfft* ! il a disparu ! Dites-moi !"
— "Eh bien, figurez-vous que l'histoire de ce monsieur Maverick (que je ne connaissais pas) m'a bien interpellé ! J'ai eu de la peine pour lui, vous savez, lorsque vous m'avez narré ses malheurs et, effectivement, je me suis aussitôt reconnu en lui…"
— "Il vous est donc arrivé la même chose ??"
— "En substance… Sauf que nous, c'est l'aboutissement de *cinq* années de travail acharné que nous avons perdu."
— "Cinq années ! Nous avons bien fait d'attendre, n'est-ce pas !?"
— "On peut le dire ainsi… Mais… oserais-je abuser de votre temps en vous racontant notre faillite au Texas ?"
— "Mais je ne demande que ça, Odo ! Je peux vous appeler Odo ?"
— "Mais bien sûr ! Nous sommes entre nous ! nous n'allons pas commencer à faire des chichis, Monsieur ! Je commence ?"
— "Allez-y, je vous en prie."
— "Voilà. À la fin de la guerre – j'ai fait la guerre, Monsieur – j'étais ruiné. Ma maison était détruite mais j'ai eu la chance de retrouver ma femme."
— "…intacte."

— "Pardon ?"
— "Vous avez eu la chance de retrouver votre femme *intacte* ! …c'est de l'humour !…"
— "Oui, bien sûr ! pardonnez-moi. Il est vrai que vous excellez moins dans ce domaine… Essayez de ne pas m'interrompre si c'est pour de l'humour, voulez-vous ?"
— "Promis. Je n'interviendrai que pour enrichir votre histoire, si vous le permettez."
— "Donc Kealyn, ma femme, m'avait attendu pendant ces quatre longues années de cette affreuse guerre civile qui nous a privés de tant des nôtres."
— "Ah ? Moi, elle ne m'a privé de personne… D'ailleurs feu Martha était déjà partie depuis longtemps. Tuée dans sa diligence, d'après les journaux, par le cocher, un certain Nils Svensson. Par contre, il est vrai qu'elle m'aura manqué pour ses idées ingénieuses… Mais… c'est comme si elle était toujours là, avec moi ; son empreinte m'est restée, vous savez ! J'ai été à bonne école et, sans me vanter, je peux avancer que l'élève a fini par dépasser le maître. Je… nous en sommes assez fiers !…"
— "C'est bien, Monsieur… Donc nous nous sommes installés au Texas qui regorgeait de *longues-cornes* à l'état sauvage (comme vous le savez, bien sûr) pour essayer…"
— "…de faire fortune."
— "Non… de repartir dans la vie… d'installer un cadre accueillant pour nos futurs enfants…"
— "Ah."
— "Finalement nous ne pûmes en avoir… Mais nous « apprîmes la vache », comme on dit là-bas, et finîmes par acquérir près de 5 000 *longues-cornes* en quelques mois et…"
— "Il vaut mieux avoir 5 000 *longues-cornes* et aucun enfant que l'inverse, n'est-ce pas ?"
— "Je vous avais demandé d'éviter les pointes d'humour, Monsieur…"

— "Je n'avais aucune intention d'être drôle, Odo !?"
— "Passons… Donc nous avions appelé notre ranch « Corne de Wapiti » et…"
— "Si je peux me permettre, j'en ai acquis 300 000 en trois ans, moi ! Dire que nous avons acquis votre troupeau et que nous n'en avons aucun souvenir… Nous sommes vraiment navrés !"
— "Il n'y a pas de mal ! Je suis certain que la mémoire va vite vous revenir ! Un grand homme comme vous !"
— "Vous êtes trop aimable… Mais… dites-nous, Odo… Pourriez-vous nous rappeler quelle était votre griffe ? Peut-être que cela nous ferait revenir nos souvenirs ?"
— "Ma marque était un V, Monsieur."
— "Oh ! La marque d'un abruti ! …Sans vouloir vous offenser, bien sûr, Odo !"
— "Voyons ! Il m'en faut plus pour prendre la mouche, Monsieur !"
— "Un V… un V… Cela nous rappelle vaguement quelque chose."
— "« Quelqu'un », vous voulez dire ?…"
— "« Quelqu'un »… « quelque chose »… On va pas chipoter, Odo…"
— "Certes, Monsieur."
— "…C'était le V… de OdoVacar ?"
— "Ce qu'il y a de sûr, c'est que ça ne représentait pas les cuisses écartées de ma femme, Monsieur. Ceci dit, ce V pouvait représenter le V de la victoire. Un V bien ironique, Monsieur…"
— "Mais rendez-vous compte, Odo ! vous l'avez tout de même bien cherché ! C'est une griffe simplissime ! tellement facile à maquiller ! Réalisez vous-même : il suffit de rajouter deux barres pour la transformer en notre losange ! Cette astuce ne justifie-t-elle pas à elle seule le V de la Victoire, Odo ? Vous voyez ! je vous sauve la mise !!"
— "Certes, Monsieur. Certes. Vous avez raison, nous sommes certainement des abrutis. Nous aurions dû choisir une griffe plus complexe."

— "Oh, ne soyez pas si dur envers vous-même ! Tout le monde ne peut pas avoir notre génie. De toute façon, si cela peut vous consoler, nous pouvions transformer pratiquement n'importe quelle marque ! Mais j'attire votre attention : cela ne s'est pas fait tout seul, vous savez ! Ç'a été un long apprentissage, de longs efforts ! mais qui, heureusement, ont fini par être couronnés de succès. Il y a une justice en ce bas monde et, Dieu soit loué, tout travail mérite salaire ! Sans parler des *risques* qui méritent aussi leurs récompenses, tenez : nous avions un fer à marquer passe-partout (ce qui signifie qu'il pouvait prendre toutes les formes possibles), eh bien figurez-vous que la seule possession de cet outil pouvait nous envoyer à la potence !"

— "Oui, la vie n'est pas facile, Monsieur. Vous avez un grand mérite."

— "C'était du matériel de pro ! Alors qu'à nos débuts, nous bricolions ! nous utilisions des boucles de sangle ou du fil télégraphique… un bien piètre travail d'amateur !"

Puis Beck se recueille un instant en se parlant encore une fois à lui-même :

— "Mais nous ne nous rappelons pas avoir dessiné une de nos marques à partir d'un V…"

— "Vous avez l'air soucieux, Monsieur ?"

— "C'est pénible quand la mémoire vous fait défaut…"

Puis la figure de Beck s'illumine :

— "Mais peut-être n'avons-nous pas *maquillé* votre marque ! peut-être l'avons-nous tout simplement imprimée *sur votre demande* ? Certains éleveurs sous-traitent cette tâche qu'ils trouvent rébarbative…"

— "Oui, c'est possible. Mais… si je peux me permettre, Monsieur… Vous m'aviez laissé la liberté de poursuivre mon récit…"

— "Vous avez amplement raison. Je vous laisse continuer la narration de vos mésaventures. D'ailleurs - et grâce à moi, encore une fois - vous trouverez, qui sait, la possibilité de les faire éditer ?!

dans un roman à dix sous ou bien une revue illustrée ou même un livre-cadeau, va savoir ! Vous voyez, je vous sauve *encore* une fois la mise !
Donc. Résumons. Vous étiez ruiné après la guerre mais il vous restait encore votre femme. Comme vous ne pouviez pas avoir d'enfants et bien que vous eussiez tout de même une épouse, vous avez décidé de partir à la conquête des vaches. Nous résumons bien ?"
— "On ne peut mieux, Monsieur."
— "Poursuivez, Odo. Je suis tout ouïe, promis."
— "Nous souhaitions des bêtes solides, des marcheuses endurantes capables de supporter les longues transhumances depuis le Texas, où nous étions installés, jusqu'aux gares d'embarquement du Kansas et même du Wyoming !"
— "C'est bien… Nous, nous avons poussé nos « drives » jusqu'au *Canada*, Odo !"
— "C'est bien, Monsieur.
Donc lorsque nous avons appris que le Texas regorgeait de milliers de *longues-cornes* laissées à l'abandon par les mexicains après la guerre du Mexique et qui ne demandaient qu'à être « cueillies », nous avons décidé de nous y installer. Tout bovin trouvé dans ces régions broussailleuses étant considéré comme ressource naturelle - comme pour la découverte de l'or ! - c'était une aubaine à ne pas manquer ! Et le goût pour la viande s'étant définitivement détourné du porc vers le bœuf, il y avait donc un débouché considérable ! Nous avons alors entrepris de rassembler un maximum de ces robustes bêtes. Mais… maintenant que j'y pense… vous avez raison, Monsieur ! nous ne les avons pas marquées nous-mêmes ! c'est la « Société du Bétail de la Vallée » qui s'en est chargée !"
Brusquement, sans crier gare, Beck soudainement rouge d'excitation se précipite sur « Odo » et lui arrache sa moustache et sa perruque tout en s'exclamant :

— "*Nils Svensson* !! J'ai enfin trouvé ! Vous êtes *Nils Svensson* ! J'étais sûr que vous portiez des postiches ! Sachez que la « Société du Bétail de la Vallée », c'était nous ! Je vous ai donc truandé, et vous, vous avez tué ma femme !" déclare tout joyeux le petit banquier. Qui rajoute, avec un petit clin d'œil :
— "Nous sommes donc quittes !"
— "Mais je n'ai *pas* tué votre femme, monsieur Beck ! C'est une lamentable erreur judiciaire ! un complot ! je vous jure que…"
Beck le coupe :
— "Plus tard ! laissez-moi finir, nous réglerons les détails après. Il me semble indispensable que je vous explique comment nous vous avons escroqué ! C'est une technique dont nous sommes très fiers et que nous avons inventée nous-mêmes. Si nous avions pu la faire breveter, nous l'aurions fait !" (Il rit.) "Voyez par vous-même son ingéniosité : je rase le poil de la bête puis je glisse un sac humide entre sa peau et le fer rouge, et je la marque ! Ensuite, ni une ni deux, je présente la bête à son propriétaire qui pense (le sot !) que celle-ci est marquée de façon définitive ! Seulement, une fois que ses poils ont repoussé, je retrouve la bête et lui imprime la *mienne*, de marque ! Et, cette fois-ci, profondément, de manière permanente !!
Et encore *un* pigeon qui s'est fait plumer ! *un* !
Enfin, *vous*, en l'occurrence, monsieur Benmark !" Et Beck, de s'esclaffer.
— "Appelez-moi Odo, voyons ! Ne perdons pas nos bonnes habitudes !"
— "J'ai appelé cette technique, le « marquage à froid », Odo."
— "Vous êtes un inventeur ! un génie ! Monsieur."
— "C'est vrai qu'il en fallait de l'inventivité et du génie ! J'ai même inventé une nouvelle race supérieure de bovins, vous rendez-vous compte ?! Je l'ai appelée la *Cattalo*. C'était le croisement d'une vache *longue-corne* avec un bison mâle que j'avais apprivoisé. Ce coquin était tombé amoureux d'une de mes génisses, et ma foi, même si le fruit de leur union était très laid, avec sa bosse sur le dos et son bouc

sous le menton, la *Cattalo* était plus charnue qu'une *longue-corne* et plus puissante qu'un bœuf ! Bien sûr, son mugissement n'était pas aussi romantique que l'appel de Roméo à Juliette (on aurait plutôt dit le grognement étouffé d'un porc en rut) mais elle était très rentable avec son cuir qui permettait de fabriquer des chaussures, et sa toison laineuse qui donnait de luxueux manteaux de fourrure. Elle ne coûtait pratiquement rien car elle avait la bonne idée de se contenter de l'herbe la plus sèche et la plus rabougrie, et supportait sans aucun problème les hivers les plus rudes et les étés les plus torrides. Malheureusement, le destin s'acharna sur moi. Car même si on était arrivés à dompter la bête qui avait hérité de la fougue de son père – imaginez capturer un bison au lasso et le marquer au fer rouge ! – sa reproduction ne coulait malheureusement pas de source, comme celle des bisons entre eux (Beck lâche un soupir à fendre l'âme) ! La majeure partie des veaux mourait et les femelles étaient fréquemment stériles. Je me suis souvent demandé ce que j'avais bien pu faire au Bon Dieu pour mériter pareille calamité !"

« Odo » hoche la tête avec compassion.

« Monsieur » retrouve son enthousiasme :

— "Mais ce fut l'unique échec de notre vie… En effet, grâce à notre génie, nous avons pu ainsi faire face, et de si merveilleuse façon, à tous ces si nombreux problèmes de la vie quotidienne rencontrés par tout éleveur qui se respecte ! comme ces locomotives qui rentraient en collision avec nos vaches dont il fallait réclamer le remboursement aux compagnies de chemin de fer, ou ces terribles blizzards qui ralentissaient mortellement nos convois lors des hivers rigoureux. Il y eut aussi les piqûres de tiques qui provoquèrent la « fièvre du Texas » ; on nous obligea alors à mettre nos *longues-cornes* en quarantaine. Mais pire que les tiques ou même que les voleurs de bétail, la pire engeance, c'était les *coupeurs de barbelés* ! Les Dix Plaies d'Égypte, à côté, c'est de la gnognote ! de la roupie de sansonnet !"

Soudain, comme illuminé par une évidence qu'il aurait dû deviner plus tôt, Beck observe attentivement Odovacar et lui demande, l'air soupçonneux :
— "Oserais-je vous demander …si vous en étiez un, Odo ?"
— "Un *quoi*, Monsieur ?"
— "Eh bien, un coupeur de barbelés, pardi !"
— "À votre avis, Monsieur ? Dans quel camp étais-je ? Celui des poseurs ou celui des coupeurs ?"
— "La pire engeance, bien sûr !!"
— "Effectivement, Monsieur !!"
— "Mais enfin, je ne comprends pas… Pourquoi vous obstiniez-vous à combattre le Progrès ? Pourquoi n'admettiez-vous pas qu'il était vain de lutter contre le raz-de-marée de l'Ère moderne ?! Odo !!"
— "Le saumon remonte les rivières, Monsieur. Il est capable de remonter à contre-courant même la plus puissante des cataractes dans laquelle même l'ours qui le chasse n'ose s'aventurer !"
— "Je ne vois pas le rapport… Tout ce que je sais, c'est que l'ours dévore le saumon à peine arrivé au point de reproduction qu'il a eu tant de mal à atteindre ! Tout ce mal pour rien !"
— "Il y a *toujours* des saumons, Monsieur."
— "Oui. Bon. Il y a toujours des ours, Odo. Bref ! Nous, nous avions besoin d'espace ! d'eau ! et la nature nous l'offrait en abondance ! Pourquoi aurions-nous dû nous en priver ?"
— "Nous aussi, avions besoin d'espace et d'eau, Monsieur."
— "Mais vous, les petits éleveurs, vous ne représentez rien ! Vous n'êtes que…"
— "Pour changer, je vous suggère : « une épine dans le pied », Monsieur."
— "Eh ben voilà ! vous voyez, Odo, que vous comprenez, quand vous voulez ! Pourquoi ne pas avoir fait montre de cette lucidité quand il était encore temps ?"

— "En fait, Monsieur, c'est vous qui ne comprenez pas. Je vais tenter de vous expliquer. Vous permettez ?"
— "Hum… avez-vous déjà vu un ours qui écoutait un saumon au lieu d'en faire son repas ?…"
— "Quand l'ours n'a pas faim, il ne mange pas, Monsieur."
— "Mais *nous* avons toujours faim, Odo !"
— "Les vaches auraient dû vous suffire, Monsieur. Vous n'étiez pas obligé de manger vos semblables. Mais laissez-moi tenter de vous faire comprendre pourquoi nous coupions vos fils de fer barbelés. Pour commencer, vous qui aimez la Loi, vos clôtures étaient illégales. Et vous ne les posiez pas pour préserver vos terres et votre bétail mais pour rafler encore plus d'herbage et d'eau pour votre seul profit. Or, comme vous le dites, c'est un cadeau de la nature. …Si je peux me permettre… pourriez-vous développer cette idée ?"
— "Précisément, j'ai dit que la nature nous offrait espace et eau en abondance. Eh bien il n'y a pas grand-chose à en dire : on me l'offre, je me sers."
— "Avez-vous des frères et sœurs, Weston ?"
— "Non. Dieu soit loué."
— "Donc vous n'avez pas eu d'occasions de partage dès votre tendre enfance…"
— "« D'occasions de partage » ?… partager mes frères et sœurs ? C'est vrai que les ours sont capables de manger leur propre progéniture quand ils meurent de faim, mais leurs frères et sœurs ? c'est risqué avec la mère qui rôde… Quoi qu'il en soit, moi, je ne partage pas…" lâche Beck, goguenard. Pour enchaîner aussitôt : "Ça va ! je rigole ! je n'ai pu me retenir, cette fois-ci. Veuillez m'excuser, Odo !"
« Odo » ne relève pas. Il lui demande, toujours sérieux :
— "Comment pouvez-vous être si sûr que ce n'est pas une chance d'avoir un frère ou une sœur, puisque vous n'en avez pas eu ? Mais soit. Je vais tenter une autre approche. Plus concrète. Réalisez-vous que vous entouriez de clôtures, en plus de votre domaine, des terres

gouvernementales ? du domaine public ! qui ne vous appartenaient donc pas ? Vous bloquiez parfois des villes entières ! Les postiers eux-mêmes ne pouvaient pas passer pour délivrer le courrier ! Vous accapariez tous les cours d'eau si bien que nos vaches ne pouvaient plus se désaltérer ! Or vous savez à quel point une vache a besoin d'eau ! plus de cent litres par jour ! Qu'auriez-vous fait à notre place ?"

— "Mais je ne suis *pas* à votre place, Odo ! C'est ce que je me tue à vous faire comprendre depuis le début ! Vous êtes long à la détente, mon cher Odo !"

Odovacar soupire. Mais il poursuit :

— "Par contre, vous avez été marié, Monsieur."

— "À feu Martha. Paix à son âme. Pourquoi ?"

— "Quand il faisait froid, la nuit… tiriez-vous toute la couverture à vous ?"

— "Nous faisions lit séparé. Votre question est très indiscrète, Odo ! je tiens à le souligner. Et d'ailleurs, hors de propos, comme à peu près tout ce que vous dites. Mon avocat, au lieu de dormir, aurait dû faire objection !"

William Huggy est loin de dormir. Il écoute attentivement, comme tout le monde dans cette « cour » mais, effectivement, en tant que spectateur et non plus en tant qu'avocat. Il ne répond rien. Il regarde son ami, concentré.

Beck reprend :

— "Bon. Assez parlé de saumon et d'ours, ou de Martha. Revenons à nos moutons, si je peux m'exprimer ainsi. Vous étiez pires que la peste, à détruire nos clôtures, et Washington, au lieu de prendre votre parti, aurait dû tous vous pendre ! Il n'y a rien à rajouter ! changeons de sujet !"

— "Weston… vous avez fait assassiner un ami très cher avec toute sa famille. Parce qu'il coupait vos clôtures pour pouvoir survivre. Votre armée de « Régulateurs » les a sortis du lit en pleine nuit et les a pendus à son peuplier. Leur crime ? Être de paisibles fermiers qui

voulaient faire paître leur troupeau."
— "On pend bien les voleurs de chevaux…"
— "Mais ce n'était *pas* des voleurs de chevaux !"
— "Ils ne tenaient pas compte de nos nombreux avertissements ! C'était donc inévitable !"
— "Vos avertissements ? Comme : « *L'homme qui ouvrira cette clôture ferait mieux de veiller sur son scalp* » ou « *Quiconque s'oppose à cet enclos devra être blindé.* »"
— "C'est cela même ! Vous savez, Odo, ce n'est pas facile à rédiger, ça demande réflexion ! je voulais y mettre un peu d'esprit, comprenez-vous ? Trouvez-vous mes avertissements spirituels ?"
Odovacar soupire, hausse les épaules, et répond :
— "Très spirituels, Weston… très spirituels…"
— "J'ai inventé des maximes, aussi. Voulez-vous les entendre, Odo ?"
— "Au point où on en est…"
— "Ce sont des maximes au sujet des bouseux. Pardon… peut-être préférez-vous le terme « crotteux » ?"
— "« Fermier » peut aussi faire l'affaire. Mais passons. Allez-y, Weston, je vous écoute."
— "Voilà. C'est pour illustrer le fait qu'il faut abattre les bouseux. Comme on fait pour les animaux malades, voyez ? Dites-moi quelle maxime vous préférez, d'accord ? soyez attentif au rythme de ces strophes octosyllabiques :
La première :

> *Les longues-cornes, à l'abattoir ;*
> *Et les bouseux, aux peupliers !*

La deuxième :

> *Les longues-cornes, à la rivière ;*
> *Et les bouseux, au cimetière !*

Et enfin, la troisième :

> *Les longues-cornes, ça broute l'herbe ;*
> *Et les bouseux, les pissenlits.*

Je les aime bien, mes maximes. Surtout la deuxième, car elle rime. Mais j'ai une certaine réserve quant à la dernière : comprend-on bien qu'ils mangent les pissenlits …par la racine ? Est-ce clair ?"
— "Je ne sais pas, Weston. Peut-être les mangent-ils en salade ?"
— "Vous avez raison, Odo, c'est une éventualité ! Je devrais refaire cette strophe…" Puis il lève un visage radieux et demande, angélique : "Le saviez-vous, je suis poète à mes heures ? Odo… auriez-vous l'obligeance de m'épauler pour refaire ce poème ?" Puis, son visage rêveur se perd dans le vague : "Je me souviens… Là où j'ai pour la première fois rencontré la poésie : Abilene ! au Kansas… La ville-pionnière de bétail que j'ai créée à la force de mes poignets ! puis que, en quelques mois, j'ai élevée au premier rang dans les affaires ! Ma fierté ! Mon bébé ! C'était après le Texas. Je n'ai, heureusement, pas eu la malchance d'avoir des enfants - enfin… connus de moi ! - mais ce qu'il y a de sûr, c'est que j'ai engendré Abilene ! Abilene a été ma muse, l'inspiratrice de mes longues nuits sous les ciels étoilés ! Que de poèmes n'ai-je pondus sous son firmament ! La tête délicatement posée sur le con de Rose-de-la-Prairie, allongé entre ses deux cuisses chaudes, j'admirais la voie lactée pendant qu'elle me déclamait rimes et proses…"
— "Rose-de-la-Prairie, Monsieur ?? Cette catin connue jusqu'en Californie ?? Est-ce bien d'elle dont vous parlez ?" lui demande Odovacar, les yeux écarquillés, et légèrement admiratif.
Beck répond, comme dans un demi-sommeil :
— "Je l'appelais *Belle*. Ce n'était pas une « catin ». C'était *ma* catin."
— "Monsieur… on raconta partout qu'on l'aperçut une fois arpenter la rue centrale d'Abilene uniquement vêtue …d'une paire de revolvers !"
— "Oui. C'était rare qu'elle soit habillée. Mais je lui avais demandé de me les rapporter… c'est pour cela ! Parce que je peux vous dire qu'elle, elle ne se baignait pas de façon impudique dans la *Rivière de la Colline Enfumée* en compagnie de toutes ces « colombes souillées » vêtues de leur seule touffe pubienne et riant avec

insouciance avec des hommes de mauvaise vie ! Non ! elle, elle restait près de moi. Elle me dictait, de sa voluptueuse bouche, toutes ses créations spontanées, fruits des métamorphoses en alexandrins de mes frémissements langoureux. Le saviez-vous ? à Abilene, je n'ai créé que des alexandrins !"
— "Non, Monsieur. Je ne le savais pas."
— "« *La Cité des Plaines* ». Beau nom n'est-ce pas ? C'est ce que signifie « Abilene ». Je l'ai choisi en ouvrant au hasard ma Sainte Bible qui ne me quitte jamais. Abilene n'était au départ qu'un petit village de la Prairie. Il ne payait pas de mine. Avec juste une petite poignée d'habitants qui vivait dans une dizaine de cabanes en rondins. Un endroit mort, on peut le dire. Mais l'endroit idéal pour la rencontre entre le conducteur de troupeau du Sud et l'acheteur du Nord ! Le train s'y arrêtait. La diligence s'y arrêtait. J'ai alors entrepris de construire une ville : sa gare, avec ses parcs à bestiaux et ses rampes d'embarquement, ainsi qu'un hôtel de quatre-vingts chambres que j'ai baptisé le « *Cottage des Conducteurs* ». J'ai aussi fait dresser mon quartier général : un village à lui tout seul ! D'immenses demeures en pierre avec étage en épais madriers et intérieur en boiserie de noyer. Derrière les baies vitrées spacieuses nous contemplions nos possessions et le soir, après le dur labeur, nous fixions l'horizon depuis la véranda en nous balançant doucement dans notre fauteuil à bascule. Pour la main-d'œuvre, j'avais fait construire des hangars, une cantine, une laiterie, une forge pour l'entretien des charriots et le ferrage des chevaux, et même une ferblanterie pour fabriquer écuelles et gobelets.
Et vous, Odo ? viviez-vous bien ?"
Odo, surpris, le regarde comme un écolier qui ne sait pas sa leçon, mais se prête encore au jeu et répond :
— "À nos tout débuts, nous vivions dans notre charriot bâché. Et puis nous avons déniché un joli petit endroit où j'ai creusé une grotte à la base d'une colline. Nous y dormions sur des matelas bourrés de foin – les « plumes du Texas » ! - cousus par Kealyn. Plus

tard, je construisis notre habitation avec des murs d'adobe et une toiture de mottes d'herbes. Nous dormions alors sur des couchettes en peau de loup et nous réchauffions devant la cheminée lors des rigoureux hivers.
Ne me regardez pas avec cette tête-là, Weston ! Nous étions bien, je vous le certifie ! Notre maison avait un certain charme. J'ai même fini par l'embellir en appliquant une couche de chaux sur les murs et en posant un plancher de bois sur la terre battue. Je suis certain que vous auriez adoré les énormes crânes de bison sur lesquels nous nous asseyions ! Et puis, pendant nos temps libres, nous jouions de la musique : j'improvisais au banjo ou à la guimbarde, accompagné par ma femme à l'harmonica. Elle se débrouille merveilleusement bien, aussi, au violon et à la guitare ! Nous aimons la musique. Vous devriez essayez !" Nils se tourne vers son épouse : "Je suis certain qu'elle viendra vous jouer un morceau dans votre prison ! N'est-ce pas chérie ?"
Beck, qui n'a pas forcément tout écouté, s'extrait lentement de sa rêverie :
— "« Notre prison »..." Il se redresse brusquement :
— "Une prison ? pourquoi une prison ?"
C'est le juge qui reprend la parole :
— "Weston... Vous rappelez-vous pourquoi vous êtes ici ?"
Le banquier fronce les sourcils. Il semble réfléchir. Il se repasse les événements de la journée :
— "Cette folle (il désigne Kerry du nez) m'a arraché mes boutons... Cette autre a enlevé sa culotte et j'ai eu une grosse érection... (ça faisait longtemps !...) Et William... William est devenu mon avocat ! Mais pourquoi donc ?? Puis tu m'as mis à l'amende... mais pourquoi donc ? Ah ! parce que je t'ai mal parlé ! tu me fais souvent la blague... Ah oui ! j'ai rencontré celui qui a tué Martha ! un homme charmant... Mais... où sont mes clefs de la salle des coffres ?..."

Pour toute réponse, Beck est brutalement « réveillé » par trois puissants coups de maillet :
— "Mesdames et Messieurs, membres de la Cour, il est temps que je reprenne ce procès en main ! Je vous confie l'accusé à qui je suggère de retrouver la raison. Pendant ce temps, le jury va délibérer."
Là-dessus, le juge lève ses fesses (qu'on lui avait permis de poser sur le comptoir) et les mène dans la pièce où les deux jeunes filles étaient précédemment allées soulager leur fou rire. Six paires d'yeux attentives le suivent du regard. Beck lui demande, quelque peu interloqué :
— "Mais… tu fais quoi, Phiphi ?"
— "Ben ! je viens de le dire ! le jury part délibérer !"
— "Mais enfin, Phiphi," s'exclame son hypothétique ami, "t'es le jury, maintenant ?? Ça t'a pas suffi de voler le rôle de procureur ? J'ai déjà perdu mon avocat ! tu es la cour à toi tout seul ??! Tu comptes aussi être le bourreau ? Tu vas me pendre ? à moins que tu comptes m'écarteler avant ? ou me faire piétiner par un troupeau de bisons ?
Phineas se tourne vers le petit homme plus furieux qu'apeuré. Il s'approche de lui et, avec douceur, tente de le rasséréner :
— "N'aie pas peur, Wee-wee ! je ne peux pas tenir compte de notre amitié car je suis impartial mais je serai juste. N'aie pas peur."
Puis il s'éloigne dignement sans plus se retourner.

7. VERDICT

Voilà maintenant un bon moment que le « jury » Phineas Brocius est parti délibérer. Impossible pour lui de s'échapper. Pendant leur escapade-fou rire les filles ont verrouillé toutes les issues. De temps en temps elles regardent par le trou de la serrure pour vérifier si Phineas est toujours plongé dans ses profondes réflexions. Mais c'est qu'il prend son rôle très au sérieux ! Il tourne en rond comme un lion en cage tout en se parlant à lui-même. Il grommelle comme un tonneau qui roule. Son compte-rendu promet d'être intéressant…
Les filles ont voulu se faire belles pour donner au verdict du juge encore plus de solennité : elles ont toutes trois remis, sans se concerter, leur rousse perruque. Et repoudré leur nez, ainsi que deux trois autres affaires. Kealyn a même remis sa culotte bleue en dentelle pour ne pas donner à l'accusé matière à se déconcentrer. Pour le verdict, ce serait déplacé.

Boum… Boum…
On entend frapper à la porte. On se croirait devant le rideau de scène du *Théâtre Turner*. Phineas ouvre la porte à laquelle il vient de frapper – on pourrait pratiquement dire qu'il vient *de* frapper – sort, et se range sur le côté. Il clame :
— "Mesdames et Messieurs, la Cour !"
Phineas revient vers la porte qu'il vient d'ouvrir et, bombant le torse, refait demi-tour afin de s'avancer, majestueux, tel un gros coq, devant l'emplacement qui a auparavant supporté ses fesses. Il est revenu avec les documents qu'il avait emportés.
Devant le sérieux qu'il affiche, tout le monde n'a d'autre choix que de se lever. L'instant est grave. Phineas, qui a longtemps écouté (ce qui est assez miraculeux), ne va sûrement pas se contenter d'un lapidaire verdict d'innocence ou de culpabilité.

Il reste debout (peut-être, ses fesses ont-elles refusé de se retrouver écrasées plus longtemps).
Il pousse un profond soupir : cela promet d'être long.
— "Asseyez-vous !" rugit-il.
Personne ne pipe mot. On s'assied.
Le juge est content.
Il commence :
— "Nous avons mûrement réfléchi sur cette délicate affaire. Pardon... *j'ai* mûrement réfléchi sur cette délicate affaire qui est de loin la plus intéressante de ma riche et longue carrière. Une fois n'est pas coutume, nous n'allons pas... Pardon... une fois n'est pas coutume, *je* ne vais pas rendre le verdict tout de suite. Il me semble opportun de développer auparavant ce qui m'a amené à ce verdict. L'accusé, monsieur Weston Beck, qui est un ami de longue date, est accusé de bien des crimes. Je dirais même : *s'est* accusé *lui-même* de bien des crimes. Car, de toute ma palpitante vie de juge, je n'ai jamais eu un tel cas d'aveux aussi spontanés. Et aussi nombreux. Pas besoin de preuves, donc. Mais cette profonde amitié - qui n'influe en *rien* sur mon impartialité, je l'assure péremptoirement ! – cette immense amitié, donc, m'oblige moralement à justifier mes décisions.
J'ai, tout d'abord, deux remarques à faire à l'accusé.
Premièrement (il se tourne vers Weston), vous aimez voir du pays ! Deuxièmement, vous aimez la couleur !
Je m'explique.
« Voir du pays ». J'ai fait le compte : vous êtes né en Alabama, avez été « honnête » trafiquant de terrains en Caroline du Nord et au Tennessee, « honnête » trafiquant d'esclaves en Géorgie, « honnête » trafiquant de bétail au Texas puis au Kansas, et enfin, actuellement, vous êtes un « honnête » banquier du Wisconsin. Je n'en tire aucune conclusion, je remarque juste que vous avez – pour le dire familièrement - la bougeotte !

Deuxièmement, « l'amour de la couleur ». …Qui vous a conduit à dépouiller le Noir, le Blanc et le Rouge ! Il n'y a que le Jaune qui, jusque-là, n'a pas porté plainte contre vous (les Asiatiques seraient-ils plus malins que vous ?...). Mais ce n'est peut-être qu'une coïncidence, je garde espoir…

Je vais maintenant énumérer la liste de tous vos méfaits, enfin… ceux que vous avez eu l'humilité et la charité d'avouer devant cette cour. Mais permettez-moi d'abord de commencer par une série qui, certes, ne concerne pas directement notre affaire (il se tourne vers Huggy) - je rends ainsi caduque une éventuelle objection de la défense - mais qui mérite tout de même d'être citée."

Phineas s'éclaircit la gorge et énonce avec pompe :

— "Vous reconnaissez avoir fait du trafic de terrains au détriment des Blancs, du trafic de terrains au détriment des Rouges (vous portez ainsi une part de responsabilité dans l'expulsion et le génocide de nombre d'Indiens), expulsé des fermiers pour pouvoir poser vos rails, massacré des bergers et leurs troupeaux de moutons. Vous avez aussi commercialement exploité des terrains de bataille de la Guerre Civile en les aménageant en parcs de souvenirs lucratifs, et avez fait du trafic d'esclaves noirs (fait qui, malheureusement, tombe sous le coup de l'amnistie).

En ce qui concerne le bovin.

Vous reconnaissez avoir fait assassiner une famille entière parce qu'elle coupait vos clôtures illégales, avoir volé les mavericks de vos voisins et amis barons du bétail, avoir escroqué des étrangers en leur présentant des livres de compte falsifiés, avoir vendu deux fois son prix un même troupeau en le faisant passer pour un second troupeau, avoir maquillé les marques des bêtes pour vous les approprier et, enfin, vous être accaparé d'énormes surfaces de terre du domaine public.

Je peux aussi mentionner des *intentions* de méfaits, qui ne se jugent pas, j'en conviens, monsieur Huggy, mais qui sont dignes, aussi, d'être énoncées à cause de leur truculence, même si, bien sûr, cela

reste marginal : vous trouvez judicieux de marquer les êtres humains et de pendre une cloche au cou des Indiens.
Voilà. J'ai tiré tout ça de votre copieux témoignage, monsieur Beck. Je vais maintenant passer aux cas de nos trois plaignants. Ceux de mesdemoiselles Kaya et Kerry, que je vais considérer comme un seul, et celui de monsieur Odovacar Benmark dont j'ai bien noté la véritable identité : Nils Svensson."
Phineas se tourne vers l'Indienne :
— "Je me suis déjà longuement exprimé sur votre affaire, mademoiselle Kaya, fille de Tekoa, et j'en conclus qu'il est juste que vous soyez indemnisée. Vous voulez récupérer votre terre dans la Montagne des *Crêtes Bleues*. Et vous ne voulez plus vous cacher. Je vous ai donc préparé ce document (il présente une petite liasse de feuilles) qui atteste que vous êtes copropriétaire de la totalité des *Grands Monts Enfumés*. Cela n'a pas été difficile, j'ai juste changé le nom du propriétaire à un certain nombre de contrats existants (il regarde le banquier). Toutefois, afin de vous garantir la possession des lieux de façon pérenne, j'ai ajouté votre amie Kerry McKoy en tant que seconde copropriétaire. Avec la signature d'une Blanche en bas du contrat, vous n'aurez ainsi aucune expulsion à craindre. Vous pourrez vivre en paix avec votre peuple et votre chef Waban. Et mademoiselle McKoy peut être rassurée (il se tourne, avec un petit sourire, vers Kerry) : elle n'aura pas à cohabiter avec les bouquetins et les vautours…"
Phineas tend la liasse de documents au banquier :
— "Il ne reste plus qu'une petite signature. Enfin… trois. Il y a trois exemplaires …exceptionnellement, j'en garderai un."
Beck, déconfit et pâle comme la mort, brandit un poing tremblant au-dessus de sa tête. Il parvient à articuler :
— "…Ja…mais !"
— "Peut-être préférez-vous être pendu ? On a l'embarras du choix parmi une douzaine de chefs d'inculpation… Je ne vais pas vous dérouler à nouveau toute la liste ?…" Il ajoute, paternel : "Je vous

laisse vous calmer, Westy. Vous ne parviendriez pas à signer correctement, tellement vous êtes ému."
Weston, affalé sur sa petite chaise, est maintenant rentré dans une impressionnante phase de catatonie. Tout le monde l'observe et attend, retenant son souffle. Au bout d'un moment, il finit par sortir de sa léthargie et trouve l'énergie de répliquer :
— "Je referai faire ces documents ! Par un juge intègre !"
— "C'est impossible, Westy, et tu le sais bien. Et puis… tu serais sûrement contrarié que tes voisins barons du bétail, au Texas (qui, d'après ce que tu nous as dit, ne lésinent pas sur les méthodes), apprennent que tu les as roulés dans la farine…
Allez, Westy… la plume ou le chanvre, à toi de choisir."
— "Tu pendrais un ami ? là, froidement ?!"
— "À moins que tu préfères mettre ta gorge contre le fil d'un rasoir plutôt que dans un nœud coulant…" (Il glisse son regard en direction du sabre de Kerry toujours posé sur le comptoir.)
Mais Kaya a aussi son mot à dire. La voilà qui s'avance, souriante, tenant amoureusement son coutelas comme on tient un nouveau-né :
— "Sinon je te propose cette belle lame toute neuve. Mon village vient de me l'offrir et elle doit être baptisée…"
Beck lui répond, de nombreux rictus transformant son visage déjà laid en une masse informe :
— "Sale race de sauvages ! tu me rappelles ces *graisseux*, toujours plus prompts à jouer du couteau qu'à causer ! Ils avaient les mêmes cheveux noirs, longs et gras que votre minable engeance de vipères ! Votre peuplade de Peaux-Rouges me taxait déjà des fortunes au péage de la piste Shawnee quand mes troupeaux traversaient votre territoire de pouilleux ! Dix cents par tête de bétail pour traverser les Territoires Indiens ! c'est de l'extorsion ! et vos patrouilles de police cherokee qui faisaient les fiers quand…"
Kaya perd son sourire et s'avance, caressant sa lame.
Beck se tait.

Il signe.
Un silence s'installe, qui fige l'assemblée.

Puis Phineas s'assied au côté du petit banquier en lui posant affectueusement sa grosse pogne sur l'épaule, et lui explique :
— "Tu sais, si ça peut te consoler, je peux te dire que tu es parti à temps, d'Abilene. Ta ville a bien prospéré pendant quelques années mais ensuite ses habitants, vaches comprises, ont suivi le chemin de fer qui s'étendait à l'Ouest. Et puis les prix n'ont pas tardé à chuter avec l'engorgement du marché. Tu as bien fait de te convertir dans la Banque !"
Beck ne réagit pas.
Phineas lui glisse doucement à l'oreille :
— "Tu gardes ton or, ton argent et tes billets de banque, Wee-wee ! Tu peux t'estimer heureux, non ? J'avais été tenté de les donner à Nils et sa femme Svea, mais j'ai préféré les dédommager de la même façon que Kaya et Kerry : grâce à toi, ils ont maintenant un beau terrain avec un magnifique ranch, au Texas. Ils souhaitaient y retourner. Ils y ont de la famille. Il faudra juste ajouter trois autres petites signatures au bas de ces pages." (Il lui désigne les trois autres documents qui attendent sagement.)
Beck le regarde, les yeux vides :
— "Il faut que je te remercie de m'avoir permis de garder mon argent ?"
Phineas ne relève pas. Il ajoute :
— "Écoute, je vais faire un geste pour toi. Je vais télégraphier à mes homologues texans et kansasais pour leur dire qu'ils peuvent lever les charges contre toi ; je sais bien que tu n'es pas parti de là-bas de gaîté de cœur !..." Une petite tape sur l'épaule s'ensuit, qui fait vaciller le petit bonhomme.
Celui-ci maugrée entre ses dents :
— "Deux millions de dollars ! ce ranch vaut pas loin de deux millions de dollars et tu veux me consoler avec ces lingots miteux

qui traînent dans mes coffres ! Tu peux te les enfoncer là où je pense, mon vieux Phiphi ! Et trempe-les auparavant dans l'huile de baleine que tu trouveras dans la commode, ça passera mieux."
Phineas sourit tout en secouant la tête :
— "Puisque tu ne penses qu'à l'argent : ne te rappelles-tu pas qu'Odovacar Benmark t'a vendu 50 000 dollars son ranch qui en valait 912 000 ? - j'ai bien lu tous ses documents ! – il t'a vendu ses propriétés alors que tu venais de le mettre sur la paille et tu as profité de la situation pour le saigner encore plus à blanc… Tu sais, j'ai même pensé à te faire examiner par un psychiatre. Je n'ai jamais vu quelqu'un manquer de remords à ce point avec une innocence aussi parfaite. Je pourrais l'ordonner, tu sais. Tu me rends perplexe, Wee-wee. Tu es une énigme scientifique. Vois-tu, si je me décidais à te montrer à un médecin, ce ne serait pas pour toi mais pour faire avancer la science ! j'aurais l'impression de jeter l'argent du contribuable par les fenêtres si mon but était de te faire soigner. Tu me parais tellement irrécupérable !"
— "Phiphi…"
— "Oui ?"
— "Amène-moi mon thé…"

On avait laissé Weston finir son thé.
Il devait être tout froid mais Weston avait eu l'air de le savourer. Comme un petit vieux, qui écoute les grillons, assis sur le banc de sa véranda, un beau soir d'été. Ou comme le condamné, réconcilié avec son destin, qui attend paisiblement le bourreau.
Le silence était son ami.
Son seul ami.

Son avocat, le maire William Huggy, avait fini par observer son ami de longue date avec le même regard que les autres. Stupéfaction. Incompréhension. C'est vrai, il avait fini par baisser les bras, par lâcher l'affaire. Il se sentait tellement inutile, inefficace. Au début, il

y avait cru. Il avait même ressenti une certaine euphorie, celle du Chevalier qui se lance au secours de l'Opprimé. Mais il avait vite déchanté. Il n'avait pas la fibre de la défense. Avocat n'était pas sa vocation. Manque d'intelligence ? Toujours est-il qu'on ne lui avait pas donné le temps de se préparer, de connaître le « dossier » ! C'était une mascarade sous couvert d'une grotesque pompe ! Maintenant, ça le révoltait. Ça le révulsait. Il commençait à sentir la colère monter en lui. Était-ce ce « piment » qui lui avait manqué pour partir à l'attaque ? Ce nouveau moteur le poussa à s'entretenir avec son « client ». Il parla longuement à l'oreille de Weston. Essayant de le pousser à faire montre d'un comportement capable d'émouvoir ses juges. Quitte à jouer la comédie. N'était-il pas doué pour mentir ? N'avait-il pas passé sa vie à gruger ? Mais Weston n'avait rien répondu. Il semblait même que Weston n'entendait pas. Il s'était retiré dans son petit monde. Sa bulle à lui. Un monde ceint d'un rempart infranchissable. Que ce soit pour y rentrer ou en sortir.
Alors sa colère se dirige tout naturellement vers les coupables. Les vrais coupables. Ceux qui ont plongé son ami dans cet état de prostration inquiétante.
Huggy se lève. Il se tourne vers les accusateurs et les jauge de son regard le plus sombre. Il laisse encore un instant la colère bouillir à l'intérieur afin d'avoir l'énergie dont il a besoin pour exploser. Il veut être efficace, percutant. Il veut marquer ses ennemis. Les frapper de manière à ce qu'ils ne puissent plus se relever, ne puissent plus rien objecter. Il veut les laisser sans voix. Les écraser, les broyer.
Il ne trouve rien d'autre que des insultes. Ça lui fait du bien. Ça le soulage. Il cherche les pires insultes. Celles qu'il n'avait pas le droit de proférer et qui lui valaient les coups de son père. Il en a trouvé d'autres depuis et il les lâche toutes. Il les assène à la manière d'un gourdin. Dieu que ça fait du bien ! Sa fureur éclate. Toutes les fureurs qu'il n'avait jamais eu le droit d'exprimer. Le *courage* d'exprimer.

Mais ça ne suffit pas. Ça ne le comble pas. Il a même cette sale impression de se vider au lieu de se remplir de satisfaction. Il retrouve cette inefficacité qui lui apporte tant de honte et de frustration.
Alors il pense à la Bible.
La bible de Beck.
Il en a toujours une dans sa manche et, bizarrement, il ne s'en sert pas. Alors il se rue sur son ami toujours prostré, insensible à son entourage, et la lui arrache de son habit.
Il l'ouvre au livre des Juges.

    Et il tire.

Le deringer est petit mais mortel à bout portant. C'est un vieux modèle de gros calibre mais son petit format convient bien pour une bible creuse.
Le juge est touché à l'épaule, c'est heureusement sans gravité. Car Huggy a tiré de trop loin. Brocius, voyant que Huggy s'apprête à avancer le canon pour recharger le second coup, se jette sur « la défense ». L'arme ne possède pas de pontet. Il vaut donc mieux ne pas aller « chatouiller » la longue détente mexicaine sans protection. Mais le deringer, précisément de marque *Bulldog*, porte bien son nom : sa poignée courbe peut aussi servir de coup-de-poing américain. Comme il voit qu'il est pris de court pour recharger son dernier coup, Huggy, qui avait glissé ses petits doigts dans la poignée, donne de l'élan à son petit poing. Mais Brocius est presque deux fois plus grand et plus lourd que le petit maire.
La tasse de Beck est vide. Mais Weston sirote encore une imaginaire dernière goutte.
Pendant que les deux hommes de loi se battent sous le regard ahuri des filles et de Nils qui sont aussi surpris qu'impuissants. Ils se tiennent prudemment à l'écart.

Et puis le coup part.

« La défense » s'écroule, mortellement touchée.

Beck regarda longuement son ami qui, en quelque sorte, avait donné sa vie pour le défendre. Il ne pleura pas. Il demanda, avec un calme effrayant, que tout le monde sorte (ce qui était impossible, bien sûr). Son regard était vide. Mais ses gestes étaient contrôlés et précis. Il retira les bretelles de son ami mourant et se les fixa. Il avait retenu son pantalon depuis maintenant trop longtemps. Enfin libéré de cette entrave, il se leva, se saisit précautionneusement du katana, et le rendit à Kerry avec un salut respectueux. Il s'approcha des fenêtres et, comme pour n'importe quelle belle nouvelle journée, écarta les rideaux qui, il trouvait, obscurcissaient la pièce. Malgré la nuit noire. Il retourna la pancarte du côté « fermé » à « ouvert » et remit les chaises et le sofa à leurs places. Il rassembla en un gros tas la paperasse éparpillée et gratta une allumette qu'il lança dessus. Il regarda le feu prendre avec cette même fascination qu'il avait devant la cheminée paternelle. Ce qui restait des attestations et autres contrats disparut en fumée. Les derniers mots qu'il prononça furent :

— "S'il vous plaît, aidez-moi à l'installer."

Kerry et Kaya, qui le suivaient de près avec une prudence mêlée de stupeur, y consentirent. Et « la défense », déposée sur la petite table basse en bois réservée aux riches, brûla avec le reste ; William Huggy, le petit maire de la petite ville de Pony Town, le seul et unique ami de l'accusé, devenu avocat par hasard et par amitié, souffrant encore les dernières affres d'une agonie due à une rate éclatée et une incoercible hémorragie, commença, lui aussi, à rejoindre les cendres. Beck prit le maillet du juge et tapa un ultime coup sur le comptoir qui commençait, lui aussi, à brûler. La séance était close. Heureusement la banque était isolée du reste du village. Elle s'embrasa rapidement devant les habitants surpris et impuissants pendant que les trois filles et Nils passaient par la petite porte de derrière et emmenaient le juge Phineas Brocius chez Bao et Pampù.

Le capitaine Beck, lui, coulait avec le navire.

8. LE PAVILLON DE THÉ

— "Mon petit Báijiǔ rose, ne pourrais-tu pas détacher ton ami afin qu'il puisse boire son thé ?"
Da Lú, le père de Bao, avait tout bien préparé pour la Cérémonie du thé. Le pavillon de thé, qu'il avait jadis construit avec sa femme japonaise, Eiko, au beau milieu du jardin magnifiquement entretenu, était rempli de convives.
…pas tous ravis d'être là, puisque notre juge avait été invité.
Cui, qui avait tenu à décorer les lieux avec papa Da, passait d'un invité à l'autre avec la grâce aérienne d'une libellule. Quand elle ne se battait pas, Cui dansait. Et encore, même ses coups ou ses coupes au sabre évoquaient immanquablement la danse. Infatigable, la petite « geisha » nettoyait rituellement chaque bol à thé avec son carré de lin blanc avant de les poser devant les invités assis à la table ovale. Chaque bol (à part celui du juge) avait été fabriqué à la main dans une précieuse céramique japonaise par le potier, grand ami de Da, le plus prestigieux de Tokyo (le juge, lui, devait se contenter d'une des écuelles de Pampù). Cui avait soigneusement choisi la bonne profondeur de bol afin que le thé reste à la bonne température. Bien sûr Da, qui siégeait au bout de la table dans son grand fauteuil garni d'ouate et tapissé de soie, tenait en ses mains le récipient le plus ancien et le plus précieux : un bol entièrement recouvert d'une épaisse couche d'or qui avait été offert à l'un de ses aïeux alors que l'actuelle Tokyo venait à peine de se nommer Edo.
Pendant que la gracieuse japonaise s'affairait, Kerry (la « Mei » de Bao) ouvrait le couvercle en ivoire de la haute et étroite boite à thé en bois laqué, et en retirait, à l'aide de la petite spatule en bambou, la quantité adéquate de poudre selon que l'invité souhaitait son thé fort ou léger. Elle avait retiré la bouilloire du réchaud à charbon et versait délicatement l'eau chaude dans chaque bol avec la concentration d'une vraie japonaise. Elle prenait ensuite le fouet à

thé en bambou et battait la pâte, lentement afin d'éviter toute mousse.

Les invités, pendant ce temps, admiraient, comme il se doit, dans un silence relatif, les fleurs et les arbres plantés avec amour pour le ravissement de tout bon philosophe. Tout était beau sans que rien ne surcharge. La simplicité secondait la beauté. Pour l'instant, plongés dans la contemplation, on n'échangeait que les mots indispensables au service du thé.

Quand Kerry, la maîtresse de thé, eut terminé, elle prit la parole :

— "Mes amis ! J'ai demandé à papa Da d'avoir la bonté de nous recevoir avec notre invité d'honneur. J'ai nommé, Phineas Brocius, le très indésirable juge de notre belle ville de Pony Town. Je lui avais promis une petite surprise et, pour cela, j'ai tout naturellement pensé à ce cadre grandiose.

Non, Bao, attends un peu, je te prie, avant de lui enlever son bâillon. Je vais lui expliquer la raison de sa présence, puis nous attendrons qu'il se calme, alors, et seulement alors, nous tenterons de lui rendre l'usage de sa langue. S'il est d'accord pour l'utiliser sagement. Sinon, peut-être serons-nous dans l'obligation de la lui ôter. Nous verrons.

J'en profite pour remercier notre hôte, papa Da, pour son accueil, ainsi que son inestimable fils, notre bon Bao à tous, qui n'était absolument pas chaud pour que « se reproduise l'incident de la banque ». Ce à quoi je lui ai répondu que le procès dans la banque s'est déroulé dans les conditions idéales de respect de la loi et des individus. Notre juge, ici présent et impatient de s'exprimer, pourra en témoigner si cela lui chante dès qu'on lui en laissera l'occasion.

Nous nous sommes recueillis un instant précieux afin de nous imprégner de la puissante harmonie qui règne en ces lieux amoureusement entretenus par la petite famille Lú. Et, bien sûr, par notre très chère amie Cui, qui n'en est jamais très souvent séparée. Maintenant que tout le monde s'est purifié à l'eau de la fontaine (tout le monde, excepté notre invité de marque qui ne peut bien

évidemment la souiller) et en a religieusement écouté l'écoulement poétique mêlé aux gazouillis des oiseaux, maintenant que tout le monde a atteint la sérénité et cette tranquillité absolue tant désirée, nous pouvons enfin commencer.
Accusé, levez-vous !"
Kerry s'était tournée vers le juge mais celui-ci n'avait pas réagi.
— "Pardon !" reprit Kerry, "je m'emballe ; je ne vous ai toujours pas éclairé sur la raison de sa présence.
Phineas, vous êtes accusé du meurtre de mon père. Vous allez nous aider à faire la lumière sur cette affaire. Je vous informe avec franchise que j'en sais déjà beaucoup là-dessus et, par conséquent, vous suggère d'être extrêmement prudent quant aux réponses que vous nous fournirez. Par contre, gardez à l'esprit que vous ne parlerez que lorsque je vous l'autoriserai, cela évitera des désagréments pour tout le monde.
Par ailleurs, je vous prie de m'excuser, je suis en panne de marteau ; ce dernier a malencontreusement brûlé lors du dernier procès.
Le juge, maintenant, c'est moi. L'accusé, maintenant, c'est vous, Phineas. Je vais vous juger avec impartialité, tout comme vous venez de le faire avec feu notre banquier (sans jeu de mot, bien sûr). Vous avez été juste, je tâcherai de faire de même."
Kerry se tourna vers son amie Indienne :
— "Kaya, ma toute belle, si tu veux prendre la suite…"
Kaya touilla une dernière fois son thé, sirota une première gorgée puis, tout en restant confortablement assise, le bras nonchalamment allongé sur le dossier de la chaise de sa voisine Kealyn, elle commença :
— "James McKoy a été froidement assassiné dans la Grand'Rue de Pony Town sous les yeux de sa fille Kerry, ma Wino. Il venait d'être nommé marshal de l'État et voulait fêter sa promotion chez Contoit. Il avait même un cadeau pour sa Petite fleur. Mais je te passe les détails superflus et je t'avoue que je n'ai pas l'intention de faire durer ce procès aussi longtemps que celui de ta banque. Wino

allait avoir à peine quatorze ans …et ce n'est pas un âge pour perdre son père. Si tu ne l'as pas tué de tes propres mains, nous savons que tu faisais partie du complot. Si tu ne veux pas que les choses se gâtent pour toi, avoue et donne-nous les noms de tes complices."
Kealyn retira le chiffon qui obstruait la bouche du juge et celui-ci, qui n'avait cessé de gigoter comme une truite dans son seau pendant le discours de l'Indienne, à peine libéré, se mit à vociférer :
— "Qu'est-ce qui te prend, Kerry McKoy ? Pourquoi me retiens-tu prisonnier alors que je viens de t'obtenir à l'instant tous les dédommagements dont tu rêvais ? Je n'ai rien à voir avec cette prétendue conspiration ! Je te rappelle que je viens de te sauver la vie en désarmant un dangereux dément ! Détache-moi et soigne ma blessure ! Tu ne vois pas que je suis en train de me vider de mon sang ? Je vais te traîner en justice pour cruauté et barbarie !"
C'est alors que Pampù, déjà intrigué par les filets de sang qui coulaient de l'épaule de Phineas, fut très perturbé par le bruit verbal soudain qui venait troubler ces lieux pourtant d'ordinaire si calmes. Il reniflait de loin cette bizarre odeur qui provenait visiblement du liquide rouge, et s'était jusque-là tenu à distance respectueuse par obéissance envers son maître chinois.
Mais là, il s'approcha.
Personne ne le remarqua.
Sauf quand Phineas sentit son souffle chaud contre son cou.
Le juge se retourna et hurla de terreur, renversant sa chaise et ce qu'il y avait dessus, les mains toujours liées.

Pendant la mastication, on entendit Da maugréer :
— "Je vous avais dit de le détacher ! Ce n'est pas humain de laisser un homme les mains liées regarder les autres boire leur thé !"
Ce à quoi lui répondit Kaya :
— "Même s'il avait eu l'usage de ses bras, je ne sais pas s'il aurait eu le dessus sur Pampù !"
— "Effectivement," renchérit Da Lú, "avec des mâchoires aussi puissantes, lorsqu'il commence à serrer, rien ne peut le faire lâcher ! C'est un vrai bouledogue !"
Kerry ajouta :
— "On n'a pas réalisé qu'il envahissait le territoire de Pampù… Il faudra y penser la prochaine fois…"
— "« La prochaine fois » ??… Tu comptes nous amener tout le Palais de justice ?" s'enquit Da, malgré tout, légèrement surpris.
— "Pourquoi pas ?!" renchérit Bao qui n'avait encore rien dit. "On pourrait inviter toute la Cour dans le pavillon de thé et, après quelques échanges polis et amicaux, les manger tous avec des baguettes ! En tous cas, tu peux être contente, Kaya ! au moins, ce panda a exaucé ton vœu : ce procès ne s'est pas éternisé !"
Et il sortit du pavillon de thé en claquant le petit portail, le visage fermé et le regard furibond.
Kerry lui courut aussitôt après :
— "Baobab ! attends ! ne sois pas fâché ! *Rester en colère, c'est comme prendre un charbon ardent pour le jeter sur autrui…*"
Il la fusilla du regard.
Elle continua sa citation mais en baissant le ton :
— "*…c'est toi qui te brûles…*"
— "Ne mêle pas Bouddha à cette boucherie ! Il a raison, vous n'êtes que des barbares ! Vous auriez pu intervenir ! Certes, cet homme a commandité la mort de ton père, certes, il t'a condamnée à vivre des jours sombres chez ces « braves gens » de Pony Town alors que tu n'étais qu'une enfant, mais tout ceci ne justifie pas cette sauvagerie !"

Et, fait complètement inattendu, Bao pleura.
Kerry lui posa affectueusement sa main sur l'épaule et lui caressa la joue de l'autre :
— "Attends, Baobab, je t'assure que je ne voulais pas sa mort. J'étais même prête à lui pardonner. Comme Dad me l'a demandé. Bao… j'étais persuadée que Pampù jouait ! Je t'assure ! il n'a jamais attaqué personne ! Je l'ai toujours vu placide et bonasse. Rappelle-toi comme il était affectueux avec Angie ! Tu sais… il n'avait jusque-là jamais senti de sang humain… Je pense que son instinct de « chat-ours » a quitté le gros « chat » pour emprunter celui de « l'ours »…"
Elle marqua une pause puis continua avec douceur :
— "De toute façon, dès la première morsure c'était trop tard. J'ai tout de suite vu qu'il lui avait sectionné la fémorale du premier coup de mâchoire."
Bao commença à se calmer. « Mei » reprit :
— "Tu aurais préféré que je tue Pampù ? Que je lui enfonce ma lame dans le cœur ?"
Il ne répondit pas.
Cui s'approcha à son tour. Sans un regard pour Kerry, elle prit Bao par les épaules et l'emmena sous l'ombre du gros orme centenaire.
Da avait commencé à arroser ses roses.
Pendant que Nils et Kealyn enterraient le pauvre juge.

Grâce à la « Loi », le panda avait compris qu'au lieu de désespérément chercher à se nourrir d'un bambou que de toute façon il ne digère pas et dont l'interminable quête lui gaspille tout son précieux temps, la viande pouvait être un régime de substitution tout à fait acceptable …et qui lui permettrait de faire des siestes bien plus longues !

9. MILWAUKEE

— "C'est le tout dernier modèle de chez Colt ! Il vient juste de sortir ! Tient dans la poche. Calibre .22. Pour pourrez surprendre votre adversaire, il peut tirer jusqu'à sept coups, mademoiselle !"
— "Monsieur Allen, voyons ! ma fille n'a que onze ans ! Grands dieux, elle n'a pas d'adversaires ! du moins je l'espère ! N'est-ce pas, Tracy chérie ?"
Kerry et Kaya avaient décidé de faire un détour par la *Grande Armurerie du Centre* pour prendre au passage quelques munitions qui leur faisaient grandement défaut. L'Indienne avait tenu à accompagner son amie Winona à Milwaukee pour la seconder dans ses démarches administratives avant qu'elles ne prennent ensemble la route pour les *Alleghanys*. En effet, Kerry souhaitait vendre la maison familiale maintenant qu'elle l'avait libérée pour toujours de Terence et Burt Cowan.
Et voilà qu'elle apprenait que Arthur, ce cher Arthur, l'ami de son père, qu'elle avait toujours appelé ainsi, possédait (comme tout le monde !) un nom de famille …et ce nom, Dieu sait si elle était loin de s'y attendre, était « Allen » ! Le nom du meurtrier de son père, de celui qui avait pressé la détente !
Elle se demanda si cet Allen-là, celui qui se trouvait à ce moment précis en face d'elle dans ce magasin d'armes, était bien l'exécuteur de son père.
Elle sentit qu'elle ne tarderait pas à être fixée.
— "Détrompez-vous, monsieur Owenby ! J'ai connu des enfants de son âge qui se défendaient avec brio avec une arme à feu !"
— "Pour l'instant, ma fille ne souhaite que s'exercer au tir. Elle est passionnée de tir aux pigeons et son but est de participer à des concours prestigieux ! Depuis qu'elle a vu mademoiselle Annie Oakley - une tireuse hors-pair, n'est-ce pas ? – au spectacle « l'Ouest

Sauvage » de monsieur Buffalo Bill, elle ne parle que de ça ! C'est une vraie obsession ! N'est-ce pas, Tracy chérie ?"

La « Tracy chérie » se hissa sur la pointe de ses chaussures rose bonbon à talons carrés et à lacets, et souffla quelques mots à l'oreille de son père qui hocha la tête avant de se tourner vers Arthur :

— "Ma fille souhaiterait essayer ce *Colt de poche*. Serait-il possible de tirer quelques balles ?"

— "Mais bien sûr, monsieur Owenby ! Nous avons un petit stand de tir juste derrière la boutique. Si vous voulez vous donner la peine…"

Et Arthur, suivi de ses clients roses et bleus, se dirigea vers la petite ruelle que connaissait bien Kerry. Cette même ruelle étroite et poussiéreuse où elle avait essayé, elle aussi, exactement au même âge que cette « Tracy chérie », son premier *Colt* et son premier *Smith & Wesson*. Elle s'en rappelait « comme si c'était hier ». Mais ses souvenirs lui provoquèrent un long frisson dans le dos.

Souvenirs que Arthur, qui revenait, se mit à évoquer :

— "Ils sont charmants, n'est-ce pas ? Cette petite m'en rappelle une autre qui devait avoir le même âge. Mais un tout autre caractère ! C'était il y a presque vingt ans, déjà… Et elle, elle devait sûrement avoir des « adversaires », je peux vous l'assurer !" Il marqua une petite pause : "Je ne sais pas si je peux vous le dire…" il se pencha vers Kaya et Kerry et chuchota : "Vous savez quoi ? Eh bien cette petite que j'ai connue jadis, j'ai jamais vu meilleure tireuse ! Mademoiselle Oakley, à côté, c'est du pipi de chat ! du-pi-pi-de-chat !" articula-t-il, "Je peux…!"

— "…nous l'assurer !" le coupa Kaya avec un sourire complice.

Se trouvant en confiance, Arthur poursuivit :

— "Elle dégainait plus vite que le vent ! je n'ai jamais vu ça ! Quant à tirer juste… On aurait dit que pour elle la distance ne comptait pas ! Elle tirait comme elle respirait, c'était incroyable ! Elle n'avait pas besoin de viser, c'était inné chez elle ! (Son père, d'ailleurs, était déjà excellent tireur…) Elle tirait à la hanche plus précisément que lorsque vous et moi avons visé pendant une heure !"

— "Avec *cette* précision ?" demanda Kaya qui tira par la fenêtre ouverte avec la rapidité de l'éclair, fracassant à cent pas une bouteille de bière qui jonchait le sol.

— "Je vois que je suis en compagnie de connaisseuses !" fit Arthur avec une moue d'approbation. Et il dévisagea les deux jeunes filles qu'il trouva par ailleurs ravissantes. Il n'éprouvait pas encore le désir de faire affaire. Visiblement, il préférait largement discuter ; la « Tracy chérie » l'avait mis en verve. Il se rapprocha encore, tout en les invitant par de petits signes furtifs à faire de même. Elles s'avancèrent donc et tendirent complaisamment l'oreille :

— "Cette petite ressemble à un ange …mais c'est un démon !" murmura-t-il. Puis il se tut, vérifiant si son annonce avait provoqué l'effet escompté. Il avait parlé d'elle au présent comme s'il parlait effectivement d'un immortel démon.

Kaya, qui s'amusait beaucoup, s'empressa de le satisfaire en se montrant fort impressionnée :

— "Vraiment ?! Qu'est-ce qui vous fait dire ça ?!"

— "Mon frère !"

— "Votre frère ?"

— "Oui ! je l'ai retrouvé mort après *son* passage dans ma boutique. D'une balle dans le ventre…"

— "Vous voulez dire… *Elle* a tué votre frère ?! Une petite fille de onze ans ?! Vous en êtes sûr ??!"

— "J'en parierais ma boutique ! Vous voyez, cette rue où mademoiselle Tracy Owenby s'exerce en ce moment au tir ? Eh bien c'est là que je l'ai retrouvé. Il était à moitié mangé par les porcs que la ville laisse errer pour nettoyer les détritus ! Vous rendez-vous compte ? mon frère, une ordure ?"

Kerry, qui n'était pas encore intervenue, rétorqua, un sourire en coin :

— "Peut-être était-ce le cas ?"

— "Qu'insinuez-vous, mademoiselle ? que mon frère était un salopard ? je ne vous permets pas de lui manquer de respect !"
— "Ne vous offensez pas, monsieur Allen ! Je tente de comprendre pour quelle raison une petite fille de onze ans tuerait un homme…"
Le grand gaillard se rasséréna. Et haussa les épaules en grommelant :
— "Mon frère, le repas des cochons !… Je l'ai retrouvé plié en deux, se tenant le ventre, et le pantalon descendu jusqu'aux chevilles ! vous rendez-vous compte ? Dieu sait ce qu'elle lui a fait ! C'est une perverse, un démon, je vous dis !"
— "Excusez-moi !" reprit Kerry, "et « Dieu sait » si je respecte votre deuil mais… il semblerait plus logique que ce fut le contraire ! Vous imaginez ?! une petite fille, baisser le pantalon d'un homme adulte ?! Allons, monsieur Allen ! retrouvez la raison !"
— "Soit, abandonnons la perversité. Mais je vous certifie que c'est elle ; c'était le lendemain de son passage à la boutique que j'ai retrouvé mon frère, et le doc a dit que George-Hubert était mort depuis vingt-quatre heures. J'ai fait ma petite enquête, vous savez, car, comme par hasard, le marshal McKoy, qui était son père, avait l'air de s'en foutre comme de son premier galurin ! Il était en charge de l'enquête mais n'a pas montré un bien grand zèle ! Je peux vous dire que, celui-là, quand il est allé bouffer la racine des pissenlits, je ne suis pas allé les arroser ! ou plutôt en pissant dessus !" Et il s'esclaffa.
Kerry se contint. On en viendrait à la mort de son père plus tard… Elle continua à jouer le jeu :
— "« Le marshal McKoy » ??!… Vous croyez que… ? non ! vous croyez vraiment que c'est sa fille, la petite Kerry, qui a fait le coup ??!"
— "Je vous l'ai dit ! j'ai fait ma petite enquête ! Ça s'est passé le jour du *Grand-Marché* annuel. Comme la plupart habitent loin et ne viennent que ce jour-là, j'ai patiemment attendu le *Grand-Marché* de l'année suivante et lorsque j'ai interrogé un petit vendeur de

whisky qui proposait d'ailleurs de la bibine infecte, lui, il a tout de suite éclairé ma lanterne !"
— "Ah bon ? Votre frère lui en avait acheté ?"
— "De quoi ? des lanternes ?"
— "Non !… du… whisky !"
— "Très certainement ! le sol était jonché d'éclats de bouteilles de son whisky ! On pouvait parfaitement reconnaître les étiquettes !"
— "Et vous pensez que la petite lui a, elle aussi, acheté du whisky ?! Qu'elle a éclusé ses bouteilles, qu'elle a ensuite joué au tir aux pigeons avec, et puis qu'elle a baissé le froc de votre frère avant de lui tirer dessus ?!! Allons ! soyons raisonnable ! Et puis, que faisait votre frère dans cette ruelle déserte ? Ce n'était pas précisément l'endroit pour acheter de l'alcool alors qu'il y avait le marché à côté ?!"
Il grogna.
— "En tous cas, c'est pas ce vendeur. Tout le monde sait qu'il ne porte jamais d'armes. Mais il a vu ce qui s'est passé ! Il m'a dit que la petite les a braqués, lui et mon frère, avec ses deux revolvers ! et que…"
Kerry le coupa, goguenarde :
— "Et avec quelle main elle lui a baissé son froc si elles étaient toutes les deux prises ?"
Arthur se recula soudainement en se redressant, inspira un grand coup en tranchant vigoureusement l'air de ses deux mains, et conclut abruptement la discussion :
— "Bon, je ne vous ennuie plus avec mes histoires de famille ! De toute façon, vous ne me ferez pas changer d'avis."
Il arbora alors son plus grand sourire commercial :
— "Pendant que la petite demoiselle batifole avec son joujou, dites-moi, mesdemoiselles… en quoi puis-je vous être utile ?"
Kerry vrilla son regard dans les yeux de Arthur Allen et, tout en posant sur le comptoir les deux armes de ses onze ans - le premier

modèle de *Smith & Wesson* patiné de bleu, et le *Colt Root* recouvert de jaspe - elle demanda, en insistant bien sur le nombre :
— "*Dix* boites de munitions. Pour chacun de mes bébés."

Mais ils furent dérangés par l'arrivée des deux clients roses et bleus.
— "Ma fille *adoore* votre *Colt de poche*, monsieur Allen ! Elle est *en-chan-tée* ! N'est-ce pas Tracy chérie ?"
— "Oh oui, monsieur Allen ! Je suis arrivée à tuer trois pigeons qui roucoulaient sur un rebord de fenêtre ! Je suis très heureuse !"
Pendant que le père et la fille s'approchaient de « monsieur Allen », celui-ci fixait Kerry. Il était pétrifié comme la statue du soldat inconnu à l'entrée du cimetière de Milwaukee. La même bouche grande ouverte, le même regard perdu dans le vague. Et les bras arrêtés en plein élan, fixés dans leur position comme par une balle ennemie.
— "Monsieur Allen ? Vous sentez-vous bien ?" lui demanda papa tout habillé de bleu roi.
— "Monsieur Allen ? Vous sentez-vous bien ?" répéta en écho Tracy chérie toute parée de rose bonbon.
— "Je crois que monsieur Allen a avalé un bourdon." leur répondit très sérieusement Kerry. "Je serais vous, je rentrerais le plus vite possible avant que ce fléau ne vienne s'abattre sur vous aussi ! Nous avons été alertées très tôt ce matin, par un télégramme de monsieur Allen, de *mouvements de bourdons* ! Et nous nous sommes aussitôt mises en route pour remédier de toute urgence à cette calamité !"
— "Vous êtes là pour cela ??" s'enquit papa.
— "« Des mouvements de bourdons » ??" reprit, avec le même ton anxieux que papa, le bonbon rose.
— "Oui. Partez vite. Car ils attaquent en bande organisée. Et, dans ce cas de figure, ils sont extrêmement dangereux. Vous pouvez prendre le *Colt de poche*. Vous viendrez payer plus tard. Tenez. Prenez ces munitions." Et Kerry se servit dans un des tiroirs qui

n'avaient, depuis ses onze ans, aucun secret pour elle. Le tiroir le plus bas.
— "Mais ! et vous ?! comment allez-vous faire ?!" s'inquiéta la petite en s'étranglant de frayeur.
— "C'est gentil de te faire du souci pour nous, Tracy chérie, mais nous sommes des professionnelles. Nous ne tirons pas sur des pigeons sur-nourris tranquillement posés sur des rebords de fenêtres à quatre mètres de hauteur, nous tirons sur des bourdons. Parfois des frelons. Parfois des guêpes. C'est notre métier. Nous avons eu plus de mal à réussir nos missions, aux débuts de nos carrières, dans le cas des guêpes, car elles sont plus petites. Mais nous avons fini par y arriver. N'est-ce pas Kaya chérie ? Va, mon petit sucre ! va t'entraîner au tir aux pigeons ! et préviens-moi lorsque tu passeras un concours, je tiens à y assister. Tu es très prometteuse, tu sais !"
— "Merci madame. Vous êtes très gentille. Quel est votre nom ?"
Kerry regarda Arthur :
— "Je m'appelle Winona Ketsy.
…mais certains m'appellent…
Kerry.
…Kerry McKoy."

Les clients partirent. Sans avoir rien pu tirer de la « bouche ouverte ».

Kerry fit comme à la banque : elle fit pivoter la pancarte du côté « ouvert » à « fermé » puis s'approcha de Arthur, toujours figé. Elle profita de son état de pétrification pour lui retirer son ceinturon qui portait un revolver, et le passa autour de sa taille.
— "« Monsieur Allen »…
Je ne connaissais que ton prénom, Arthie…
Tu sais, c'était ton frère, le démon. Querelleur. Colérique. Violent. Si ça peut te consoler, il ne m'a pas laissé le choix : c'est lui qui a tiré en premier. Tu ne t'es jamais demandé pourquoi une petite fille

aurait tué un homme comme lui ? Sans parler du fait qu'il avait l'air de bien taquiner la bouteille… Ce petit marchand, que tu as interrogé, était très poli avec lui, et George-Hubert lui faisait des misères. Mon âme de justicière qui est née ce jour-là grâce à lui (je ne sais pas non plus si cela peut te consoler) n'a pas pu résister à l'envie d'y remédier."

— "Démon…" parvint à articuler Arthur.

— "Je n'avais pas le choix, Arthie… je ne l'ai pas tué de sang-froid. C'était mon premier cadavre. Il m'a ouvert la voie."

— "Démon…"

— "Tu n'as rien de plus pertinent à dire ?"

— "J'ai toujours su que c'était toi, petite vermine. J'ai différé ma vengeance à cause de ton père. Un sacré tireur. Mais un beau jour - un *magnifique* jour ! - Brocius vient me voir et me propose cinquante mille dollars pour que je lui fasse avaler son bulletin de naissance. Pour cette somme, même ta mère n'aurait pas refusé !" Et il se mit à ricaner.

Kerry, qui n'était pas d'humeur à « pardonner », lui envoya un puissant coup de genou dans l'entrejambe tout en lui crachant :

— "Si tu parles encore de ma mère, je te promets de ne pas t'achever …je te regarderai tranquillement et longuement agoniser."

Arthur se plia en deux, tout comme son frère George-Hubert dix-huit ans auparavant, même si ce n'était pas pour les mêmes raisons. Entre deux ahanements, il trouva quand même le moyen d'ajouter :

— "Ta pute de mère ? j'ai connu son assassin ! Un brave type, ce Cahal. Un grand ami à moi ! Paix à son âme. Cahal portait bien son surnom de *Détraqué* ! mais j'ai un petit faible pour les Irlandais ; il ne se passe pas cinq minutes sans qu'ils ne déclenchent une bagarre et, je dois dire, on s'amuse bien, avec eux."

Kerry se retient. De toute façon il est à sa merci et elle fera de lui ce qu'elle voudra. Elle s'accroupit, pour bien le voir de face, et lui demande :

— "James McKoy n'était-il pas ton ami ?"

— "Les pères des assassins de ma famille ne sont *pas* mes amis. J'aurais fait n'importe quoi pour t'atteindre, sale garce. L'élimination de James n'était qu'une partie des réjouissances : Brocius te condamnait à servir les plus « charitables » de Pony Town et, après la disparition de ton père, Cowan prenait ta maison : tu étais à ma merci ! Comment aurais-je refusé ? J'aurais payé pour ça ! Tout seul... c'était risqué, mais avec le juge, les Wallis et les Cowan... c'était un jeu d'enfant !"
Il a débité ça, ses mains couvrant son entrejambe, presque à mi-voix, et brusquement il se met à hurler :
— "ET SOUDAIN, IL A FALLU QUE TU DISPARAISSES COMME UNE SALE FOUINE !!! OÙ ÉTAIS-TU PASSÉE ?!!"
Mais il reprend doucement, comme se parlant à lui-même :
— "Alors je me repassais ce moment où je te voyais pleurnicher sur le cadavre de ton père : « *Dadounet ! dadounet ! ne pars pas ! reste avec moi ! bouh ! bouh !* » et puis je repensais à ce qu'il m'avait confié sur l'agonie de ta mère, morte dignement..." il se remet à hurler :
"...UN *DRAGON* DE CAVALERIE ROUILLÉ ENFONCÉ DANS LE CUL !!!
Tu vois ? J'en sais plus que tu croyais ! Ton connard de père s'était confié à moi en me décrivant en détail la petite fête que mon ami Cahal avait donnée en l'honneur de ta génitrice.
À propos, tu as la mémoire courte, « très chère » ...c'était *lui* ton premier cadavre !"
Elle lui répond :
— "Tu m'en vois ravie ! Et j'ai été heureuse d'apprendre que cette ordure dont j'ai débarrassé l'humanité était ton ami." Puis elle approche tout doucement les lèvres de son oreille et lui murmure : "Je t'avais prévenu, pour ma mère. Je n'ai qu'une parole..."
Là-dessus, elle se lève et se dirige vers l'arrière de la boutique. L'Indienne saisit sans ménagement l'homme par le bras tout en lui enfonçant la pointe de son *Bowie* dans les côtes et lui emboîte le pas.

Une fois arrivée dans la ruelle du stand de tir, Kerry se retourne et, toisant son ennemi :
— "Ton cher frère n'a pas hésité à dégainer pour abattre une petite fille de onze ans... Vous êtes bien tous les deux de la même engeance !"
Il soutient son regard :
— "Tu t'es défendue et il est mort ? Je comprends. Ce n'est pas ce qui me gêne le plus. Mais tu n'étais pas obligée de le laisser pourrir au milieu des immondices ! Tu aurais pu empêcher qu'il finisse en décomposition comme une bête bouffée par les charognards ! Il n'avait même pas son chapeau sur la tête ! On a retrouvé son haut-de-forme ficelé sur le groin d'un porc après lequel les gamins couraient en hurlant de rire ! Toute la ville s'est foutue de moi ! j'ai failli partir ! J'ai failli abandonner mon affaire ! Sale garce, je ne te le pardonnerai jamais."
— " « Jamais »...? Allons, Arthie, tu dis « jamais » comme s'il te restait une éternité ? Ta fin approche ! tu n'en as plus pour longtemps ! As-tu réfléchi... à la suite ?"
Il la regarde avec des yeux bovins :
— " « La suite » ?..."
— "Mais ! Arthie ! réalise !! on va passer un bon moment ensemble, mais après, c'est fini ! Tu vas quitter cette Terre ! ici ! dans cette ruelle miteuse ! et après... tu passes de l'Autre Côté ! Pas... d'émotions spéciales ?"
— "Quelles émotions veux-tu que j'aie ?"
Kerry soupire :
— "T'étais plus bavard, tout à l'heure ! Allons, fais un effort, Arthie ! t'aurais pas quelque chose de plus philosophique à laisser à la postérité ?"
— "J'aimerais me retrouver en Enfer pour pouvoir te haïr toute l'éternité. Mais s'il n'y a rien, je n'aurai pas cette chance."
— "Bien ! Arthur ! Tu vois, quand tu veux !? Mais... qu'est-ce que tu appelles « rien » ? On ne peut pas se retrouver dans « rien » !"

— "Et pourquoi pas ?..."
— "Allons ! réfléchis, Arthur ! Essaye d'imaginer le Néant. Plus rien. Même *toi*, tu n'es plus rien. C'est impossible Arthie ! c'est impossible !"
— "C'est le *principe* de l'âme, mon ami." lui souffle Kaya qui s'est approchée. "Elle ne peut *s'anéantir*. Elle est éternelle. Même des sauvages comme nous, le savent."
— "T'as retrouvé ta langue, toi ?"
Tranquille, l'Indienne lui répond :
— "Fais la paix avec ton dieu, si tu en as un, mon ami. C'est le moment."
Là-dessus, Kerry lui jette la pelle qui se trouve toujours, dix-huit ans après, à la même place contre le mur, et lui ordonne :
— "Creuse !"
Arthur lève des yeux lourds et lui demande, las :
— "Que comptes-tu faire ? tu veux m'enterrer ici, dans cette ruelle ? Mon frère ne t'a pas suffi ?"
— "Dramatise pas ! je veux que tu t'enterres jusqu'à la taille. Ça suffira pour l'instant. Et arrête de te plaindre ; ici, la terre est meuble."
Puis Kerry s'assied et attend.
Arthur se met à creuser.
L'Indienne le regarde, impassible.
Quand le trou est assez profond, il s'essuie le front et souffle un moment.
Puis il se tourne vers les deux filles, en attente de la suite.
Kerry lui lâche, alors, laconique :
— "Ôte ton froc."
— "Quoi ? Qu'est-ce que tu vas me faire ? La même chose qu'à George-Hubert ? Pourquoi l'ai-je retrouvé le pantalon descendu jusqu'aux chevilles ? Que lui as-tu fait ?"
— "Décidément ! Quand t'as quelque chose dans le crâne tu l'as pas ailleurs ! J'ai juste essayé mes nouveaux revolvers, sur ton frère !

C'est pour ça qu'il n'avait plus ni chapeau ni pantalon ! Allez, enlève-moi ça !"
— "Jamais !"
— "Allons, Arthie ! te fais pas de bile pour rien ; t'enlèves *juste* ton pantalon…"
Comme la pointe du *Bowie* de l'Indienne se faisait plus insistante, Arthur se décida et dévoila… un magnifique caleçon de flanelle à pois rouges… Kerry partagea un sourire avec son amie :
— "Cul et chemise avec le maire et le banquier, à ce que je vois !…"
Le vendeur d'armes les regarda à nouveau avec ses expressifs yeux bovins :
— "« Le maire et le banquier » ??… qu'est-ce qu'ils viennent faire là ?"
— "Ce n'est rien, Arthie," le rassura Kerry sans cesser de sourire, "ça nous arrive aussi, à Kaya et à moi, d'acheter les mêmes sous-vêtements…"
Arthur haussa les épaules. Et sauta dans le trou.
— "On fait quoi maintenant ? Vous allez chercher le photographe ?"
Là-dessus, le cochon attendu par Kerry arriva.
— "Tu lui as donné rendez-vous ?!" fit l'Indienne, ahurie, à son amie.
Celle-ci leva les yeux au ciel :
— "C'est le seul que j'aie trouvé qui sache lire l'heure…"
Puis d'un signe de tête, elle lui désigna son lasso. L'Indienne lança alors la corde autour du cou de la bête qui, surprise, se mit à tirer de toutes ses forces pour se dégager du nœud coulant. Malgré la puissance impressionnante de l'animal, Kaya, rompue aux captures de taureaux et autres bisons autrement plus coriaces, le traîna vers l'armurier. Inquiet, celui-ci fixait le porc. Il demanda :
— "Que comptes-tu faire avec ce truc ?"
— "Un petit jeu… Recouvre tes jambes de terre." répondit Kerry.
— "Mais que comptes-tu faire avec cet animal ?" répéta-t-il, tendu.

Kerry ne répondit pas. Elle désignait le tas de terre du bout du canon.

Arthur, après une brève hésitation, se décida et prit à bras-le-corps le tas de terre qu'il tira vers lui. Le trou commença à se remplir, puis ses mollets et ses cuisses disparurent, le tout survolé par un nuage de poussière étouffante.

— "Tu t'es entichée de mon caleçon ? pourquoi l'épargnes-tu ?"

— "Pour pouvoir le combler…"

Il la regarda de ses yeux toujours plus inquiets. Elle reprit :

— "La fin de ton frère m'a inspirée. Comme tu l'as toi-même dit, il était bel et bien une ordure. Qui se ressemble s'assemble, n'est-ce pas ?"

Là-dessus, elle mit ses mains en coupe, les plongea dans une des mares de déchets non encore « nettoyées » par les porcs « éboueurs » et, tout en les avançant en surplomb de l'homme à moitié enterré, lui ordonna d'un ton tranchant :

— "Fais de la place !"

— "Pardon ?"

— "…Sinon je te balance ça sur la figure… tu préfères que le porc bouffe tes couilles ou tes yeux ? Si c'est un sursaut de pudeur, sois tranquille, je ne regarderai pas. Fais de la place que je puisse te balancer cette merde dans le caleçon."

— "Comment ça ?! T'es complètement folle ! Au secours ! au secours ! débarrassez-moi de cette folle à lier !"

— "T'époumone pas pour rien, Arthie ! tu sais comme moi qu'il n'y a jamais personne dans cette ruelle malfamée ! À part des tordus dans le genre de ton frère, bien sûr… Allez ! exécute-toi si tu ne veux pas que je tartine cette appétissante pâte sur ta figure."

Voyant qu'il ne bronchait toujours pas, elle ajouta doucement :

— "Tu veux que je fasse comme avec les petits ? je compte jusqu'à trois ?"

Arthur ne bougeait toujours pas.

— "Un." compta Kerry.

"Deuuux…"

Il la regarda, affolé et tétanisé.

Elle se rapprocha de lui et lui parla comme une maman :

— "Écoute… j'ai tellement fait peur à Randy Coolmann qu'il en est mort, le pauvre : son cœur a lâché ! Or je ne voudrais pas que cela t'arrive aussi ; j'ai un autre plan pour toi. Je t'assure que ce sera amusant. Retrouve ton calme et laisse-moi remplir ton « sac » de provisions ! Il en a bien besoin, d'ailleurs… Allez ! Après, je t'explique tout. Promis."

On attendit encore un tantinet. Enfin, alors que Arthur et Kerry fermaient leurs yeux (pour des raisons différentes), la masse gélatineuse et informe des ordures ménagères alla rafraîchir les petits pois rouges en flanelle. Kaya, qui n'avait pas écouté son (pourtant impérieux) appel intérieur à la pudeur (il fallait bien qu'il reste quelqu'un pour surveiller !), le regretta, juste avant de détourner - trop tard – les yeux…

— "Ma belle…" lui demanda Kerry en désignant le cochon (qui se débattait toujours) "tu es meilleure au rodéo que moi… peux-tu immobiliser « Monsieur » afin que je puisse lui mettre le ceinturon de Arthur autour du cou ?"

Kaya, amusée, saisit sans ménagement le cochon par les oreilles et le coucha vigoureusement sur le côté. Pendant qu'elle le maintenait, Kerry retira le ceinturon de Arthur qu'elle portait autour de la taille et arma l'animal.

Elle s'adressa ensuite à l'homme à moitié enterré :

— "Arthie, je te présente « Monsieur » ! Regarde comme il est beau ! Maintenant qu'il est armé, on peut le considérer comme l'un des nôtres ! Il ne porte pas de chapeau haut de forme mais ce n'est pas une raison pour ne pas l'intégrer dans notre petite confrérie. Pas d'objection ?"

Le regard mauvais, Arthur ricana :

— "Tu refuses le duel ? Tu préfères te faire remplacer par un pourceau ? T'as pas tort… toi ou lui, ça se vaut…"

— "Je suis contente que tu fasses de l'esprit, Arthur de mon cœur ! Ça prouve que tu vas bien. Et tu as raison, nous n'allons pas nous battre en duel… mais en « truel » ! Enfin… y a pas de mots… on pourrait dire un « duel à trois » …que je vais appeler : « la Gentille, le Méchant et le Cochon ». Ça sonne bien, tu ne trouves pas ?"
Arthur leva les yeux au ciel :
— "C'était ça ton jeu ? Et comment je fais, moi ? je n'ai pas d'arme ?"
— "Oui et non… Comme vous êtes amis (elle désignait le cochon), vous aurez la même. Enfin… il te faudra la gagner…"
À nouveau, le regard sombre de Arthur se leva lourdement vers la jeune femme, interrogateur. Celle-ci poursuivit :
— "Je t'explique la règle du jeu. Tu sais un peu comment ça fonctionne, un cochon ? En fait, ce qu'il faut que tu saches, c'est que ça adore fouiller, fouiner dans le sol. Comme toi dans tes tiroirs ! Ils explorent la terre avec leur groin ; ils la grattent, la retournent, pour mâchouiller tout ce qu'ils pourraient trouver. C'est un jeu pour eux. J'espère que ça le sera aussi pour toi, Arthie ! Autre information, pour ta culture : ce qu'ils recherchent, ce sont principalement des racines, des tubercules, des fruits… Tu vois ? Non ? Je t'aide : des baies, des champignons, des œufs… Toujours pas ? Allons, fais un effort ! des graines, des escargots, des limaces…
…des glands…"
Au début, Arthur faisait mine de ne pas écouter. Il tenait à ne pas montrer le moindre engouement pour ce jeu débile. Puis, progressivement, il montra un intérêt qui s'avéra de plus en plus vif jusqu'à ressembler à un réel emballement. À ce moment-là, son œil s'illumina et, blanc de peur, il se mit à hurler :
— "Pitié ! Au secours ! libérez-moi de ces deux folles !!!"
Kerry tira un coup de feu en direction du marchand d'armes.
Comme cela le fit aussitôt taire, elle reprit :
— "Laisse-moi finir mon exposé sur la vie des cochons ! C'est très instructif, tu *verras* (oups ! excuse-moi, jeu de mot involontaire !).

Peut-être, même, trouveras-tu des similitudes entre toi et tes congénères sociaux ?
J'allais oublier ! Ils ont un excellent odorat.
Kaya ? s'il te plaît ?"
Kaya arriva avec son cochon « en laisse » et lui fit renifler le « garde-manger » pour l'instant recouvert, comme par une excessive avarice, des larges mains de Arthur. Ce dernier tenait visiblement à garder égoïstement pour lui toute la mélasse que Kerry (tout en fermant prudemment ses chastes yeux) lui avait donnée. Le cochon, très intéressé, lui aussi, cherchait déjà à soulever les mains de Arthur avec son groin.
— "T'as vu comme il est joueur ?" fit Kaya. "Il a hâte de commencer. Pas toi ?"
Kerry reprit :
— "Venons-en au duel… euh… au « truel » proprement dit. Nous avons tous les deux une arme. À la différence près que tu partages la tienne avec « Monsieur ». Mais avant de te dévoiler les détails, il faut que je te présente « Monsieur ». Comme tu vois, c'est un gros verrat. Il est vraiment énorme et a sûrement dû s'imposer comme le *Seigneur des rues* de cette ville, je n'en doute pas une seconde. Ils se comportent comme les loups, tu sais ? Ils veulent toujours se mesurer à leurs congénères (donc à toi, en l'occurrence) pour savoir qui domine ou est dominé. Ils ont la bagarre facile pour cette raison. Comme ton pote Irlandais ! Tu peux reconnaître que je te prodigue de subtiles attentions ! Bref. Celui-là, il doit bien avoisiner les trois cents kilos. Un beau spécimen, n'est-ce pas ? Une dernière chose : surtout, ne les prends pas pour des cons, les cochons sont très malins."
Kerry sortit son *Colt Root* de son étui et en fit rouler le barillet sous les yeux d'un Arthur terrifié et tremblant :
— "Vois comme je suis fair-play : je n'ai chargé qu'une seule chambre. …Dans ton arme aussi, je te rassure."

Le cochon grattait le sol en tirant sur sa « laisse » mais l'Indienne continuait, sans trop de difficulté, à le maîtriser.
— "Je vais tâcher de conclure car « Monsieur » s'impatiente." continua Kerry. "Je te dévoile l'enjeu : l'enjeu… est ce que tu aimes le plus, ou bien… ce que tu détestes le plus. Au choix. Je dois expliciter, je sais. Voilà. Tu devras choisir entre : ta vie, ou : ce que tu as entre les jambes, ou : moi.
Un truel ; trois enjeux. Logique.
Comme tu peux le voir, ce cochon est costaud. Très costaud, même. À peu près autant que toi. Il t'a déjà jaugé, crois-moi ! « Monsieur » va donc fouiner (à l'endroit qui le motive) et toi, bien sûr, tu devras le repousser. Enfin… c'est ce que je ferais à ta place ! Il te faudra l'empêcher d'arriver au « trésor » tout en cherchant à chiper son revolver. Tu l'as repéré ? il est en écharpe autour de son cou ! N'est-il pas mignon, notre cochon ? Tu peux le lui prendre, il ne s'en formalisera pas ! il ne compte pas s'en servir, de toute façon… et, après tout, c'est le tien ! tu as le droit de le reprendre !
Garde bien ceci en tête : si tu tiens à rester en vie …ou à garder ta belle voix de baryton… tu seras obligé de le tuer (ça me fera de la peine, bien sûr !) car, une fois lancé, rien ne l'arrête ! …si ce n'est une balle dans le cœur. Comme les bisons. Le hic, c'est que quand tu t'empareras de l'arme, ce temps pendant lequel tu ne le repousseras plus que d'une main pourra profiter à « Monsieur » ! Mais, malheureusement, il y a un *autre* problème : quand bien même tu arriverais à attraper son revolver sans dommage (sans dommage pour toi, je veux dire), tu devras *encore* faire un choix !
…le tuer ou *me* tuer.
Car, je te le rappelle, c'est un truel ! Enfin… un duel… enfin… tu m'as comprise. Mais sois rassuré, comme je te l'ai déjà dit, je suis fair-play : je te laisse l'honneur de dégainer en premier. Comme pour ton frère.

Et n'oublie pas qu'il y a un os : tu n'as qu'une balle ! Donc, si tu me tues, tu ne pourras plus rien faire contre le cochon qui finira par t'avoir à l'usure…
Et si tu tues « Monsieur » …tu n'auras plus de balle pour moi !…
Cornélien, hein ?
…t'as pas lu Corneille ?
Bref, je te laisse un moment pour réfléchir à une tragédie… euh… pardon, à une stratégie. Tu vois, je suis bon prince ? …bonne princesse ? …ça se dit ?"
Pendant la réflexion agitée du « torse » affolé dépassant du sol tel un centaure enlisé, Kaya recouvrit le caleçon de flanelle à pois rouges d'une épaisse couche de terre qu'elle tassa ensuite du pied.
Kerry, elle, maternellement, s'adressait au porc :
— "T'as compris la règle du jeu, Piggy ? T'as de la chance ; pour toi, c'est plus simple, il n'y a qu'un seul enjeu. Mais ne me fais pas mentir : tu n'utilises ton revolver qu'en dernier recours ! compris ?"
Elle marque un petit temps d'arrêt, puis : "Bon… quand faut y aller, faut y aller…" Elle regarde tour à tour le cochon, puis le « centaure » : "Tout le monde est prêt ?… Prêt ?!… Go !! Vas-y, Piggy ! Va chercher !"
Et elle lâche l'animal.
Le cochon, qui tirait sur sa « laisse » comme un chien qui a repéré une compagne, se rue sur Arthie.
Kerry s'assied et regarde.
Kaya remet son long coutelas dans son étui.
Arthur s'est arrêté de crier, il doit conserver toute son énergie pour repousser le porc visiblement affamé, rendu fou furieux par la promesse de la délicieuse mixture. L'homme est musclé. De ses deux bras puissants, il bloque le groin. Mais il sait qu'il ne tiendra pas longtemps. « Monsieur » est bel et bien costaud et finira pas avoir raison de lui s'il ne trouve pas rapidement une solution pour s'emparer du revolver. Naturellement, Arthur connaît bien son arme. C'est le tout dernier modèle de *Remington*. Un *Schofield*

Simple Action de l'Armée de calibre .45. S'il vise bien - et vite ! – son unique balle stoppera la bête. Pour l'instant, il veut sauver ce qu'il y a de plus urgent : il est encore jeune et il n'est pas trop tard pour fonder une famille. S'il s'en sort vivant, promis, il ira voir Janie et demandera sa main.

Mais chaque chose en son temps. Il doit trouver un moyen, la force… la force de contrer ces puissants coups de boutoir d'une main tout en dégainant le *Remington* de l'autre. Mais encore faut-il l'attraper ! Le cochon danse comme un boxeur sur un ring, et il est rapide ! Il a déjà été attrapé par les oreilles et ne compte pas se faire piéger une seconde fois.

Soudain le cochon change de tactique. Il n'obtiendra pas son délicieux repas tant que l'homme sera *vivant*. Rien ne sert de s'acharner à fouiller avec le groin, il doit le tuer. Tuer ces deux bras qui se dressent en travers de sa route et contrarient sa quête.

Alors, avec la rapidité de l'éclair, il se jette sur la gorge et mord la jugulaire.

Non. Arthur l'attendait. Il évite le boulet de canon, dégaine l'arme apportée sur un plateau et tire.

Mais il n'a pas pensé à Kerry ; il a agi par réflexe. Il redresse alors la tête et voit la garce qui lève tranquillement son *Colt*.

Et vise.

Et tire.

L'immonde menteuse ! elle avait dit qu'elle le laisserait tirer en premier ! Madame était soi-disant fair-play !

Mais !… il se rend compte d'une irrégularité : il a juste entendu un *déclic* lorsqu'il a tiré sur le cochon ! aucune *détonation* !! Elle n'a pas mis de balle dans le barillet du cochon !

Et il réalise qu'elle vient de lui tirer dessus sans déclencher non plus de bruit d'explosion !

Elle en est fière ! Elle en joue. La voilà qui le nargue. Elle lui sourit. Ses magnifiques yeux bleus le pénètrent comme des poignards de

glace. Elle réarme lentement son chien. Elle se rapproche de lui. Toujours sans un mot.
Et retire.
Deux fois. « Clic. Clic. »
Aucune explosion, non plus, dans le barillet. Qui le fixe, juste là, juste devant sa face.
Elle s'est bien foutue de lui. Elle éclate de rire.
Et le cochon ? Où est-il ?
Il est étendu raide mort à son côté. L'Indienne lui a jeté un seau d'eau glacé qui l'a tué net. Par cette chaleur…

Kerry s'adresse à Arthur :
— "Que va-t-on faire de toi ?"
L'homme la regarde. Son visage est étonnement paisible.
Kerry s'en inquiète :
— "Que t'arrive-t-il ? Saint Arthur t'est apparu ?"
Avec calme, Arthur répond :
— "Sors-moi de là. On est quittes, maintenant, non ? Tu m'as tué : tu es vengée. Laisse-moi tranquille maintenant."
— "Je t'ai tué mais tu n'es pas mort. Je ne suis donc pas assez vengée."
— "Écoute. Je comprends."
— "Tu comprends ? quoi ?"
— "T'étais qu'une gamine. T'y es pour rien. De plus mon frangin n'était qu'un gros con. Il n'a eu que ce qu'il méritait."
— "Compréhension tardive…"
— "Mais sincère."
— "…et profitable pour ta survie… donc irrecevable…"
— "Libère-moi. Je te jure que tu ne me verras plus."
— "Je ne te verrai plus… parce que tu comptes me tirer dans le dos ? Comme pour mon père ?"
— "Écoute… je comprends ta méfiance mais tu peux comprendre que j'ai vécu un événement peu banal, non ? Je me suis vu mourir !

J'ai vraiment cru que j'étais mort ! Plusieurs fois de suite ! D'abord, j'ai cru que tu voulais m'enterrer vivant !… puis le cochon a tenté de m'égorger !… ensuite tu m'as tiré dessus !… Trois fois !"
Il la regarde mais se heurte à un visage impassible.
Et puis son ton s'empreint de nostalgie :
— "« *Mademoiselle Kerry* »… Je n'ai jamais rencontré d'autres clients tels que toi dans ma boutique ! Tu avais choisi les deux meilleures armes de l'époque. Je m'en souviens comme si c'était hier. Et tu avais à peine onze ans…"
Elle ne répond toujours rien. Il ajoute :
— "Pourquoi ne m'as-tu pas tué ?"
Mais le visage de la jeune fille reste dur. Ses yeux, qu'elle avait pourtant si pétillants, si chauds et si profonds, lorsqu'elle était venue, gamine, avec son père James, ne sont plus que glaçons qui le transpercent plus sûrement que les balles qu'elle n'a pas tirées.
Finalement, il préfère les balles.
Arthur cesse d'argumenter. Le voilà qui se rabat sur le seul interlocuteur qui l'écoute : lui-même :
— "Si elle te donne ta chance, je la saisirai, je te le promets. Si elle t'accorde la vie, je te jure que je ne la gâcherai plus.
Mais elle va te tuer…
C'est très probable. Je le mérite. Et pas seulement pour ce que je lui ai fait.
Pour tout ce que tu as fait aux autres !
Je sais. C'est amplement justifié. Je suis une pourriture. J'ai attendu ce moment chaque jour de ma vie.
Et il ne venait pas…
Non. Je suis soulagé, finalement. Justice est faite. J'étais las d'attendre.
Mais ce n'est pas une solution, de mourir ?
La solution est peut-être de l'Autre Côté…
C'est un peu fataliste, non ? La mort n'est jamais une solution. Bats-toi ! je ne te reconnais plus !

J'ai tout essayé. Elle ne m'écoute pas.
Et si elle t'accorde la vie sauve, que feras-tu ?
Comme j'ai envié James ! Comme j'avais souhaité qu'il meure pour l'adopter !
Mais il n'y en a qu'une comme elle…
Il n'y en a qu'une comme elle…"
Il a parlé à voix basse. Kerry n'a rien saisi. Seule l'ouïe fine de l'Indienne a tout capté. Mais elle ne bronche pas. C'est le jour de Winona.
Un moment passe. Le soleil de plomb ne semble pas les incommoder.
Puis Kerry se lève et on l'entend distinctement :
— "Bien sûr que l'homme peut changer : …il empire !"
Alors elle le retire de son trou. Mais comme son visage reste de marbre, Arthur ne sait que penser. Docilement, il attend.
— "Allonge-toi."
Il s'exécute, sans mot dire. Le voilà, maintenant, immobile, couché sur la terre poussiéreuse, les yeux fermés pour ne pas être aveuglé par la lumière du soleil.
Kerry le recouvre de terre. Bientôt secondée par son amie. Qu'elles mêlent à des immondices. Toutes les ordures qu'elles peuvent trouver. Elles ne lui laissent qu'un petit trou pour respirer.
Puis elles partent sans se retourner.
Elles l'abandonnent à son sort.

10. ADIEUX

Kaya regarde doucement son amie Winona pleurer. Mais Nils et Svea ont fait leur choix : le Texas. Nils veut renouer avec son frère Alpheus et de toute façon le magnifique ranch « Beck » les attend. Ils vont élever des vaches. Et très certainement une flopée de marmots ! Nils a troqué son gilet en cachemire contre une simple chemise de flanelle à carreaux, et son haut-de-forme en soie contre un splendide chapeau texan en cuir avec son étoile caractéristique gravée sur le côté. Ils montent tous les deux de magnifiques *palominos* dorés qui commencent à piaffer d'impatience.
— "On va te dégoter une toute nouvelle perruque et tu te laisseras pousser une moustache à la polonaise, d'accord ?" murmure Svea à l'oreille de son mari avant de l'embrasser tendrement sur les lèvres. Pour toute réponse, Nils claque énergiquement les talons contre les flancs de sa nouvelle monture et celle-ci, après s'être redressée à la verticale sur ses membres postérieurs, part au grand galop dans un hennissement strident. Heureusement pour la bête, il n'a pas encore fixé ses éperons d'argent sur ses bottes flambant neuves aux revers rouges et aux bouts pointus ! Pendant que Svea le couve amoureusement du regard, les deux Cherokees font leurs adieux aux deux Asiatiques. Bao et Cui vont rester à Pony Town chez le vieux Da. Car, pour le premier, c'est incontestablement Da qui fait le meilleur báijiǔ à des lieues à la ronde et, pour la seconde, les roses et le sorgho doivent être correctement entretenus !
L'adieu a dignement été fêté chez Contoit. Kerry a retrouvé sa rouge crème glacée à la fraise et Bao l'a accompagnée avec le café Arbuckle brûlant que d'ordinaire prend James pour qu'elle puisse sucer la barre de menthe toujours offerte avec.
Kerry a tenu à partager l'argent de la maison paternelle, vendue le soir même, pour que « tout le monde puisse repartir dans la vie avec les meilleures chances ».

Et pour couronner le tout, le shérif Chalkley Lowe (Chalk pour les intimes), comme il passait par là, eh bien ma fois, il s'est arrêté et a été invité à s'asseoir …à côté de Kerry. Évidemment. Après une discussion assez houleuse au début (Kerry, qui tenait à être honnête avec Chalkley, avait bien dû lui expliquer comment les Coolmann avaient quitté cette terre), il n'a pas été difficile de le convaincre d'accompagner Kaya et Kerry dans les *Grands Monts Enfumés*. Le paysage (politique) ayant beaucoup changé à Pony Town, pourquoi ne pas tenter sa chance dans ce « beau pays de forêts et de brume » ?
— "Tu me l'avais bien dit…" lui susurre-t-il dans le creux de l'oreille.
— "Dit quoi ?" lui répond Kerry.
— "…que si tu t'épanchais …on allait finir par tomber amoureux ! Quoi ??! tu ne t'en rappelles pas ?! Notre première rencontre ?! Dans ta chambre d'hôtel ?!"
Et Kerry l'avait fait marcher un petit moment.

En fait, il n'y avait eu que Arthur qui avait décliné l'invitation. Par discrétion ? Par délicatesse ? Ou peut-être, tout simplement, pour éviter le cas possible – sait-on jamais - où Kerry changerait d'avis…
Oui, c'est vrai, j'allais oublier : elles étaient revenues le lendemain matin et l'avaient retrouvé, stoïque, sous sa couche nauséabonde. Qui avait à peine été touchée par les « agents d'entretien » à queue en tire-bouchon. Comme elles n'avaient pas été accueillies par une pluie d'injures, elles avaient été vivement impressionnées.
L'homme peut, finalement, même si cela s'avère rarissime, changer en bien…

11. OCÉAN

— "Gggaaaaaah… Paaaa-pa ?"
— "Il m'a appelé papa !! Tu as vu, chérie ?"
— "Eh bien, c'est pas trop tôt, mon amour ! Moi ça fait déjà six mois qu'il m'appelle « mama » !" répond en riant la belle rousse longiligne au jeune homme. Puis elle ajoute :
— "Allez, redonne-lui son hochet, qu'on puisse se retrouver un peu tous les deux !"
Le jeune homme, alors qu'il était rondelet, adolescent, est devenu un bel homme, carré et solide.
— "J'arrive, mon ange, j'arrive…"
Et, plongé dans son ravissement, il n'arrive toujours pas. Il regarde son fils dont il est si fier. De sa maison, aussi, il est très fier. Il l'a construite tout seul (les voisins sont vraiment trop éloignés) ; lui, si littéraire, il ne l'aurait jamais cru, ne serait-ce qu'un an plus tôt !
Le bambin finit par s'endormir et il se décide à redescendre pour rejoindre son épouse. Elle l'attend, allongée sur le sable fin et doux.
— "Ma petite gazelle ? me voici !"
Mais il s'arrête et la regarde, elle aussi. Comme elle est belle ! Quelle chance il a ! Il en est pleinement conscient et remercie Dieu de chaque nouvelle journée qu'Il lui permet de vivre avec elle !
Et cette *fille*…
Il *la* remercie aussi. Contre toute attente, elle lui a donné un nouveau départ et il lui en sera éternellement reconnaissant. Mais, d'un autre côté… il veut oublier. À jamais. Tous ces souvenirs de son ancienne vie. Alors il l'oubliera, elle aussi.
Il n'a pas voulu donner le nom de son père à son premier fils comme cela se fait dans sa famille depuis tant de générations. Non. Il veut tourner la page. Cette page-là aussi.
Il sourit. Il contemple sa jeune épouse dont il est absolument et irrémédiablement amoureux.

— "Qu'attends-tu, mon petit couguar des plaines ? Que la marée m'emporte ?"
Elle lui sourit.
Il lui rend largement son sourire.
— "Que vois-je ?? Encore un bout de tissus qui recouvre le sanctuaire ? Quelle raison aurais-je, alors, de venir couvrir mon ange ?"
— "Mon petit taurillon métamorphosé en licorne ! viens planter ta corne avant que la grotte ne s'assèche !"
— "Mon Angie…"
— "Mon Jacky…"

TABLE DES MATIÈRES

WINONA

II. Le Nataos

Chapitre 1 :	RETRAITE	7
Chapitre 2 :	CAHOKIA	16
Chapitre 3 :	LE NATAOS	56
Chapitre 4 :	ODOVACAR	76
Chapitre 5 :	BECK	97
Chapitre 6 :	LES COMPTES BANCAIRES	118
Chapitre 7 :	VERDICT	167
Chapitre 8 :	LE PAVILLON DE THÉ	177
Chapitre 9 :	MILWAUKEE	183
Chapitre 10 :	ADIEUX	205
Chapitre 11 :	OCÉAN	207

GUY DU CHEYRON

L'AUTEUR

À l'origine musicien - flûtiste puis bassoniste - Guy du Cheyron écrit d'abord de la musique (ses arrangements pour la musique de chambre sont édités aux Éditions Leduc, Zimmermann et Accolade). Il étudie l'écriture musicale, pratique la direction d'orchestre, s'adonne aux joies difficiles de la composition, fait même une escale dans l'informatique, puis revient à la musique avec la prise de son.

Il se décide alors à passer à l'écriture d'une autre langue : sa langue maternelle avec laquelle il aime plonger dans des univers chaque fois différents :

Fantastique (Eíliis, Âmes-Sœurs)

Western (Winona)

Dystopique Post-apocalyptique (en préparation)